KB058851

티어문 제국이야기

단두대에서 시작하는 황녀님의 전쟁 역전 스토리

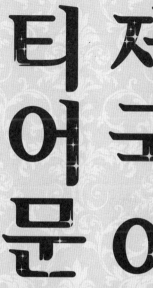

TEARMOON
EMPIRE STORY
WRITTEN BY
NOZOMU MOCHITSUKI

CHAPTER
I-I

모치츠키 노조무 지음
Giise 일러스트

TEARMOON EMPIRE STORY WORLD MAP

변경지

티어문 제국

TEARMOON EMPIRE

세도   신월지구

소국

초기 제국 영토
(중앙 귀족 영지군)

내해

정해의 숲

루돌폰
변경백작령

페르쟝 농업국

PERUGIAN
AGRICULTURAL COUNTRY

일러스트 ― Gilse

제1부
단두대의 황녀 Ⅰ

THE PRINCESS ON THE GVILLOTINE

제1화 단두대에서 시작하다

붉은, 타오르는 듯한 붉은 저녁놀이 시야를 태웠다.

제도의 명물인 대광장에 설치된 단두대. 녹이 슨 흉악한 칼날이 햇빛을 받아 번뜩였다.

그 앞에 선 티어문 제국의 하나뿐인 황녀, 미아 루나 티어문은 멍하니 주위를 둘러보고 있었다.

날카롭게 파고드는 듯한 목소리, 목소리, 목소리.

듣기만 해도 귀를 틀어막고 싶어지는 욕설, 노성. 대부분 자신을 비난하는 것이다.

"……어째서, 어째서 이런 일이."

영화로운 티어문 제국의 제1황녀인 자신이 어째서 이런 일을 당해야만 하는 건가.

빵이 없으면 고기를 먹으면 된다고 웃었기 때문일까?

실연의 분풀이로 가난한 귀족 영애의 뺨을 때렸기 때문일까?

싫어하는 채소인 황월 토마토가 들어간 요리를 만든 주방장을 그 자리에서 해고했기 때문일까?

마음속으로 '아니, 전부 다 아니야?' 하는 지적을 받을 법한 한탄을 하면서, 그녀는 증오로 불타는 민중의 얼굴을 보았다.

그 선두에 병사들에게 지시를 내리는 청년의 모습이 보였다.

시온 솔 선크랜드.

대국 선크랜드 왕국의 제1왕자. 백은빛 머리카락을 지닌 늠름한 청년이다.

그리고 그 옆에 다부지게 서 있는 소녀. 티어문의 성녀라 불리는 소녀.

변경의 가난한 귀족 출신이면서도 시온의 협력을 얻어 괴로워하는 백성을 위해 혁명을 일으킨 영애.

티오나 루돌폰.

자신을 끌어내린 존재, 증오의 대상.

하지만 이미 그 증오의 불꽃도 꺼지고, 남은 것은 재와 같은 체념뿐이었다.

"……어째서 이런 일이."

힘없이, 그저 그렇게 중얼거릴 뿐.

이윽고 미아의 뒤로 다가온 병사가 그녀를 억지로 무릎 꿇렸다.

눈앞에 투박한 나무판이 보였다.

세 개의 구멍이 뚫린 그것은 단두대에 죄수를 고정하기 위한 기구다.

꺼끌꺼끌한 나무는 건드리기만 해도 가시가 박혀 그녀의 몸에 고통을 줬다.

"어째서, 이런 일이…….."

세 번째의 물음에 대답하는 목소리가 있었다.

"제국을 위해서입니다. 얌전히 죽으시죠, 황녀님."

시선을 들어 올리자 자신을 끌고 온 병사가 차가운 눈으로 내려다보고 있었다.

훤히 드러난 살의에 공포를 느낄 새도 없이 무거운 쇳덩어리가 떨어져 내렸다.

푹, 하는 둔탁한 소리가 나고…… 주위의 풍경이 빙글, 빙글, 돌더니…….

털썩. 유일하게 소지할 수 있게 허락된 오래된 일기장이…… 바닥으로 떨어졌다. 그것이 서서히 붉게, 붉게 물들어가며…….

그렇게 미아 루나 티어문은 사망했다.

그런 꿈을 꾸었다.

"끄아아아아아아아아아아아아아아아악!"

미아는 절규했다.

제국의 황녀답지 않은, 다소 품위 없는 비명이었다.

"모, 모모모, 목, 제 목, 제 목, 제 목이이이이!"

자신의 목이 잘 달려 있는지 손으로 더듬어서 확인. 확인!

──부, 붙어 있군요. 괜찮아요. 괜찮아.

이번에는 쭈뼛쭈뼛 자신의 몸을 내려다보았다.

너덜너덜하고 뻣뻣한 옷을 걸치고 있었을 몸에는 호화로운 잠옷이 입혀져 있었다.

살랑거리는 프릴을 듬뿍 사용했으며 감촉이 좋은 잠옷이다.

찰과상으로 가득했던 피부는 매끈매끈했고, 손등을 살피자 꿈에서 봤던 것보다 작아져 있었다.

──마치 어린아이 같네요…….

멍하니 침대에서 내려와 커다란 전신거울 앞에 섰다.

깜짝 놀라 동그랗게 뜬 푸른 눈동자. 어깨 부근에서 가지런히 자른 백금발. 은은하게 홍조를 띤 건강한 뺨.

그곳에 비친 것은 11, 12살 정도일 때의 자신의 모습이었다.

그건 아직 제국이 대륙에서 손꼽는 영화와 번영을 자랑하던 시절……

——이상하네요. 저는 올해로 20살이 되었는데…….

17살에 도망가던 도중에 잡혀서 지하 감옥에 3년간 유폐되었고……, 그리고.

고통스러운 나날이 눈앞에 잇달아 떠올랐다.

힘들었던 날, 울었던 날, 지하 감옥의 딱딱한 돌의 감촉, 서늘하게 젖은 모포의 감촉.

기억은 혼란스럽지만, 그 이상으로 커다란 안도가 찾아왔다.

"……오, 오호호. 그, 그렇죠."

미아는 웃었다.

"아, 아이참. 그런 일이 일어날 리가 없는데 말이에요."

악몽을 웃어 날려버리듯 크게 웃었다.

"시시한 꿈이었네요. 어린아이같이. 제가 꾼 꿈이지만 기가 막혀요."

진짜 어린아이는 어린아이 같은 악몽이라는 생각도 안 할 테지만……, 그걸 신기하게 여길 수 있을 만한 여유도 없었기에 아무튼 웃었다. 또 웃었다.

그 후 별생각 없이 베개 옆을 보았다가…….

"……어머나?"

미아는 고개를 갸웃거렸다.

그곳에 이상한 것이 놓여있었기 때문이다.

그것은 낡은 일기장이었다.

표지를 보는 한 10살 때부터 줄곧 써왔던 일기장이 분명하다. 그건 괜찮지만, 어쩐지 전체적으로 낡은 듯한…….

……심지어 거무튀튀한 얼룩으로 덮여 있다.

그건 꿈속에서 마지막으로 봤던 일기장의 모습과 똑같았다.

미아는 떨리는 손으로 일기장을 들었다.

쭈뼛쭈뼛 표지를 넘기자 검붉게 물든 페이지가 눈에 들어왔다.

그곳에 빼곡히 적힌 원한의 글귀는 조금 전 꿨던 기나긴 꿈속에서 그녀가 거듭 펜을 놀려서 만들어낸 글귀였고…….

감옥에서 보낸 고통의 시간을, 단두대에 올라가는 두려움을 나열한 글귀였다.

"끄아아아아아아아아아아아아아아아아아아아아악!"

미아는 다시 비명을 지른 뒤 침대 위에서 풀썩 쓰러져서 그대로 기절했다.

제2화 미아가 싫어하는 것과 기억 속의 목소리

의식을 되찾은 뒤에도 미아는 침대에 힘없이 누워 있었다. 칠칠치 못하게 팔다리를 축 늘어뜨렸다.

"속이…… 안 좋아요."

식사도 목을 넘어가지 않아 제대로 점심을 먹을 수 없었다.

그건 악몽이었다고 믿고 싶다.

하지만 그런 것 치고는 남아있는 기억도 생생했고, 이렇게 피로 물든 일기장까지 발견했으니 도저히 꿈이라는 생각이 들지 않게 되었다.

"으으……."

끙끙 앓는 소리를 내면서 데굴데굴 침대 위를 굴러다녔다.

고민하고, 고민하고, 또 고민하기를, ……약 30분.

"……배가 고프군요."

배가 꼬르륵 울었다.

점심을 물린 지 1시간도 지나지 않았다.

"그래요, 머리를 쓸 때는 단 음식이 좋다는 이야기를 들은 적이 있었죠."

짝 손뼉을 쳤다.

이건 좋은 아이디어라며 얼굴이 활짝 밝아졌다.

침대에서 뽀르르 내려온 미아는 방에서 뛰쳐나왔다.

미아를 비롯한 황제의 일족이 사는 곳은 백월 궁전이라 불리는 성이었다.

그린골드와 백월석으로 치장한 복도, 호화찬란한 장식은 몰락하기 전 번영의 절정을 맞은 제국의 모습 그대로였다.

그런 화려한 복도를 지나 찾아간 곳은 4개 있는 식당 중 하나인 백야의 식당이었다.

넓은 식당으로 들어가자 안에 있던 남자가 의아해하는 표정을 지었다.

"오오, 미아 황녀 전하. 무슨 일이십니까?"

곰처럼 커다란 몸과 북슬북슬한 수염을 기른 특징적인 얼굴을 본 미아는 조금 놀랐다.

──이 사람은……, 제가 해고해버린 주방장 아니었던가요?

싫어하는 채소만 내오는 주방장을 해고해버린 것은 그녀의 14살 생일 때였다.

"지금부터 약 2년 뒤인가요……."

"저기, 전하?"

"아니, 아무것도 아닙니다. 배가 고프니 간식을 가져와 주겠어요? 문베리 파이가 좋겠군요."

그 말을 듣자 주방장은 떨떠름한 표정을 지었다.

"말씀드리기 대단히 송구하지만, 점심 식사를 드시지 않으셨는데 간식을 드릴 수는 없습니다."

그 말에서 왠지 그리움을 느낀 미아는 무심코 웃어버렸다.

생각해보면 이런 식으로 미아에게 의견을 제시하는 사람은 이 남자 정도였다.

후임으로 온 주방장은 미아가 시키는 대로 요리해올 뿐이었기 때문에 결국 질리고 말았다. 뭐든 자기 뜻대로 된다는 것도 지루한 법이다.

"그렇군요. 그럼 남은 음식이어도 괜찮으니 점심을 내 와주겠어요?"

"네?"

미아의 말을 듣고 어째서인지 주방장의 눈이 휘둥그레졌다.

"뭐죠?"

"아뇨, 아무것도 아닙니다. 그럼 바로 가져오겠습니다."

그리 시간이 지나기 전에 미아의 눈앞에 요리가 나왔다.

갓 구워내서 고소한 향기가 풍기는 빵, 제철 채소를 듬뿍 넣어 만든 스튜, 루주 새먼 마리네, 그리고 과일 모둠이었다.

"어머나, 오랜만이군요."

미아는 특히 채소가 가득 들어간 스튜를 보고 부드러운 표정을 지었다.

스튜에는 미아가 싫어하는 황월 토마토도 들어 있었다.

──이 신맛이 싫었는데 말이죠.

미아는 숟가락으로 떠 올린 황월 토마토를 바라보았다.

──하지만 이거, 왠지 맛있어 보이네요.

문득 감옥에서 먹어야 했던 음식을 떠올렸다.

이가 부러질 정도로 딱딱한 빵. 표면에는 곰팡이 같은 것까지 피어 있었고, 퍼석퍼석해서 정말 먹기 힘들었다.

이따금 나오는 스튜 비슷한 것도 무슨 재료를 넣은 건지 탁한 회색이었으며 들어간 채소는 잡초가 아닌지 의심할 정도였다.

단순히 맛이 없는 것만이면 모를까, 며칠 간격으로 배탈이 나는 건 어떻게 좀 개선해주길 바랐다.

연이은 기근으로 먹을 것이 없었다고 듣기는 했으나, 그건 자신을 괴롭히기 위한 메뉴인 게 분명하다.

그 증거로 미아가 싫어한다는 걸 알면서 쭈글쭈글한 황월 토마토만 주는 날도 있었다.

──그건 무척 고통스러웠어요…….

억지로 입에 쑤셔 넣어졌을 때의 그 뭐라 말할 수 없는 비린내와 신맛과 텁텁함…….

떠올리기만 해도 소름이 돋았다.

다시금 눈앞의 황월 토마토에 시선을 돌렸다.

──그때 먹었던 것에 비하면……, 훨씬 윤기가 흐르는군요.

건져낼 생각이었던 미아는 아주 조금 호기심이 동해서 토마토 조각을 입에 넣어 봤다.

순간, 그 눈동자가 번쩍 뜨였다!

"셰프! 이걸 만든 셰프를 불러오세요!"

미아의 외침에 메이드들이 덜덜 떨었다.

"저, 저기, 미아 황녀 전하, 무슨 일이십니까?"

"무슨 일이든 뭐든, 당장 주방장을 불러오세요!"

"뭔가 마음에 안 드시는 점이라도……?"

소란을 듣고 온 주방장이 나타났다. 그 얼굴은 긴장으로 다소 딱딱해 보였다.

"이건……, 뭐죠?"

미아는 숟가락에 올린 황월 토마토를 주방장의 코 앞에 들이댔다.

"제철 채소스튜입니다만…….''

묘하게 시치미를 떼는 듯한 말투인 주방장. 하지만 미아는 넘어가 줄 마음이 없었다.

"이 채소가 무엇이냐 물은 겁니다."

주방장의 얼굴 앞으로 숟가락을 한층 더 들이밀었다.

덩치가 큰 주방장과 어린 미아는 키 차이가 많이 나기 때문에 힘껏 발돋움해서 아득바득 들이댔다.

"……황월 토마토를 말씀하시는 겁니까?"

눈앞에 맞닥뜨린 것을 보고 포기했다는 듯 주방장이 말했다. 주위에서 지켜보는 메이드들도 걱정스러워하는 분위기였다.

"이럴 수가……. 이게, 이게 그 황월 토마토라는 건가요?"

믿어지지 않았던 미아는 그 채소를 쳐다본 뒤 떨리는 손으로 숟가락을 입에 넣었다.

혀끝에 닿은 순간 입안에 퍼지는 상큼하고 새콤한 맛. 그 속에 숨어있는 은은한 단맛. 적절히 익은 채소가 흐물흐물 녹아내리더니 얼마 지나지 않아 사라졌다.

입안에 멋진 여운을 남기고…….

기억 속에 있던 맛과는 다른 환상적인 맛이 미아의 감정을 뒤흔들었다.

미아는 정신없이 숟가락을 움직였다.

진하고 걸쭉하며 혀 위에서 살살 녹는 스튜. 부드러운 단맛이 나는 빵…….

"빵이 이렇게 부드러운 거였나요?"

작게 중얼거리는 목소리는 떨리고 있었다. 어느새 그 뺨 위로 눈물이 줄줄 흘러내렸다.

"화, 황녀님. 왜 그러시는 겁니까? 제 요리에 뭔가 문제가……?"

주방장이 당황하며 말을 걸었다.

입안에 요리를 가득 밀어 넣은 미아는 대답하려고 했지만, 웅얼웅얼 불분명한 소리가 나올 뿐이었다.

심지어 사레들릴 뻔한 바람에 팔다리를 버둥거렸다.

급히 메이드 중 한 명이 가져온 물로 간신히 한숨 돌리는 등 고귀한 황녀에게는 어울리지 않는 모습을 보인 뒤에 입을 열었다.

"잘 먹었어요. 셰프, 당신 실력이 참 좋군요."

미아는 옆에서 안절부절못하고 있던 주방장을 향해 웃었다.

"칭찬해주셔서 영광입니다. 하지만 황녀님, 오늘의 스튜는 재료 본연의 맛을 살리는 요리였으니 제 공적은 아닙니다."

"어머, 그랬나요? 하지만 예를 들어…… 그래요, 황월 토마토. 황월 토마토는 더 비릿하고 텁텁한 맛이 나지 않았던가요?"

감옥에서 억지로 먹었던 황월 토마토를 떠올렸다. 딱딱하고 쓰고, 개중엔 상한 것도 있어서 참으로 맛이 없었다.

"아하……."

주방장은 쓴웃음을 지으며 대답했다.

"황월 토마토는 푹 익히는 단계를 생략하면 그러한 맛이 나기도 합니다. 지금 드신 황월 토마토는 3일에 걸쳐서 끓였습니다. 불 조절만 조심하면 누구든 만들 수 있지요."

"……어머나, 그런가요? 하지만 그렇게 손이 많이 가는 거라면 무리해가며 먹지 않아도……."

"아뇨, 그건 황녀 전하의 몸에 안 좋습니다. 황실 분들의 건강을 지키는 것도 신하인 저희의 의무이니까요."

가슴에 손을 올리고 머리를 깊게 숙이며 신하의 예법에 맞춰 인사하는 주방장. 과거에 미아는 그것이 당연히 자신을 향해 바치는 예라고 믿었다.

하지만 아니었다. ……아니었던 것이다.

혁명으로 인해 영락해버린 그녀를 이런 식으로 염려해주는 사람은 거의 없었다.

그렇기에 그녀는 살짝 얼굴을 풀고 부드러운 미소를 지으며 말했다.

"고생이 많군요. 잘 먹었어요."

"네……?"

솔직하게 치하하는 말에 주방장은 경악했다. 다리가 풀려서 주저앉는 게 아닌지 걱정이 될 정도로 심하게 놀란 모습이었다.

커다란 몸이 펄쩍 뛰어오르며 두, 세 걸음 뒷걸음질했을 정도다.

설마 이 제멋대로인 황녀에게서 이렇게 다정한 말을 들을 줄은 생각지도 못했기 때문이다.

……미아의 평소 행실이 보이는 반응이었다.

입을 떡하니 벌리고 마치 하늘을 나는 마법사라도 본 것 같은 얼굴이 된 주방장은 눈을 몇 번 깜빡였다.

"화, 화, 황송합니다."

간신히 그 한마디를 하는 게 고작이었다.

그 후 쑥스러움을 숨기려 하는 건지 겸연쩍은 듯 뺨을 긁적였다.

"으, 으음, 그냥, 단순히 단가의 문제인지도 모릅니다……. 오늘 드신 요리는 서민이 한 달은 일해야 하는 봉급과 비슷한 가격의 고급 요리였으니까요."

"어머, 그랬나요?"

가격 이야기를 들어도 영 와닿는 게 없는 미아였다.

애초에 제멋대로 어리광을 부리며 자란 황녀님이다. 원하는 건 눈길 하나로 손에 넣어온 여자다.

자신의 생활비나 식비에 얼마가 드는지, 서민의 봉급이 어느 정도인지 흥미도 없고 관심도 없었다.

그렇기에 주방장의 말을 흘려들어도 전혀 이상하지 않았……는데.

『당신들 왕족의 식사에 얼마나 많은 돈이 들어가는지 알아?』

불현듯 뇌리에 되살아나는 비아냥 섞인 목소리.

깜짝 놀란 미아는 주위를 두리번거렸다.

——뭐, 뭐죠?! 지금 이 목소리는…….

들어본 적 있는 목소리. 그 목소리의 주인은…….

제3화 재회

"······그 목소리는 대체 누구였던 거죠?"

식사를 마친 뒤, 미아는 공중정원 안에 있는 살롱으로 이동했다.

공중정원이라고 해도 정말 공중에 떠 있는 건 아니다. 백월 궁전의 옥상에서 조금 튀어나온 곳에 조성한 정원이다.

국내에서 온갖 아름다운 풀과 꽃을 모아 만든 정원은 타국의 왕족을 초청해도 부끄럽지 않을 정도로 멋진 장소였다.

잠시 정원 안을 걸어 다니며 아름다운 꽃향기를 즐겼는데도 미아의 머릿속에 낀 안개는 사라지지 않았다.

무언가 꼭 떠올려야만 하는 것이 있는 것 같은데······. 하지만 그 중요한 기억은 안개 너머에 있는 것처럼······, 아무리 손을 뻗어도 결코 닿지 않았다.

"······역시 이건 당분이 부족하기 때문이에요. 누구 없나요! 메이드! 뭔가 달콤한 음식을 가져와 주세요."

미아는 조금 전에 먹지 못했던 간식을 먹기 위해 짝짝 손뼉을 쳤다.

정원 한구석에 놓인 탁자 자리로 이동해서 잠시 기다리자, 젊은 메이드가 서둘러 걸어오는 게 보였다.

그녀가 가져오는 것을 보고 미아의 눈동자가 커졌다.

——앗, 저것은 설마!

그건 바로 케이크였다. 크림을 듬뿍 뿌리고 꼭대기에 아침에 딴 딸기를 잔뜩 올린 특이할 것 하나 없는 쇼트케이크……, 였지만…….

──케, 케, 케이크라니. 정말 오랜만에 먹어보네요!

구속되어 감옥에 들어간 뒤는 물론, 제국의 재정이 악화되기 시작했을 무렵에는 이미 케이크를 먹을 수 있는 상황이 아니었기 때문이다.

자연스럽게 신이 나서 몸이 들썩거렸다.

그런 미아의 눈앞에서…….

"기, 기다리셨습, 꺅!"

메이드가 날았다! 당연히 케이크도 함께.

입을 떡 벌린 미아의 눈앞을 천천히 가로지르는 케이크, 와 메이드……. 그걸 막을 수 있는 자는 아무도 없었다.

철퍽……!

바닥으로 추락해 안타깝게도 망가진 케이크. 그 위에 메이드가 떨어져서 케이크의 잔해까지 완벽하게 깔아뭉개는 대참사!

미아는 말문이 막혔다.

"세상에, 안느 양. 뭘 하는 겁니까!"

일련의 소동을 본 숙련된 메이드들이 허둥지둥 달려왔다.

"미아 님, 죄송합니다. 다치신 곳은 없으십니까?"

충격으로 어안이 벙벙해져 있던 미아는 바로 정신을 차리고 미소 지었다.

"네, 문제없어요. 고마워요."

사실 욕설 하나쯤은 날려주고 싶었다.

아마 이전의 미아였다면 틀림없이 그렇게 했을 터이다.

하지만 괴로운 감옥 생활을 경험한 미아는 케이크 접시보다는 깊고 찻잔 정도로는 넓은 마음을 지니게 되었다.

번역하자면, 남들에게는 훨씬 못 미쳐도 아슬아슬하게 제멋대로인 황녀란 말은 듣지 않을 정도의 인내심을 탑재하게 되었다는 뜻이다.

이건 큰 성장이라 말할 수 있었다.

그렇다. 인간은 성장하는 법이다.

그것이 설령 거북이보다……, 아니, 달팽이보다 느린 속도라고 해도.

미아는 성장했다!

따라서 지금도 입꼬리를 꿈틀거리면서도 미소 지었다.

"케이크는 새 케이크를 가져오면 그만이죠."

이런 관용을 부리기도 했고.

"그보다 저 메이드는 괜찮은 건가요?"

넘어진 메이드를 염려하는 여유도 보일 수 있게 되었다.

어차피 케이크는 새 케이크로 다시 내오면 그만이니 아무런 문제도 없다…….

"미아 님, 대단히 죄송합니다. 실은 오늘의 케이크는 그것 말고는……."

"당신! 거기 무릎을 꿇으세요!"

분노했다! 순식간이었다.

미아의 관대함이란 망가진 케이크 앞에서는 불면 날아가는 낙엽만큼 가벼웠다.

케이크는 위대하기 때문이다!

특히 몇 년 만에 먹는 케이크는 인간의 이성을 쉽게 날려버렸다.

"제, 제 케이크를, 이렇게 만들다니……. 당신, 얼굴을 드세요!"

"히익!"

쿵쿵쿵 발을 구르는 미아. 겁을 먹은 어린 메이드는 어색한 동작으로 미아를 향해 얼굴을 들었다.

그 얼굴은 미아보다 연상인, 10대 중반의 소녀였다.

생크림으로 범벅이 된 빨간 머리카락, 코 주위의 연한 주근깨, 살짝 눈물을 머금은 파랗고 둥근 눈동자…….

미인이라기보다는 귀엽다고 표현하는 게 어울릴 법한 얼굴이었다. 그래봤자 무도회에서 볼 수 있을 법한 세련된 분위기는 없다. 굳이 따지라면 시골 처녀라는 느낌의 소박한 소녀였다.

"……당신은."

그 얼굴을 본 순간 미아의 뇌리에 어떠한 광경이 되살아났다.

그건 가장 끔찍한 날의 기억, 그녀의 처형일.

지하 감옥에서 홀로 '그 순간'이 오기를 기다리고 있던, 그런 때였다.

제4화 충성스러운 메이드

어두운 지하 감옥.

서늘하고 쌀쌀한 감옥 안에서 미아는 홀로 무릎을 껴안고 '그 순간'을 기다리고 있었다.

미아가 감옥에 갇힌 지 3년이라는 세월이 흘렀다.

그녀를 둘러싸고 있던 수많은 사용인의 모습도 지금은 없다. 처음 몇 주 동안에는 면회하러 오는 사람도 있었으나, 미아가 권력의 자리에 돌아갈 일이 없다는 걸 알아차린 뒤에는 바로 떠나가 버렸다.

그리하여 미아는 고독해졌다.

하지만, 몇 없는 예외는……

"미아 님, 머리카락을 빗겨드리러 왔습니다."

빨간 머리카락을 지닌 젊은 메이드, 안느였다.

감옥에 찾아온 안느는 옆에 선 병사에게 꾸벅 인사한 다음 감옥 안으로 발을 들였다. 미아는 이미 코가 마비되었지만, 감옥 안은 몹시 지독한 냄새가 났다. 최하층인 빈민 지구에 필적하는 끔찍한 환경이다.

하지만 안느는 일절 주저하는 모습을 보이지 않고 미아의 뒤로 돌았다.

그리고는 품 안에서 빗을 꺼내 상해버린 머리카락을 빗겼다.

며칠이나 감지 않은 머리카락은 많이 엉켜 있었다. 그래도 안느는 차근차근 미아의 머리카락을 빗겼다.

"죄송합니다, 미아 님. 저는 옛날부터 빗질이 서툴러서요……."

"……어째서 당신은 제 시중을 들어주는 거죠?"

미아의 입에서 말이 툭 새어 나왔다.

이 지하 감옥에 갇힌 뒤 안느는 자주 미아를 찾아왔다. 사흘에 한 번, 또는 이틀에 한 번.

때로는 먹을 것을 가져오기도 했고, 목욕하지 못하는 미아의 몸을 씻기고 시중을 드는 등 헌신적으로 모셨다.

하지만 미아는 그 이유를 알 수 없었다.

미아는 황제의 딸이다. 따라서 미아 주위에 있으면서 이득을 본 사람들도 없지는 않다. 아니, 오히려 제법 있을 것이다.

하지만 눈앞의 메이드, 안느는 그렇지 않다. 굳이 따지자면 미아의 횡포에 곤란해하는 쪽이었다.

일단 오해가 없도록 말해두자면 미아는 딱히 폭군이라고 할 정도는 아니었다.

그야 실수하면 매섭게 욕했고 화가 나면 손을 올렸다. 때로는 발도 나갔고, 경우에 따라서는 박치기도 했다.

……고귀한 신분에 어울리지 않는 짓이었다고 반성하는 미아였다.

하지만 그 정도이다.

채찍으로 때리거나, 그 자리에 있던 병사에게 '저 무례한 자를 베어버리세요!' 같은 말은 하지 않았다. 그건 아플 것 같았으니까…….

미아는 아픈 걸 별로 좋아하지 않았다.

하지만 그렇다고 좋은 황녀인 것도 아니었다.

누가 욕하고 발길질을 하는 사람에게 기꺼이 헌신할까.

그런 건 일부의 조금 특이한 성벽을 지닌 사람뿐이다. 눈앞의 메이드는 아마도 아닐 것이다.

"저는 당신에게 아무것도 잘해주지 않았어요. 오히려……."

"네. 자주 맞았죠. 걷어차인 적도 있었던가."

안느는 그립다는 듯 웃으며 말했다.

"알고 계세요? 미아 님, 미아 님의 발차기는 전혀 안 아프답니다."

"네? 그랬나요?"

"네. 남동생들과 싸울 때와 비교하면 솜털 같아요. 후후."

안느는 잠깐 침묵했다.

"이렇게 미아 님을 돌봐드리는 건 그저 내버려 두지 못했기 때문입니다. 별다른 이유는 없어요."

그렇게 말하며 부드러운 미소를 지었다.

온화한 시간은 길지 않았다. 곧바로 찾아온 병사가 미아를 처형대로 연행해갔다.

헤어질 때 미아는 안느 쪽을 보며 머리를 깊이 숙였다.

"지금의 저는 당신의 충의에 보답할 수 없습니다. 고맙다는 말밖에 못 하는 저를 부디 용서하세요."

다음 순간 미아의 몸이 따스한 온기에 감싸였다.

"미아 님께 신의 가호가 있기를 기도합니다."

안느에게 안겨 있다는 걸 깨달았을 때, 미아의 눈동자에 불현듯 눈물이 고였다. 이렇게 누군가가 다정하게 끌어안아 주는 건 투옥 생활 중 한 번도 없었기 때문이다.

안느의 넘쳐흐르는 듯한 친절이, 온기가 너무 기뻤고……, 하지만 아쉬웠다.

친절하게 대해준 그녀에게 아무것도 해주지 못하는 게 미아의 마음속 깊은 곳에 미련으로 각인되었다.

미아는 어떻게 할 수 없는 미련을 품고 처형대로 향했다.

"……생각났어요."

미아는 눈앞에서 두 손을 무릎에 집고 사죄하는 안느의 옆에 조용히 무릎을 꿇었다.

"황녀님, 드레스에 크림이……."

"입 다물어요!"

주위에 있던 메이드에게 일갈한 다음 미아는 안느의 어깨를 살며시 안아주었다.

"안느 양, 얼굴을 드세요."

"죄죄죄, 죄송합니다. 황녀 전하."

"화난 게 아닙니다."

그렇게 말하며 미아가 지은 미소는 참으로 부드럽고 자상했다.

"자, 일어나세요. 정말 다친 곳은 없는 거죠?"

"넷, 네. 그, 감사, 합니다."

미아의 부축을 받으며 일어난 안느는 눈을 부릅떴다.

그런 안느를 향해 미아는———.

"이제 저는 당신의 충의에 보답할 수 있어요."

그렇게 엄숙하게 고했다.

"당신을 지금부터 제 전속 메이드로 임명합니다. 이후 제 시중을 담당하세요."

"……네?"

"화, 황녀님?!"

주위에 있던 메이드들에게 일제히 동요가 퍼졌다.

제5화 귀여운 충성심 표현법

황녀 전속 메이드.

그것은 대단히 명예로운 지위이자, 성에서 일하는 메이드가 목표로 삼는 종착점이기도 하다.

그 자리를 얻는 사람은 평민일 수 없다. 귀족의 차녀, 삼녀 등 어느 정도 집안이 되는 자가 취임하는 것이 상식이다.

그 이상으로 중요한 것은 봉급이 많다는 점이다. 일반적인 메이드와 비교하면 두 배에 가깝고, 평민 출신이자 신입인 안느의 봉급과 비교하면 거의 3배에 가까운 수준이다.

평민인 안느가, 심지어 좀 어리숙한 면도 있고 도저히 우수하다고는 할 수 없는 그녀가 그런 지위에 임명되었으니 놀라지 말라는 게 무리다.

난데없이 그런 발탁을 받게 되면 자칫 메이드 사이에서 괴롭힘을 당할 수도 있다.

하지만 미아는 당당하게, 생글생글 웃으며 이렇게 선언했다.

"지금부터 안느는 제 전속 메이드입니다. 제 보호 아래로 들어오는 거죠. 다들 그 의미를 숙지하도록 하세요."

이렇게 되면 이제 아무도 손을 댈 수 없다.

아무튼, 제멋대로라고 소문난 미아 황녀가 직접 지명했기 때문이다.

미아가 변덕을 부려서 해고한 사용인을 여러 명 봐 왔던 메이드들이기에 이기적인 황녀님의 비위를 거스르는 모험은 도저히 저지를 수 없었다.

"저기, 안느 양. 그, 지금까지 제가 했던 말 말인데요……."

이날 이후로 안느를 대하는 선배 메이드들의 반응이 바뀌었다. 이유도 없이 괴롭힘을 당하는 일이 없어진 것은 물론 반대로 친절한 대우를 받게 되었다.

다소 실수를 저질러도 도와주게 되었다.

이 급격한 변화에 당사자인 안느는 그저 당황했다.

──봉급도 올라갔으니 좋은 일투성이지만…….

그 이유를 알 수 없었기 때문에 오히려 불길한 느낌이었다.

아무튼 그 미아 황녀. 기분 하나로 사용인을 해고한다고 소문난 제멋대로인 황녀다.

이유도 없이 친절한 태도에 안느는 두려워서 견딜 수 없었다.

그래서 안느는 과감하게 물어보기로 했다.

"저기, 황녀님. 어째서 제게 그렇게 잘해주시는 겁니까?"

그날 미아는 자신의 방 침대 옆에 둔 의자에 앉아서 낡은 일기장을 읽고 있었다.

뭐가 재미있는 건지 요즘 미아는 계속 그것을 읽고 있다.

──뭔가 고명한 분의 일기인 걸까……?

안느의 부름을 듣고 얼굴을 든 미아는 귀여운 미소를 지으며 말했다.

"당신의 충의에 보답하는 것뿐이에요."

그런 말을 들어도 전혀 짐작 가는 바가 없는 안느였다.

"제가 황녀님께 무언가를 해드렸나요?"

"아무것도 하지 않아도 당신은 충직한 사람이고, 저는 그 마음에 보답한 겁니다. 그저 그뿐이에요."

──저 그렇게 충성스러운 사람이 아닌데요!

내심 비명을 지르는 안느였다.

그녀는 딱히 황제 폐하나 황녀 전하에게 충성을 바치기 위해 백월 궁전에 온 게 아니다.

그럼 무얼 위해서냐면, 솔직히 돈 때문이다.

그녀의 집은 가난한 상가이다. 게다가 아직 어린 남동생과 여동생이 전부 5명이나 있다. 부모님의 벌이로는 도저히 감당할 수 없었기 때문에 안느의 수입은 집안의 생명줄이라고 해도 과언이 아니다.

그렇다 보니 수입이 늘어나는 건 대환영이지만, 그 이유가 현실의 자신과는 거리가 먼 '충성심'이라니……

──위가 쿡쿡 쑤셔……

그런 안느의 속내는 전혀 개의치 않은 듯 미아는 생글생글 웃으면서 말했다.

"그렇게 되었으니 바로 당신의 충의를 보여주었으면 하는데……."

"흐억?!"

'충의라니 그게 뭐죠!'라고 외치고 싶은 안느였지만, 차마 그런 소릴 할 수는 없었다.

──대체 뭘 요구하시는 거지……?

가슴이 쿵쿵 뛰는 것을 느꼈다. 그러자 미아는 살며시 얼굴을 들이밀더니 마치 장난을 치려는 어린아이 같은 표정으로—— 아니, 미아는 실제로도 어린아이이긴 하지만.

"이걸로 서민들이 먹는 과자를 입수해올 수 있을까요?"

"……네?"

참으로 귀여운 충성심 표현법이었다.

긴장해서 굳어있던 안느는 자기도 모르게 맥이 풀려서 웃음이 나올 뻔했다.

"이걸로……."

하지만 미아가 내민 것을 보고 비명을 질렀다.

"자자자, 잠깐만요, 황녀님! 이건 너무 많습니다!"

미아의 손에 들린 것은 만월금화라고 불리는 거대한 금화였다. 이것 하나로 일반 메이드의 60일 치 봉급이 된다.

"어라, 그런가요? 하지만 제 수중의 현금은 별로 없어서……. 아, 그래요. 그럼 남는 돈으로 당신의 가족에게 맛있는 것이라도 사 가도록 하세요."

──얼마나 비싼 일류 레스토랑에 가야 그 돈을 다 쓰는데!

"그리고 앞으로 저를 부를 때는 황녀님이 아니라 미아라고 부르세요."

"네? 저기……."

"그럼 부탁했습니다. 최대한 서두르세요. 역시 머리를 쓸 때는 달콤한 과자가 필요하니까요……. 우후후, 서민들이 먹는 간식이라니 기대되네요."

콧노래를 흥얼거리는 미아를 멍하니 바라볼 수밖에 없는 안느였다.

제6화 미아 황녀, 의욕을 내다

백월 궁전에는 티어문 제국 전역의 지식을 모은 대도서관이 있다.

그 대도서관에 있는 목제 책상에 턱을 괸 미아는 우울하다는 듯 한숨을 쉬었다.

"으음, 어떻게 된 일일까요……."

미아는 요 며칠간 계속 도서관에 틀어박혀 있었다.

그날 안느에 대해 떠올린 미아는 일주일에 걸쳐 일기장을 읽으면서 기억을 정리했다.

덕분에 간신히 그것이 꿈이 아니라 현실로 일어났던 일……, 아니, 정확하게는 앞으로 일어날 일이라는 것을 이해했다.

그 결과!

"그그그, 그런 일은 사양하겠어요!"

미아는 굳게 결심했다.

한 번 더 단두대에 올라가는 건 딱 질색이다. 어떻게든 그 미래에서 벗어나야 한다.

그리하여 미아는 도서관에 틀어박혀 현재의 티어문 제국에 대해 조사해 보았다.

미아의 기억에 의하면 앞으로 몇 년 내로 제국의 재정이 악화된다. 엎친 데 덮친 격으로 기근이 오고 전염병이 창궐한다. 민중이 혁명을 일으키고, 이웃 나라가 혁명군을 도와주며 개입한다.

대충 그런 느낌…… 이었던 것 같다.

도서관에서 그 기억을 의지하며 조사한 끝에 내린 결론은.

"어렵네요."

그도 그렇다. 애초에 온실 속에서 애지중지 자란 그녀이다. 난데없이 정치나 경제 문제를 조사하기 시작해도 이해할 수 없었다.

무슨 일이 일어날지는 아는데 어떻게 해야 하는지는 모르는 게 답답했던 미아는 머리를 부여잡았다.

아무리 단 음식을 먹으며 두뇌 회전을 촉진해봐도 전혀 좋은 아이디어가 떠오르지 않았다.

일단 자신의 한 끼 식사에 들어가는 돈이 민중의 한 달 치 봉급에 해당한다는 건 문제인 것 같다는 정도는 이해했지만…….

"역시 그 사람을 찾아내야겠네요……."

안느에 대해 떠오른 것과 동시에 또 한 명의 충신의 기억도 떠올랐다.

기울어진 제국을 재건하기 위해, 나아가서 미아를 비롯한 황제 일족을 돕기 위해 분골쇄신하며 일했던 우수한 청년 문관.

미아가 밑바닥에 떨어져도 버리지 않고 끝까지 일해준 사람인데도 불구하고.

──어디에도 이름이 적혀있지 않단 말이죠. 무척, 몹시 무례한 남자였다는 건 기억나지만…….

안경, 망할 안경, 짜증 나는 안경…… 등등. 다양한 별명으로 불렀던 기억은 나지만 그리고 보면 그의 이름을 부른 적은 없었던 것 같다.

"이름을 모르면 어떻게도 할 수 없죠. 어떻게든 단서가 될 법한 것이라도 적혀있진 않을까요……?"

그런 생각으로 다시금 일기를 읽어보자 처음 만났던 날의 페이지에 '중앙에서 지방으로 좌천된 얼간이'라고 작게 적혀있는 걸 발견했다.

"맞아요. 분명 한동안 제도에서 일했다고 했던 것 같아요……. 찾으러 가 볼까요?"

어쩌면 아직 제도에 있을지도 모른다.

쇠뿔도 단김에 빼라 했다. 미아는 자리에서 일어나 안느에게 외출 준비를 시켰다.

티어문 제국의 제도 루나티어에는 황제의 통치를 돕기 위한 다섯 개의 기관이 존재한다.

수도의 행정을 담당하는 청월청.

세금 문제를 다루는 금월청.

지방 행정을 담당하는 적월청.

외교를 담당하는 녹월청.

그리고 제국칠군을 이끄는 흑월청이다.

미아가 향한 곳은 백월 궁전과 가장 가까운 위치에 있는 금월청이었다.

딱히 이유가 있었던 건 아니다. 그가 제국 재정을 재건하기 위해 동분서주했기 때문이라거나, 돈 문제에 유난히 밝았다거나 하는 논리적인 생각을 했던 건 아니다.

솔직히 그냥 감이었다.

"저기, 미아 님. 이런 곳에 대체 무슨 볼일이신 거죠?"

안느가 고개를 갸웃거리며 물었다.

"만나고 싶은 사람이 있답니다."

미아는 짧은 대답만 돌려주었다.

"만나고 싶은 사람이라니……, 설마…….."

퍼뜩 입을 누르는 안느. 그 후 이해했다는 듯 고개를 끄덕였다.

"그런 것이라면 이 안느, 최선을 다해 협력하겠습니다."

"…………? 그렇게 말해준다니 기쁘군요."

왜 갑자기 안느가 의욕을 보이는 건지 알 수 없었지만 대충 좋은 게 좋은 거라고 치고 마음을 다잡았다.

"여기 있으면 좋겠는데요……, 어라?"

걷던 도중 누군가가 언쟁하는 듯한 목소리가 들렸다.

"왜 이런 낭비를 하는 겁니까? 이대로 가면 제국의 재정은 조만간 파탄 나고 말 겁니다. 당신도 알고 계실 텐데요."

"에잇, 시끄럽다."

"하지만……."

"닥쳐라! 그런 좀스러운 소릴 해서 뭘 하자는 거냐."

"좀스럽지 않습니다. 이대로는 제국이……."

"어머나?"

들어본 적이 있는, 묘하게 그리운 목소리가 들리자 미아는 만족스럽게 웃었다.

"맞았군요. 도서관에 틀어박혔던 보람이 있어요!"

도서관에서 얻은 지식과는 눈곱만큼도 연관이 없었지만…….
적어도 미아가 행운을 타고났다는 건 확실한 모양이었다.

제7화 미아 황녀, 의기양양하게 웃다

그 남자와의 만남은 최악이었다.

그날 미아는 어떤 청년 문관을 격려하기 위해 방문했다.

첫인상은 그리 나쁘지 않았다. 아니, 오히려 좋은 편이었다.

귀가 가려질 정도로 기른 찰랑찰랑한 머리카락, 외국산인 작은 안경의 렌즈 너머로 청량한 눈동자가 지적인 빛을 발하고 있었다.

조금 차가운 느낌이 들지만, 미아의 심미안도 충분히 충족해줄 만큼 아주 잘생긴 얼굴이었다.

따라서 미아는 평민에게는 좀처럼 보여주지 않는 미소를 지으며 부드럽게 말을 걸었다.

그런데도 돌아온 대답은 이랬다.

"당신들 왕족의 식사에 얼마나 많은 돈이 들어가는지 알아?"

심지어 몹시 차가워서 얼어붙을 것 같은 목소리였다.

"뭐, 뭐죠? 당신, 좀 무례한 거 아닌가요?"

갑작스러운 사태에 미아는 눈을 부릅떴다.

눈앞의 안경 청년은 아무래도 화를 내는 것 같았지만 왜 화가 난 건지 전혀 알 수 없었다.

누군가의 분노를 받은 적이 거의 없는 미아였다.

하물며 처음 만나는 사람에게 그런 말을 듣게 된다니, 영문을 알 수 없었다.

"애초에 왜 격려하러 와서 이런 말을 들어야만 하는 거죠!"

그랬다. 그녀는 지금 눈앞의 인물에게 고맙다고 말하러 온 것이었다.

재정 파탄과 전염병, 소수 부족의 반란으로 인해 궁지에 몰린 제국. 많은 문관과 무관, 대신들까지 도망가는 상황에서 고군분투하는 청년 문관이 있다는 이야기를 들은 미아는 '퍽 감동적이군요. 제가 친히 방문해야겠어요'라는 생각에 이렇게 찾아왔다. 찾아와 주었다!

그런데! 그런데, 그런데!

충성스러운 청년 문관은 안경 속의 차가운 눈을 이쪽으로 힐끔 던지며 차갑게 그런 말을 한 것이다. 게다가.

"계속 그런 곳에 서서 계시면 방해입니다. 시간이 있다면 본인만이 할 수 있는 일을 해주시죠, 미아 황녀 전하."

——이 무슨 태도인지! 이 남자, 절대 용서할 수 없어요!

미아는 그날 분노한 나머지 잠을 이루지 못했다.

침대에 누워서도 이를 빠득빠득 갈면서 베개를 퍽퍽 때리고 팔다리를 버둥거리며 신나게 날뛰었더니 어느새 아침이 되어 있었다.

아무튼, 그런 느낌으로 최악의 만남이었다.

하지만 그가 미아가 감옥에 투옥된 뒤에도 제국을 재건하기 위해 각지를 돌아다녔다는 건 사실이다.

미아를 석방해달라는 호소도 했다고 하고, 수많은 가신 중에서도 처형되는 날에 만나러 온 사람은 그와 안느 둘 뿐이었다.

그렇다 보니 미아가 그에게 보내는 신뢰는 두터웠다.

──뭐, 조금만 말조심을 한다면 더 바랄 게 없겠지만요.

"……흥, 그렇게까지 말한다면 루드비히 삼등세무관, 귀관에게 적월청으로 이동을 명한다."

그러는 사이에 사태가 굴러가기 시작했다.

──아, 그랬죠. 그 녀석의 이름, 루드비히였어요……. 잠깐, 적월청?

"……지방으로 가라는 뜻입니까?"

"그래. 지방에서 걷는 세금을 늘리면 귀관이 말하는 제국의 위기라는 것도 회피할 수 있을 테지?"

"하지만……."

──아아, 큰일이에요. 저 음험 안경, 벌써 지방으로 좌천되게 생겼잖아요!

미아는 마음이 급해졌다.

지방으로 좌천된 그가 제도로 돌아오는 건 티어문 제국이 어떻게 해볼 수 없을 만큼 망가진 뒤였다.

그것은 즉…….

──다, 단두대 직행 코스예요!

서둘러 튀어 나간 미아는 두 사람 앞으로 달려갔다.

"자, 잠깐 기다리세요!"

"뭐냐, 너…… 는……. 미, 미아 황녀 전하."

"이야기는 대충 들었습니다."

"꼴사나운 모습을 보여 드려서 대단히 죄송합니다……."

갑자기 나타난 미아를 본 루드비히의 상사는 이마의 진땀을 닦으며 말했다.

"상관없습니다. 그보다 별로 좋은 행동은 아니군요. 젊은이를 쉽게 지방으로 보내려 하다니. 진지하게 논의해보고 제국을 위해 일하게 해야죠."

"네, 아뇨, 그게……."

미아는 무어라 말하고 싶어 하는 관리를 힐끗 노려보았다.

"어머나? 제가 하는 말을 못 듣겠다는 건가요?"

"네? 아뇨, 처, 처, 천만의 말씀입니다."

"그래요, 다행이군요. 그런데 거기 젊은 관리분. 음, 루드비히라고 했던가요?"

"네? 어, 네……."

갑자기 화살이 날아오는 바람에 루드비히는 살짝 당황한 듯 대답했다.

"잠시 이야기가 있는데 괜찮을까요?"

미아는 루드비히의 손을 잡은 뒤 다른 방으로 끌고 갔다.

"저, 무슨 일이십니까? 저는 일을 하러 가야 하는데요……."

조금 전까지는 왠지 어안이 벙벙해져 있던 루드비히였으나 냉정함을 되찾은 건지 지금은 흥미를 잃은 모습이었다.

"잠시 대화하고 싶어서요."

"저는 바쁘다고 말씀을 드리지 않았나요……."

"가르쳐주었으면 하는 게 있답니다."

"……상관없다 이겁니까. 듣던 것보다 더 막무가내군요."

루드비히는 약간 어이없다는 듯 어깨를 으쓱한 뒤 한숨을 쉬었다.

"그래서 뭘 묻고 싶으신 거죠?"

"그래요. 단도직입적으로 말하자면 어떻게 해야 제국의 재정을 회복할 수 있는가에 대한 걸까요."

그 말을 듣고 루드비히의 눈이 사악 가늘어졌다.

"흥, 그럼 묻겠습니다. 미아 황녀 전하, 당신의 식사에 어느 정도의 돈이 들어가는지 알고 계십니까?"

루드비히는 마치 무시하듯이 코웃음을 치며 말했다.

"대충 한 끼에 당신 봉급의 한 달 치 정도, 즉 현월금화 한 닢이 아닐까요?"

그런 루드비히의 질문에 최고로 의기양양하게 웃으면서 대답하는 미아였다.

제8화 최대의 아군

미아의 대답에 루드비히는 놀라서 굳어버렸다.

──왜, 왠지 무척 기분이 좋아요!

그걸 본 미아는 완전히 우쭐해졌다. 흥에 겨웠다.

"애당초 제국의 재정적 문제는 간단하게 말하자면 들어오는 돈보다 나가는 돈이 더 많다는 점. 그걸 해결하기 위해서는……."

미아의 입에서 티어문 제국이 안고 있는 문제점이 술술 흘러나왔다.

그건 이 며칠 동안 대도서관에 틀어박혀 미아가 직접 도출해낸 것…… 이 아니다. 당연히 아니다.

뻔하디뻔한 사실이지만…….

그건 미래에 루드비히가 지적한 말이었다.

즉 완전히 표절이다.

머릿속에 떠오르는 건 그날 그의 얼굴.

빈정거리면서 잘난 듯이 설교하듯 늘어놓은 해설. 솔직히 그가 무슨 말을 하는 건지 일 할도 이해하지 못했던 미아였으나…….

──그 굴욕의 나날……. 잊을 수가 없어요!

한마디도 빠짐없이 기억에 새겨졌을 만큼 그녀에게는 굴욕적인 사건이었다.

되살아나는 굴욕의 기억. 미아는 그때 그가 했던 말을 그대로 읊어주었다.

제국의 문제, 귀족의 문제, 제도의 문제, 이웃 나라와의 문제, 그 외에도 각종 문제에 대하여.

　미래의 두 사람이 나눈 대화를 들은 사람이 있었다면 '통째로 베꼈잖아요!'라며 따지고 싶어질 법한……, 정말, 이쯤 되면 오히려 감탄이 나올 만큼 완벽한 표절이었다.

　그런데도 루드비히의 표정은 어느새 경악에서 경외로 바뀌었다.

　"……이제 됐습니다."

　한 손을 들어 미아의 말을 막은 다음, 그대로 그 자리에 한쪽 무릎을 꿇고 신하의 예법을 취하는 루드비히.

　"황실에 당신처럼 총명한 분이 계실 줄이야. 감탄했습니다."

　그 말에 커다란 충격이 미아의 몸을 관통했다.

　──초, 총명하다고?! 그 음험한 안경이……, 저를 치, 칭찬한 건가요?!

　미아는 환희에 젖어서 떨었다.

　──아아, 어쩐지 이날을 위해 돌아온 것 같은 느낌이 들어요.

　흥분의 절정에 있던 미아는 다음 말을 듣고 창백해졌다.

　"하지만 이렇게 잘 알고 계신다면 저 같은 자의 힘을 빌리지 않아도 이 나라를 재건할 수 있지 않겠습니까?"

　──이런, 큰일이에요! 너무 우쭐했어요!

　커다란 오산이었다.

　확실히 미아가 한 말은 루드비히의 말이었다. 하지만 그건 그가 지방을 돌고 외국의 사정을 조사했기 때문에 얻은 지식이었다.

　말하자면 미래의 루드비히가 고생 끝에 도달한 결론인 셈이다.

이제 막 관리가 된 그에게 미아의 말은 너무나 위대했다.

완벽한 현상 파악과 미래예측―― 고작 12살의 황녀 전하가 그걸 해냈다는 사실이 루드비히에게 준 충격은 지나치게 컸다.

그렇기에 그가 '내가 무언가를 하지 않아도 이 지혜의 여신과도 같은 황녀님께 맡기면 괜찮을 거야'라는 생각을 했어도 무리가 아니었다.

사실은 맹탕 황녀인 미아에게 맡겼다간 대참사가 벌어지므로――, 미아는 필사적으로 머리를 굴렸다. 하지만.

――아, 안 돼. 아무것도 떠오르지 않아요!

역시 맹탕 황녀였다.

그러나 다행히 눈앞에 있는 사람은 우수한 청년 문관이었다.

"아, 하지만 그렇군요. 미아 황녀 전하께선 아직 어리시죠. 혹시 진지하게 이야기를 들어주는 사람이 없을지도 모른다고 생각하시는 겁니까?"

그는 알아서 미아에게 유리한 해석을 해주었다.

"바로 그겁니다!"

미아는 그 흐름에 탔다. 자신을 치켜세워주려는 흐름에 타지 않을 수는 없었다.

게다가 이때의 미아는 웬일로 말이 잘 나오기도 했다.

"그리고 아무리 제가 총명하다고 해도 실수는 저지를 수 있다고 봐요. 그러니 당신도 스스로 생각한 바를 거리낌 없이 저에게 말해주세요."

냉정한 사람이라면 '자기 입으로 총명하단 소릴 하냐……'라며 딴죽을 걸었을 것이다.

냉정하지 않아도 지극히 평범한 감성을 지닌 사람이라면 분명 기가 막혔을 것이다.

하지만 루드비히의 눈은 조금 전의 충격 때문에 완전히 흐려지고 말았다.

"지식에 자만하지 않고 신하의 진언에도 귀를 기울이려 하시는 겁니까……. 당신은, 참……."

조금 전 상사에게 자신의 진언이 내쳐진 그에게 미아의 말은 감동을 주었다. 타이밍도 미아의 편을 들어준 셈이다.

루드비히는 미아가 자신의 지혜가 없다면 아무것도 못 하는 맹탕 황녀라는 건 꿈에도 생각하지 못했다.

"그런 것이라면……."

루드비히는 다시금 깊이 머리를 숙여 신하의 예를 올렸다.

"이 루드비히, 몸과 마음을 다 바쳐 협력하겠습니다."

"네, 잘 부탁해요."

고분고분한 태도인 루드비히를 보면서 대단히 흡족해하는 미아였다.

이리하여 미아는 충성스러운 메이드 안느에 이어 최대의 아군을 손에 넣었다.

제9화 예언 × 피투성이 일기

"우후후······."

룰루랄라 웃는 미아를 보고 안느가 고개를 갸웃거렸다.

"기분이 좋아 보이세요, 미아 님."

"어머나? 티가 나나요?"

자신의 방으로 돌아온 뒤에도 미아는 기분이 좋았다. 아주아주 좋았다.

그럴 만도 한 것이, 그 음험 안경······, 아니, 루드비히에게 '총명하다'라는 말을 들었기 때문이다.

──총명······. 이 저에게 총명하대요. 우후후후후.

하늘을 떠다니는 기분이란 이런 기분을 가리키는 것이리라. 미아의 행복 모드는 당분간 변할 것 같지 않았다.

"아, 맞아요. 기념비적인 오늘 일을 잊지 않도록 일기장에 적어야겠어요······."

미아는 즉시 일기장을 들고 침대 위로 다이빙했다.

푹신푹신한 침대에서 작은 몸을 출렁거린 뒤 데굴데굴 굴러봤다. 데굴데굴, 데굴데굴, 굴러봤다.

월광조(月光鳥)의 깃털이 쓰인 고급 침대는 미아의 몸을 부드럽게 감싸주었다.

부드러운 이불에 얼굴을 묻으며 간지러운 듯 발을 버둥거렸다. 실내복의 스커트가 말려 올라가 미성숙한 다리가 드러나는 바람에 조금 칠칠치 못한 모습이 되었다.

"우후후후, 우후후."

"……미아 님, 그런 품위 없는…….."

안느의 간언도 듣는 둥 마는 둥 미아는 흐뭇해하는 미소를 지었다.

"우후후~ 저는 제국의 총명한 미아 황녀 전하인걸요. 아무런 문제도 없답니다."

'꼴값하네!'라는 반박을 들을 법한 언동…… 이었지만, 안느는 오히려 따뜻한 눈으로 미아를 쳐다보았다.

──마음에 품으신 남성에게 칭찬을 받은 게 어지간히 기쁘신 거군요!

안느는 안느대로 미아에게 이상한 오해를 하고 있다 보니 오히려 여동생의 첫사랑을 지켜보는 언니가 된 기분이……, 자상하고 넓은 마음이 되고 말았다.

한 번 어긋난 단추를 다시 끼우려면 고생한다는 좋은 사례가 아닐까.

그건 그렇다 치고, 미아는 발을 까딱거리며 일기장에 새 글을 쓰기 시작했다.

안느를 전속 메이드로 임명한 뒤부터 오늘까지 있었던 일을 살짝 각색을 곁들이며 정리해나갔다.

──어머! 제게 시인이나 극작가의 재능이 있었던 걸까요? 이렇게 막힘 없이 써지다니!

어지간히 기뻤던 모양이다. 미아의 펜은 물이 흘러가듯 매끄러웠다.

전부 다 적고 페이지를 덮은 미아의 머리에 문득 생각이 치솟았다.

——맞아요, 만약 제가 일기장의 글귀를 바꾼다면 미래의 일기장은 어떻게 되는 걸까요?

그건 소소한 호기심이었다.

눈앞에 있는, 아직 깨끗한 일기장과 피로 물든 일기장. 이 두 권이 같은 것이라면 깨끗한 쪽에서 수정된 내용은 어떻게 될까?

그런 생각으로 피로 물든 일기장을 펼쳐봤다.

"이, 이게 대체 뭐죠?"

미아는 자기도 모르게 경악하며 큰 소리를 냈다.

일기장 안의 글자가 찌글찌글하게 일그러지더니 다른 모양을 만들었다. 조금 전 미아가 적은 부분으로 기존의 내용이 바뀌고, 심지어 그 이후의 서술도 거기에 맞춰서 변경되었다.

그건 마치 미래가 바뀌어 가는 것처럼 보이기도 했다.

——그렇게 보이는 것만이 아니라 실제로도 미래가 바뀌는 거예요!

미아는 깨달았다.

루드비히의 협력을 얻어 그를 원래의 미래보다 일찍 일하게 만든 덕분에 역사에 큰 변화가 생겼다는 것을.

——이건, 혹시……?

벌떡 일어나 침대 위에서 정좌하는 미아.

그 후 떨리는 손으로 이어지는 페이지를 넘겼다. 일기장의 마지막 페이지에 접어들었을 때, 미아의 입에서 슬픈 한숨이 가늘게 새어 나왔다.

──아직 바뀌지 않았다니…… 이럴 수가.

마지막 페이지는 변함없이 미아의 처형이 예언되어 있었다.

──어째서, 이런 일이…….

절망으로 눈앞이 새카맣게 물들어갔다. 비참한 말로를 앞에 두고 어딘가 먼 곳으로 도망치고 싶은, 그런 초조함이 가슴을 태웠다.

──괜찮아, 괜찮아요. 아직 시간은 있는걸요.

한 번 심호흡을 하고 마음을 달랜 미아는 다시 일기장을 읽었다.

그곳에는 루드비히의 협력을 얻어 재정적인 문제는 다소 개선되었지만, 그것만으로는 바꿀 수 없었던 일들이 여럿 적혀있었다.

제도의 빈민가에서 퍼진 전염병, 변경지대에 있는 소수민족의 반란 등등.

문제는 산더미 같았다.

게다가 어떻게 해결했는지 미아는 도저히 짐작도 가지 않는 일들이었다.

──크, 큰일이에요. 루드비히의 칭찬을 받았다고 우쭐해있을 때가 아니었어요!

냉수를 뒤집어쓴 것 같은 마음이 된 미아는 벌떡 일어났다.

"안느!"

그녀는 자신의 전속 메이드를 향해 낭랑하게 선언했다.

"두뇌 회전을 보조하기 위해 달콤한 디저트를 요구합니다!"

……비교적 시시한 내용을.

제10화 제도 루나티어의 그림자

빛이 있는 곳에는 반드시 어둠이 태어난다……

강대국인 티어문 제국의 화려한 제도 루나티어에도 어둡고, 사람들이 시선을 피해버리는 지구가 있다.

성벽 근처에 있는 빈민가, 통칭 '신월지구'가 바로 그곳이다.

최하층의 빈민이 사는 그곳은 만족스럽게 먹을 것도 없고, 병에 걸리면 그대로 길거리에 버려지는 장소다.

작은 교회와 고아원 말고 인간다운 환경이 거의 단절되고 만 장소.

그곳은 말 그대로 버려진 지구였다.

그런 거리를 장소와 어울리지 않게 아름다운 드레스를 입은 소녀가 걷고 있었다.

다름 아닌 티어문 제국 황제의 딸, 미아 루나 티어문이었다.

신기하다는 듯 주위를 두리번거리면서 사뿐사뿐 걸어갔다.

"미아 황녀 전하, 너무 앞으로 가시면 위험합니다. 저희보다 앞에 서지 않도록 조심하셔야……"

소녀 주위에는 무장한 호위 병사가 넷, 거기에 전속 메이드인 안느와 얼마 전 동료로 끌어들인 루드비히의 모습까지 있었다.

참으로 주위의 이목을 끌 법한 이 집단이 왜 이런 장소를 방문하게 되었는가……

이야기는 몇 시간 전으로 거슬러 올라간다.

"……역시 손을 써야 하는 문제는 이것…… 이겠군요."

안느가 가져온 과자 덕분인지 미아의 머리는 여느 때와 달리 비상해졌다.

다시 일기장을 읽은 미아는 그 안에서 마음에 걸리는 서술을 발견했다.

"전염병 유행, 이것 때문에 달걀을 맞기도 했어요."

지금으로부터 몇 년 뒤에 제도에서 크게 유행하는 전염병.

제도에 사는 국민의 일 할이 목숨을 잃게 되는 이 대사건은 아무리 머리가 좋은 루드비히라고 해도 예측하지 못했던 모양이다.

다시 쓰인 일기장을 보자, 모처럼 루드비히 덕분에 개선되어가던 재정이 이 사건으로 단숨에 악화되었다는 걸 알 수 있었다.

"으음, 내버려 둘 수는 없겠지만……. 전염병은 어떻게 해야 막을 수 있는 거죠?"

기본적으로 미아는 노력하는 걸 썩 좋아하지 않는다. 필요하다면 대도서관에 틀어박히기도 하지만 오래 이어지지 않고, 애초에 조사나 공부를 싫어한다.

그렇다면 어떻게 해야 하는가…….

"일단 모르는 건 물어보면 되죠."

대답은 간단. 누군가에게 물어봐서 배우면 그만이다. 지금 미아에게는 편리한 지혜 주머니가 붙어있다.

"안느, 외출할 거예요."

"어디로 가시는 겁니까? 미아 님."

"망할 안······ 이 아니라, 루드비히에게 가려고요."

"아하, 지난번의 그······. 그렇다면 드레스를 갈아입으셔야겠네요."

갑자기 콧김이 거칠어지는 안느였다.

"그래요? 지금 이대로도 충분하다고 보는데요······."

미아가 입고 있는 건 실내복으로 입는 시크한 검은 드레스였다. 무도회에 가는 거라면 모를까, 사람을 만나기에는 아무런 문제도 없는 옷차림이라고 생각했는데······.

"안됩니다! 이럴 때 남성에게 어필하지 않으면 언제 하시려고요. 자, 드레스룸으로 갑시다, 미아 님."

반강제로 드레스룸에 끌려온 미아.

안느는 옆에 있던 베테랑 메이드의 도움도 받으며 미아의 복장을 바꿔나갔다.

창월 벚꽃을 사용한 푸른 드레스는 스커트의 길이가 비교적 짧은데, 그게 귀여우면서도 활동하기 쉬워 두 마리 토끼를 잡은 디자인이었다.

"어머나, 이 드레스는 처음 봐요."

드레스 정도는 썩어나도록 많이 보유한 미아이다. 모든 드레스를 파악하는 건 당연히 불가능하고, 한 번도 입은 적이 없지만 체형이 변해서 입지 못하게 되는 드레스도 넘쳐났다.

"후후, 잘 어울리세요. 미아 님."

그렇게 웃은 안느는 이번엔 미아의 머리카락을 만지기 시작했다.

반짝반짝한 백금색 머리카락을 꼼꼼히 빗질해서 다듬은 다음, 마무리로는 무지개색으로 빛나는 보석이 달린 비녀를 꽂았다.

"어머? 이건……."

거울을 본 미아는 그 비녀를 보고 눈을 살짝 가늘게 떴다.

"왜 그러세요? 미아 님."

안느의 의문에 대답한 사람은 미아가 아니라 옆에 있던 베테랑 메이드였다.

"그건 작년에 어떤 대상인이 미아 님께 헌상한 비녀입니다. 미아 님께서도 크게 기뻐하셨죠."

드레스룸 담당인 베테랑 메이드의 이야기를 들은 안느는 기쁘게 웃었다.

"그랬군요. 그렇다면 잘됐네요."

"그렇죠……."

대답하는 미아의 목소리는 조금 가라앉은 상태였지만…….

──솔직히 이건 좀 미묘해요…….

딱히 비녀의 디자인이 마음에 안 드는 것도 아니고, 실제로 비녀 자체가 싫은 건 아니지만…….

미아에겐 이 비녀를 진심으로 기뻐하며 꽂을 수 없는 이유가 있었다.

──하지만 망할 안경을 만나러 가는 거라면 이걸로도 충분하지 않을까요?

그렇게 생각을 고쳐먹은 미아는 아무런 말도 하지 않았다.

제11화 하늘이 내려주신
위대한 지도자 (크나큰 오해)

루드비히에게 그 만남은 충격적이었다.

상인의 차남으로 이 세상에 태어난 그는 어린 시절부터 똑똑한 아이였다. 아버지의 가게는 장남이 물려받기 때문에 일찍부터 국가의 관리를 지망했던 그는 관리 공부를 시작한 지 얼마 지나지 않아 이 티어문 제국이 얼마나 썩어있는지 실감했다.

원인은 다양했지만, 그 다수가 황제를 정점으로 한 문벌 귀족에 있다는 건 명백했다.

그래서일까. 그는 귀족과 황실 사람, 소위 고귀하신 분들을 경멸했다.

그런 루드비히 앞에 어느 날 갑자기 그 소녀가 나타났다.

미아 루나 티어문.

제국의 황녀라는, 말하자면 고귀하신 분들의 정점 근처에 있는 소녀는 달빛을 녹여 만든 듯한 아름다운 백금색 머리카락을 찰랑이며 말했다.

이 제국을 재건하는 데 힘을 빌려달라고.

그녀가 보여준 지성의 빛은 마치 달의 여신과도 같이 너무나도 눈이 부셨다. 그 빛에 쬔 루드비히는 아직도 가슴이 두근거리는 걸 억누르지 못한다.

그날 이후 루드비히는 미아의 신뢰에 부응하며 열심히 일했다.

상사의 반대는 대체로 황녀의 위광을 이용해서 봉쇄했다.

그런 행동은 당연히 미아의 귀에도 들어갔을 테지만, 아무 말도 하지 않는 걸 보면 자신은 그녀의 뜻대로 움직이고 있는 모양이다.

아마 그녀는 제국에 대한 본인의 생각을 밝히면 루드비히가 자발적으로 움직이리라 여기는 모양이다.

대략적인 방향을 제시한 뒤 세세한 판단은 현장에서 일하는 전문가의 의지를 존중한다. 지극히 당연하면서도, 그런 판단을 내리지 못해 멸망한 나라도 많이 있다.

그 올바른 판단을 12살의 소녀가 내렸다는 점에서 루드비히는 전율했다.

"그녀야말로 하늘이 제국에 내려주신 위대한 지도자인 게 아닐까……?"

그런 생각까지 하는 형국이다.

……물론, 순전히 루드비히의 망상에 불과하지만.

"안녕하세요, 루드비히."

"미아 황녀 전하. 잘 오셨습니다."

일하던 손을 멈춘 루드비히는 자리에서 일어났다. 손을 들어 그 움직임을 제지한 미아는 은은한 미소를 지었다.

"일하느라 수고가 많군요, 루드비히."

"아뇨, 황녀 전하 덕분에 아주 편해졌습니다. 감사합니다."

머리를 숙이는 루드비히를 보고 흡족하게 고개를 끄덕이는 미아.

아무래도 오늘까지 자신이 한 행동에 실수는 없었던 모양이라며 루드비히는 안도의 숨을 돌렸다. 아무튼 상대방은 자신을 아득히 능가하는 지혜의 소유주다. 방심할 수는 없다.

"오늘은 긴히 상담하고 싶은 일이 있어서 왔습니다."

"음, 상담…… 말입니까."

루드비히는 팔짱을 끼면서 생각에 잠겼다.

──황녀 전하의 모습을 보건대 딱히 내 일 처리에 불만이 있는 건 아닌 것 같지만……. 그래도 어쩌면 무언가, 내가 눈치채지 못한 게 있는 건지도 몰라.

뭐니 뭐니 해도 상대방은 달의 여신과도 같은 지성의 소유주다.

루드비히의 안에서 미아의 평가는 이미 손을 쓸 수 없을 수준까지 급등하고 말았다. ……참으로 불행한 일이다.

"그래요, 여기서 대화해도 괜찮지만……. 데려가 주었으면 하는 곳이 있는데요."

의미심장하게 말하며 미스터리한 미소를 짓는 미아.

"어딥니까?"

"신월지구……."

그 한마디에 루드비히는 경악했다.

"──?! 슬럼가에 가신다는 말씀이십니까?"

무심코 신음이 흘렀다.

제도 루나티어의 성벽에 제일 가까운 빈민가, 신월지구.

그곳은 왕후·귀족은 물론이요, 일반 민중조차 발을 들여놓으려 하지 않는 장소.

루드비히 또한 한 번도 간 적이 없는 장소고, 자발적으로 가고 싶은 곳도 아닌 장소다.

설령 하늘이 무너진다 해도 제국의 황녀가 갈 만한 곳이 아니다.

"미아 님, 아무리 그래도 그런 곳에 가시는 건!"

미아를 따라왔던 전속 메이드 안느가 참지 못하고 비명을 질렀다.

영락없이 루드비히를 만나러 왔을 뿐이라고 믿었던 그녀로서도 미아의 발언은 아닌 밤중의 홍두깨였다. 젊고 파릇파릇한 아가씨인 그녀도 신월지구는 그리 가까이 가고 싶지 않은 장소였다. 부모님에게 위험하니까 가면 안 된다는 이야기를 들었고, 같은 말을 그녀 자신이 동생들에게 신신당부했던 장소이기도 하다.

하지만 두 사람의 반대에 미아는 고개를 내저은 뒤 입을 열었다.

"갈 필요가 있어요. 루드비히가 직접 보고 생각해줬으면 해요."

결연한 의지가 담긴 말투였다.

제12화 전염병의 냄새

미아의 명령을 받아 루드비히는 급히 호위할 병사를 수배했다.

갑작스러운 일이었기 때문에 4명밖에 모으지 못했지만, 다들 실력이 좋은 병사들뿐이었다.

전장으로 시찰을 가는 거라면 몰라도 일단 제도 밖으로 나가는 게 아니니 이 정도면 거의 문제는 없다고 봐도 된다.

──사실은 10명은 더 데려가고 싶지만, 급히 모은 거니까 어쩔 수 없나.

루드비히는 한숨을 쉬었다.

아무튼 지고하신 황제 폐하의 여식이 거리로 나오는 것이다. 호위에 얼마나 공을 들인다 해도 충분하다 할 수 없다.

"황녀 전하, 참고로 오늘 일은 황제 폐하께서 알고 계시는 겁니까?"

"네? 아바마마요?"

어리둥절하다는 듯 고개를 갸우뚱하는 미아.

"나중에 제가 말씀드릴 테니 이 정도는 괜찮아요."

당당하게 가슴을 펴고 말하는 미아에게 일말의 불안을 느끼는 루드비히였다.

그렇게 찾아온 신월지구는 참으로 처참한 모습이었다. 한걸음 들여놓기만 해도 바로 옆에 붙은 지구와는 명백하게 공기가 달랐다.

이걸 지극히 간단하게 표현하자면.

"냄새가 지독하군요."

병사 중 한 명이 무심코 중얼거리면서 코를 틀어막았다.

거리 전체가 썩은 냄새인 건지, 땀 냄새인 건지. 불결한 냄새로 지배당한 것 같았다.

성이나 고급주택지에서는 결코 맡을 일이 없는 코를 찌르는 냄새에 병사들은 물론이고 안느와 루드비히까지 자기도 모르게 얼굴을 찌푸렸다.

하지만…….

"그런가요? 그렇게 신경 쓰일 정도는 아닌데…….”

미아는 태연했다.

지하 감옥에 2년이나 갇혀 있던 미아에게는 바람이 부는 만큼 여기가 훨씬 낫다고 할 수 있었다.

"이러한 곳에서 사는 사람들은 분명 목욕하기도 쉽지 않을 테죠. 인간은 사흘이나 몸을 씻지 않으면 당연히 냄새가 납니다. 먼 곳에서 오는 여행자와 별로 다를 거 없어요."

산뜻하게 잘라 말한 미아는 걷기 시작했다.

"그런 것보다 어서 가죠."

병사들은 그런 호쾌한 황녀의 모습을 멍하니 쳐다볼 수밖에 없었다.

더러운 길, 어두운 뒷골목, 무너져가는 민가…….

그러한 것들이 만들어낸 그늘에선 장소에 어울리지 않는 일행에게 괴이쩍은 시선을 보냈다.

그러거나 말거나 미아는 쭉쭉 걸어갔다.

"미아 황녀 전하, 목적지는 대체 어디이신 겁니까?"

리더 격인 병사가 물었다.

"으음, 글쎄요. 딱히 정하진 않았지만……, 저건?"

문득 길 구석에 시선을 준 미아는 거기에 쓰러지듯 웅크려있는 한 어린아이를 향해 발걸음을 옮겼다.

옷이라고도 부를 수 없을 법한 너덜너덜한 천을 몸에 걸친 남자아이였다. 미아보다 더 어린 5, 6살 정도 되는 아이의 말라비틀어진 어깨에 살며시 손을 올렸다.

"잠깐, 황녀 전하!"

"이봐요, 당신. 괜찮아요?"

천천히 얼굴을 든 소년은 미아를 보고도 딱히 놀라는 모습을 보이지 않았다. 그 눈동자는 탁하게 흐려져 있고, 어린아이다운 생기가 전혀 느껴지지 않았다.

"당신, 어디가 아픈 것 아닌가요?"

"…………."

버석버석한 입술이 미약하게 움직였지만 거기서 목소리는 나오지 않았다. 대신 뒤에 있던 루드비히에게서 대답이 돌아왔다.

"보아하니 병이 아니라 굶주림일 겁니다. 이 근방에선 흔한 일이죠."

"그런가요……. 배가 고픈 건 확실히 고통스럽겠죠."

미아는 안느에게 군것질거리로 가져온 과자를 소년에게 나눠주도록 지시한 다음 다시 루드비히 쪽을 보았다.

"루드비히, 묻고 싶은 게 있습니다."

"말씀하십시오."

"여기서 미래에 전염병이 돌지 않게 하기 위해서는 어떻게 해야 할까요?"

"전염병…… 이라니……."

미아의 말에 루드비히는 머리를 세게 얻어맞은 듯한 충격을 받았다.

생각지도 못한 일이었기 때문이다.

몇 년 뒤면 제국의 재정이 확실하게 파탄 날 것이라는 건 예측했다.

그래서 그걸 어떻게든 해야 한다는 생각에 지출을 줄이고 세금 수입을 늘리기 위한 정책을 필사적으로 생각했고, 실시한 것들은 전부 효과가 있었다고 자부했다.

하지만 그런 건 전염병이 한 번 유행하면 즉시 무용지물이 된다.

그리고 눈앞의 작은 황녀 전하는 바로 그 위험성을 지적하는 것이다.

"전염병을 막기 위해서는……."

"미아 님, 이 아이는 역시 어딘가에서 쉬게 해주는 게 좋을 것 같습니다. 근처에 교회가 있다는 것 같은데 그쪽으로 가 보지 않으시겠어요?"

안느의 말에 루드비히의 생각이 중단되었다.

"그래요. 여기저기를 보고 싶었던 참이니 마침 잘 됐군요."

생글생글 웃는 미아의 얼굴을 멍하니 바라보며, 루드비히는 왜
그녀가 자신을 여기에 데려왔는지 뼈저리게 깨달았다.

제13화 비녀의 비밀

목적지는 좁고 복잡한 뒷골목에 있었다.

작고 조금 기울어진 교회. 넓은 뜰에서 어린아이들의 힘찬 목소리가 들렸다.

조금 전에 발견한 아이를 수녀에게 맡긴 뒤 루드비히는 교회를 새삼 바라보았다.

"환자를 치료할 수 있는 곳은 여기뿐인가⋯⋯."

교회는 소박한 건물이라 병설된 고아원을 더해도 그리 많은 사람이 들어갈 수 있을 만한 공간이 없다. 여기에서 이 일대의 환자를 치료하고 식사를 배급하는 건 도저히 불가능하다.

──실제로 그때가 되지 않으면 모르는 일이지만, 확실히 미아 황녀 전하께서 말씀하신 대로야. 이 근방에서 전염병이 퍼질 가능성이 상당히 커.

생각에 잠기는 루드비히.

한편 미아는 교회를 담당하는 신부와 교류를 시도했다.

딱히 그녀가 유달리 신앙심이 깊은 사람인 건 아니다. 국경을 초월하는 조직인 교회에 인맥을 만들어두면 여차할 때 도망가는 걸 도와줄지도 모른다는 타산 때문이었다.

어떤 때라도 레이디 퍼스트 아닌 '마이 퍼스트'인 미아였다.

"신부님, 환자를 받아들여 주셔서 감사합니다."

"아뇨, 저희는 신을 모시는 자로서 당연한 행동을 하는 것뿐입니다. 그보다 황녀 전하께서 이러한 장소에까지 찾아와 주시다니 황공합니다."

"그렇게 거창한 일도 아닙니다. 여기도 제가 사랑하는 나라의 일부이니까요. 그런데 신부님, 신부님은 외국에 교류하는 사람이……."

이런 식으로 어필하는 데 여념이 없는 미아였다.

"미아 황녀 전하……."

그때였다. 루드비히가 말을 걸었다.

"어머나, 루드비히. 벌써 시간이 됐나요?"

"아뇨, 황녀 전하의 생각을 잘 알았습니다."

그 말을 들은 미아는 만족스럽게 고개를 끄덕였다.

"그렇군요. 참 다행입니다. 역시 루드비히예요. 그럼 신월지구에서 전염병이 퍼지지 않기 위해서는 어떻게 해야 좋을까요?"

"……전염병을 막는 방법은 두 가지입니다. 식량을 구석구석 배급하여 주민의 체력을 증강하는 것. 그리고 의료기관을 증설하는 것입니다."

자신이 생각한 바를 입 밖으로 낸 루드비히는 새삼 그게 얼마나 어려운 일인지 실감했다.

그가 최근 해왔던 일은 '지출을 줄이는 것'이다.

제국의 재정 상태를 회복하기 위해서는 수입을 늘리거나 지출을 줄이거나. 방법은 두 가지다.

수입은 쉽게 늘어나지 않으므로, 자연스레 낭비를 줄이는 것이 주요 정책이 되었다.

하지만 식량을 배급하는 것도 병원을 세우는 것도 막대한 돈이 든다.

그런 상황을 유지하기만 해도 얼마나 많은 돈이 필요한지, 애초에 그런 돈을 정말로 마련할 수 있을지 루드비히는 짐작도 가지 않았다.

설령 미아가 황녀로서의 권위를 사용한다고 해도 불가능하지 않을까.

아무래도 그녀는 아직 어린 소녀이기 때문이다.

그랬는데…….

"즉 돈이 필요하다는 거군요……. 흐음."

미아는 작게 고개를 끄덕인 뒤 무언가 생각에 잠기듯 팔짱을 꼈다.

"그럼……, 그래요. 이걸 팔면 충분할까요?"

그렇게 말하며 머리에 꽂고 있던 비녀를 천천히 뽑았다.

"……네?"

커다란 보석이 달린 그것은 얼마 전에 유명한 대상인이 미아에게 헌상한 물건이었다.

"미아 님, 그건! 미아 님께서 좋아하시는 비녀잖아요!"

안느가 놀라서 소리쳤다.

하지만 미아는 작게 고개를 저었다.

"상관없습니다. 아무리 소중한 것이라 한들, 온 힘을 다해 붙잡고 있어도 사라질 때는 사라지는 법이고 망가질 때는 망가지는 법. 그렇다면 의미 있는 일에 쓰는 것이 좋을 테죠."

"미아 황녀 전하……."

루드비히는 냉정한 그치고는 드물게 몹시 감동했다.

글자 그대로, 미아가 성녀로 보였다.

물론 착각이다.

알다시피 미아는 성녀도 구세주도 아니다. 따라서 그녀가 '팔 아버리자!'고 주장하는 건 따로 이유가 있다.

그 이유란…….

──그런 놈들에게 빼앗길 바에야 냉큼 팔아버리는 게 낫죠.

그랬다. 그 비녀는 사실 그녀가 혁명군에게 잡혔을 때 빼앗긴 물건이었다.

심지어 거칠고 난폭한 수염 남자에게 빼앗겼다. ……그렇다고 상큼한 미남에게는 빼앗겨도 괜찮다는 건 아니지만.

──그런 녀석의 것이 되는 것보단 차라리 제가 직접 저를 위해서 처분하는 게 마음이 편해요.

더없이 타산적인 미아였다.

하지만 루드비히는 당연히 그런 사정을 모른다.

"미아 님의 마음은 똑똑히 들었습니다. 이 루드비히, 맡겨주신 보물을 최선의 방향으로 활용하도록 하겠습니다."

설령 비녀를 팔아봤자 필요한 금액에는 턱없이 모자라다.

하지만 루드비히는 그 비녀를 건넨 미아의 의도를 이해하고 있었다.

다음 날부터 루드비히는 미아가 빈민가 사람들을 위해 소중한 보물을 내놓은 것을 대대적으로 선전하고 다녔다.

어린 황녀가 베푼 최상위급의 자비.

민중은 자비로운 미아의 행동에 놀랐고, 귀족은 미아를 본받아 본인들도 돈을 낼 수밖에 없게 되었다.

이리하여 20일 뒤, 신월지구에 커다란 병원을 세우게 되었다.

제14화 다과회

그날 미아는 티어문 제국의 사대공작가의 영애인 에메랄다 에 트와 그린문의 초대를 받아 다과회에 왔다.

귀족가의 영애에게 다과회는 능력치다.

이름 있는 손님을 초청할 수 있다면 그만큼 권력이 있다는 걸 상징한다. 그런 의미에서 황녀인 미아는 인기인이었다.

널따란 정원 한구석에서 열린 다과회에는 수많은 문벌 귀족가 의 영애가 모여 있었다.

"그건 그렇고 미아 님, 무척 과감한 결단을 내리셨다면서요?"

다과회의 주최자인 에메랄다는 에메랄드색 머리카락을 부드럽 게 찰랑거리면서 말했다.

"글쎄요, 무슨 이야기인지?"

미아는 홍차를 호로록 마시면서 시원스러운 얼굴로 고개를 갸 웃거렸다.

"얼마 전 빈민가에서 있었던 일을 들었답니다."

공작 영애는 호호호 웃으며 말했다.

"하지만 어째서 그런 헛수고를 하셨죠? 평민을 위해 소중한 비 녀를 내놓으셨다니. 아버지께서도 고개를 갸웃거리셨답니다."

"아하, 그 일 말인가요……."

"그냥 변덕이실 거라 생각하지만, 미아 님께서 하시는 일이니 무언가 깊은 의미라도 있는 게 아닌지 계속 고민했답니다. 하지만 도저히 이유가 짐작이 가지 않네요…….”

상반신을 앞으로 내밀면서 물어보는 에메랄다.

솔직히 미아는 그녀를 좋아하지 않았다.

왜냐하면 그녀는 주위에 미아와 제일 친한 친구라고 떠들고 다녔으면서 혁명이 일어나자마자 바로 배신한 사람이기 때문이다.

좋아할 수 있을 리가 없다.

그래서 사실 다과회에도 오고 싶지 않았지만, 그렇다고 쉽게 거절할 수도 없다. 그녀는 황제와 혈연관계도 있는 대귀족의 영애이기 때문이다.

따라서 오늘 미아의 목표는 최대한 힘을 빼지 않고 무난하게 시간을 보내는 것이었다.

그렇기에…….

“깊은 의미는 없답니다. 그저 저는 제 마음이 시키는 대로 행동했을 뿐이죠.”

이런 식으로 적당히 대답했다.

뜻은 ‘하고 싶어서 했는데 불만 있냐? 요 녀석아’ 정도로 해석할 수 있으리라.

만약 루드비히였다면 조심조심 대답할 필요가 있지만, 귀족 영애를 상대할 때는 이 정도로도 충분하다.

“대단하세요, 역시 미아 님. 마음이 넓으시군요.”

“평민에게까지 신경을 쓰시다니, 저희는 흉내 내지 못하겠어요.”

주위에 있던 귀족 영애들이 저마다 칭송하는 걸 흘려들으면서 미아는 내심 한숨을 쉬었다.

——아아, 빨리 끝났으면 좋겠어요…….

"피곤하시죠? 미아 님."

귀궁하는 마차에 타자마자 안느가 말을 걸었다.

"어깨가 뻐근하네요."

목을 뚝뚝 꺾는 미아를 향해 안느가 동정 어린 눈빛을 보냈다.

"역시 미아 님께서도 그 분위기가 불편하신가요?"

딱히 불편한 건 아니다. 오히려 미아는 그런 분위기 속에서 자란 사람이다.

그래서 안느의 질문이 묘하게 마음에 걸렸다.

"'역시'라는 건 무슨 뜻이죠?"

저택에서 나올 때 받은 참가자 선물을 확인하면서 깊은 뜻 없이 물어봤다.

"미아 님께선 저 영애들과는 다르시니까요."

——어머나, 얼음과자네요. 이거 참 맛있는데!

이처럼 머리에 꽃밭을 키우고 있는 도중에도 안느의 이야기는 이어졌다.

"그분들은 자발적으로 가난한 자들이 사는 곳에 발걸음을 옮기거나 연민하는 마음으로 자신의 물건을 나누어주는 일은 절대 하지 않을 테죠. 미아 님과는 다릅니다."

"그……, 그런가요?"

번쩍번쩍한 눈동자로 역설하는 바람에 미아는 자기도 모르게 머뭇거렸다.

솔직히 선의로 행동한 적은 단 한 번도 없는 미아였다.

그럴 의도도 아니었는데 이렇게 대놓고 칭찬을 받자니 민망하다고 해야 하나, 뭐라고 해야 하나…….

안느의 순수한 신뢰를 앞에 두고 미아의 양심이 휘청거렸다.

그 결과 균형을 잡기 위해 어째서인지 몹시 선행을 베풀고 싶어진 미아는…….

"……그럼 상냥한 황녀 전하가 특별히 이걸 당신에게 하사하겠어요."

공작가에서 받아온 얼음과자를 안느에게 내밀고 말했다.

"네? 이렇게 고급스러워 보이는 과자를 받아도 되는 건가요?"

"물론이죠. 딱히 희귀한 것도 아니고……."

"와, 감사합니다!"

안느는 환한 얼굴로 환호성을 질렀다가, 잠시 생각에 잠기듯 침묵했다.

"왜 그러죠?"

"아뇨, 동생들에게도 먹여주고 싶다는 생각이 들어서……."

"아하, 그렇군요. 그렇다면 지금부터 당신의 집에 방문하는 건 어떤가요?"

"…………네?"

"얼음과자니까 빨리 먹지 않으면 녹아버린답니다. 동생에게 주려면 서둘러야겠네요."

"잠깐, 기다려주세요. 미아 님, 그런 건……. 아무리 그래도 일반 서민의 집에 방문하시는 건 허락되지 않는……."

"어머나, 몰랐나요? 저는 아주 제멋대로인 황녀 전하랍니다."

반박을 허용하지 않는 미아의 태도에 안느는 할 말을 잃었다.

제15화 미아 황녀, 깨달음을 얻다

안느의 자택은 성 아랫마을의 외곽에 있었다. 일반적인 목제 민가가 늘어선 지역에 세워진 작은 집.

귀여운 꽃이 핀 정원에는 셀 수 없이 가득 널려있는 빨래가 바람에 흔들렸다.

빈말로도 유복해 보이진 않았다. 하지만 무척 가정적이고 따뜻함이 느껴지는 집이었다.

"미아 님, 제가 돌아올 때까지 마차에서 기다려주세요."

그렇게 신신당부한 안느는 부리나케 집 안으로 들어갔다.

몇 분 동안 기다리자 안느와 함께 얼굴이 조금 창백해진 장년의 남녀가 나타났다.

"세상에, 저분은, 설마……."

"마, 마마, 만나 뵙게 되어 영광입니다, 황녀 전하. 안느의 아버지입니다."

남성 쪽이 묘하게 음 이탈이 난 목소리로 인사한 다음 옆에 있는 여성을 안느의 어머니라고 소개했다.

그런 두 사람에게 미아는 스커트 자락을 살짝 들어 올리며 인사했다.

"안녕하세요, 미아 루나 티어문입니다. 평소 안느에게 신세 많이 지고 있어요."

미아의 얼굴은 사랑스러운 미소를 머금고 있었다.

"아, 아뇨. 저희야말로 딸을 특별히 발탁해주셔서 뭐라 감사드려야 할지 모르겠습니다."

"아, 아무것도 대접해드릴 수가 없지만……."

"신경 쓰지 않아도 괜찮습니다. 늘 안느에게 신세 지는 몸이니, 오늘은 선물을 가져다주는 김에 들른 것뿐이에요."

미아는 참으로 모범적인 미소를 지었다. 겉보기에는 참으로 귀여운 미아였다.

"자, 안느. 빨리 동생에게 안내해주세요."

얼음과자가 녹기 전에 먹고 싶었기 때문에 미아는 마음이 급했다.

다행히 도자기 컵에 든 얼음과자를 세어보니 8개나 들어 있었다.

이만큼 있으면 안느의 가족에게 줘도 미아가 먹을 게 남을 것 같았다.

──역시 사대귀족가. 씀씀이가 좋군요!

오랜만에 먹을 얼음과자를 생각하며 미아는 무척 들떠 있었다. 하지만…….

좁은 응접실로 안내받은 뒤 거기에 모인 아이들을 보고 조금 걱정이 되었다.

응접실에 있는 아이는 총 네 명이었다. 가장 나이가 많은 아이는 남자아이로, 아마 미아보다 조금 연상인 것 같았다. 뒤에 있는 세 사람은 여자아이로 미아보다 연하로 보였다.

"……안느의 동생들이군요."

안느까지 합쳐서 다섯 명. 부모님을 포함하면…… 일곱 명이다!

──크, 큰일 날 뻔했어요…….

7개가 필요하니 남은 하나는 자신에게 돌아올 터이다.

게다가 선물 받은 간식을 아낌없이 나눠주는 성인 같은 행동을 보였다.

안느 안에 있는 자상한 황녀 전하라는 이미지도 망가지지 않을 게 분명하다.

실제로는 그렇게 대단한 일을 한 건 아니지만, 아무튼 미아는 기분 좋게 안느의 가족들이 자기소개하는 것을 흘려들었는데…….

"죄송합니다, 미아 님. 차녀인 에리스는 몸이 조금 약해서 이 시간에는 방에서 쉬고 있습니다. 사실은 인사를 드리러 나오게 해야 하는데……."

"어……?"

그 말에 미아는 뻣뻣하게 굳었다.

설마 했던 인원 추가였다.

게다가…….

"와, 황녀 전하. 이런 걸 정말 받아도 되는 거예요?"

"감사합니다, 미아 황녀 전하. 여기! 아빠도 엄마도 먹어!"

"애, 황녀님 앞에서 버릇없게……. 죄송합니다, 황녀 전하."

안느의 가족들이 기뻐하는 얼굴을 봤더니 어떻게 해볼 수가 없었다.

안느 앞에서 자상한 황녀 전하의 이미지를 유지하기 위해서라도 차마 하나 달라는 말을 하지 못하는 소심한 미아였다.

——사, 사대공작가면 쪼잔하게 굴지 말고 10개쯤 넣어두라고요! 구두쇠!

그 답답한 감정을 공작 영애에게 부딪혔다.

실컷 화풀이한 뒤 가까스로 평정을 되찾으려던 그때였다.

"죄송합니다, 황녀 전하. 사실 어떠한 사정이 있다고 해도 인사하러 나왔어야 하는데……, 이런 무례를…….

"네? 아, 아아, 그런 건 괜찮습니다. 제가 갑자기 온 게 잘못이고, 게다가 몸이 안 좋다면 어쩔 수 없죠. 그보다 안느, 녹으면 아까우니까 어서 가족들에게 먹으라고 하세요."

그 후 딱 한 번, 얼음과자를 향해 애처로운 시선을 보냈다.

"맞아요, 다른 가족들이 먹는 동안 우리는 그 방에 있는 동생에게 얼음과자를 가져다주러 가지 않겠어요?"

혹시 해서 하는 말이지만 딱히 환자를 염려해서 하는 소리가 아니다.

단순히 눈앞에서 맛있는 걸 먹는 모습을 보면서, 심지어 그걸 자신은 먹지 못하는 상황에서 얌전히 지켜보고 있을 만큼 너그럽지 못하기 때문이었다.

"미아 님……!"

그런데도 불구하고 안느는 감동해서 말문이 막혔다.

"마음 써 주셔서 감사합니다. 미아 님께서 문병해주시다니, 분명 동생도 기뻐할 거예요!"

"네, 그렇다면 참 좋겠네요."

반면 미아는 반쯤 자포자기가 섞인 성의 없는 목소리였다.

제16화 미완결 소설

"흐음, 동생의 이름이 에리스였군요."

안느의 안내를 받으며 2층으로 올라가는 미아.

"네. 미아 님과 나이는 같지만, 몸이 약해서……. 미아 님처럼 건강해지면 좋겠는데요……."

안느는 쓸쓸한 미소를 지었다.

"……고생이 많군요."

"아뇨, 하지만 딱히 지병이 있는 건 아니니까요. 미아 님 덕분에 제 봉급도 많아졌고요. 영양가 있는 음식을 많이 먹여줄 수 있으니 점점 씩씩해지고 있답니다."

그렇게 말하며 안느는 문을 노크했다.

"에리스, 깨어 있니?"

"앗, 언니. 들어와."

작은 목소리를 들은 안느가 문을 열었다.

그곳은 좁은 방이었다.

물건으로 가득한 미아의 방과는 달리, 나무 책상과 침대 말고는 가구가 없는 방이다.

책상 위에는 수없이 반복하며 읽은 건지 너덜너덜해진 책이 놓여있었다. 책은 귀중품이기 때문에 여러 번 읽는 건 이해하지만, 그렇다고 해도 모든 책을 꼼꼼하게 읽은 모양이었다.

"미안해, 언니. 인사하러 가지 못해서……."

자다가 막 깬 건지 눈을 비비는 빨간 머리의 소녀. 힘차게 여기저기로 뻗친 머리카락은 참으로 곱슬기가 심해 보였고 안느와 많이 닮았다.

"황녀 전하 이미 돌아가셨지……? 아쉬워, 보고 싶었는데……."

그렇게 말하며 소녀, 에리스는 머리맡에 둔 커다란 안경을 썼다.

"어……?"

그리고 안느 옆에 선 미아의 얼굴을 보고 입을 떡 벌렸다.

"안녕하세요, 에리스. 미아 루나 티어문이에요. 언니 안느에게 신세 지고 있답니다."

"어, 어, 어, 헉, 저기, 처, 처음 뵙겠습니다. 이런 옷차림이라 죄송합니다, 황녀 전하. 저는……."

"들었어요. 에리스 맞죠? 무리하지 말고 편히 있어도 됩니다."

미아는 침대에서 일어나려 하는 에리스를 막고 미소 지었다.

"하, 하지만……."

"에리스, 시키시는 대로 해. 미아 님께선 무척 마음이 넓은 분이셔서 이 정도의 무례는 용서해주실 거야."

"그래요, 몸을 먼저 생각하세요."

칭찬받는 건 특기인 미아였다.

그 후 한동안 미아는 에리스와 담소를 나눴다.

무엇보다 미아를 기쁘게 한 건 에리스가 얼음과자를 사양했다는 점이었다.

"황녀 전하께 받은 걸 거절하는 건 면목이 없지만, 몸이 차가워질 것 같아서요."

미아는 몹시 미안해하며 말하는 에리스를 바로 좋아하게 되었다.

물론 염원하던 얼음과자가 자신에게 넘어왔기 때문이다.

미아는 아주 싱글벙글했다. 너무 기분이 좋아서 몸이 들썩거릴 정도였다.

"잘됐다, 에리스. 너 미아 님을 만나 뵙고 싶다고 했었잖아."

안느도 에리스 옆에서 기쁘게 웃었다.

"어머나, 그렇게 저를 만나고 싶었나요?"

"네! 저기, 그게. 저 이야기를 쓰고 있는데……."

흥분한 모습으로 대답한 에리스는 책상 구석에 놓여있던 종이 다발을 가져왔다.

그 표지에는 '가난한 왕자와 황금의 용'이라고 적혀있었다. 아무래도 제목인 모양이다.

——어라? 이 제목은 어딘가에서…….

미아의 머릿속에 어떤 기억이 되살아났다.

지하 감옥에서 보내는 생활은 아무튼 지루했다. 할 일이 없었기 때문이다.

재판이라고 하며 사람들 앞에 끌려나가 욕설을 듣는 것도 싫었지만, 아무것도 할 일이 없는 것도 미아에게는 비슷하게 고통스러운 시간이었다.

그럴 때 안느가 '가난한 왕자와 황금의 용' 이야기를 해주었다.

그건 미아가 처음 들어보는 이야기로, 가난한 사람에게 보물을 나눠줘서 가난해진 왕자님이 다쳐서 움직이지 못하는 용을 구해주는 장면에서 시작되는 모험극이었다.

티어문 제국에선 그리 볼 수 없는 판타지물로, 미아는 그 이야기가 마음에 들었지만 결국 끝까지 듣지 못했다.

듣기 전에 처형당했기 때문이 아니다.

작가인 안느의 동생이 그걸 완성하기 전에 기근으로 사망했기 때문이다.

처형당하기 전, 미아의 미련에서 큰 비중을 차지하던 것이 바로 이 이야기의 엔딩을 듣지 못했다는 점이었다.

——완전히 잊고 있었어요.

미아는 생각에 잠겼다.

운명은 조금씩이지만 바뀌고 있다. 기근이 일어날지 아닐지도 모르고, 루드비히가 적절히 처리한다면 그 정도로 비참한 사태가 일어나는 건 막을 수 있을지도 모른다.

하지만…….

종이 다발을 팔랑팔랑 넘긴 뒤 미아는 에리스 쪽을 보았다.

"이 이야기, 무척 재미있네요."

"네?"

에리스는 의아해하는 얼굴로 고개를 갸웃거렸다.

아무리 그래도 이렇게 빨리 읽을 수 있을 것 같지 않기 때문이리라. 하지만 그녀의 반응이 어떻든 미아는 말했다.

"당신, 제 전속 예술가가 되세요."

"……네?"

제17화 성녀 미아 황녀 전설

'성녀 미아 황녀 전설'이라는 책이 있다.

실화임을 주장하면서도 내용은 미아를 찬양하는 순도 높은 망상이다.

쓴 사람은 제국에 판타지라는 인기 장르를 확립시킨 대작가, 에리스 리트슈타인.

미아 황녀에게 고용된 작가이자, 오랫동안 그녀를 모신 전속 메이드 안느 리트슈타인의 동생이다.

그 책의 서두는 이렇다.

미아 황녀 전하와 처음 만난 것은 내가 막 12살이 되었을 때였다.

그 무렵의 나는 몸이 약해서 또래 친구들과 함께 밖에서 놀지 못했다. 그 욕구를 소설이라고도 할 수 없는 이야기를 써서 발산하는 게 고작인 어린아이에 불과했다.

황녀 전하께선 그런 내 원고를 가볍게 훑어보신 것만으로도 나를 전속 작가로 삼겠다고 정하셨다.

게다가 그 잠깐 사이에 내 이야기를 전부 이해하셨다.

속독이라 부르기에도 너무나 이질적인 재능이다. 천재이자 다재다능하신 황녀 전하의 능력 중 일부를 엿볼 수 있는 에피소드가 아닐까.

……한 번 더 확인하지만 이건 에리스의 오해, 아니, 망상이지 여기에는 한 톨의 진실도 존재하지 않는다.

그런데도 이 책은 날개 돋친 듯이 팔려나갔다.

제국은 다양한 의미에서 말기이다.

참고로 이 책 덕분에 미아는 궁지에 처했을 때 구원받게 되는데, 그건 여기서는 생략하기로 한다.

"제가 황녀 전하의 전속 예술가요?"

갑작스러운 미아의 제안에 에리스는 눈을 깜빡였다.

전속 예술가란 귀족이나 황실이 스폰서가 되어 생활을 지원해 주는 제도다.

좋은 스폰서를 만나면 돈 걱정할 필요 없이 자신의 창작활동에 집중할 수 있으므로 예술가에게는 군침이 도는 지위다.

이 이상 좋을 수 없는 탐나는 이야기였지만 에리스는 고개를 저었다.

"황녀 전하, 그러지 말아 주세요."

"네?"

뜻밖의 대답에 미아는 고개를 갸웃거렸다.

"왜 그러는 거죠? 당신에게 나쁜 이야기는 아닐 텐데요."

미아의 전속 작가가 된다면 성의 대도서관도 사용할 수 있다. 자료수집도 현격히 쉬워지는데…….

"언니의 동생이라고 편애하지 말아 주세요."

"에리스! 너 미아 님께 무슨 말씀을……."

"저는 제가 만든 이야기로 도전하고 싶습니다. 언니의 도움을 받아서 전속 작가가 되고 싶진 않아요."

화난 듯이 말하는 에리스를 향해 미아는 태연한 말투로 대답했다.

"어머나, 저는 당신이니까 하는 말이었는데요……."

"거짓말입니다. 그렇게 바로 읽으실 수는 없어요."

"에리스, 한 가지 기억해두는 게 좋겠군요."

미아는 딱 잘라 말했다.

"저는 거짓말을 싫어합니다. 저는 당신의 이야기를 보고 제안하는 거예요."

그렇게 말한 미아는 뺨에 검지를 대고 눈을 살짝 위로 굴렸다.

"그래요, 이 이야기의 장점은 먼저……."

그날 지하 감옥에서 들었던 이야기를 떠올렸다.

자신이 마음에 들었던 점, 인상에 남았던 장면, 재미있었던 장면…….

미아는 열변했다. 마구 쏟아냈다.

마치 제멋대로 작품비평을 늘어놓고 우쭐해 하는 꼰대 비평가처럼 의기양양한 얼굴로.

"……대단해."

에리스의 얼굴에 경악이 번졌다. 하지만 그건 점점 미심쩍어하는 표정이 되었다.

"저기, 황녀 전하……."

마침 이야기가 일단락된 시점에서 에리스가 쭈뼛쭈뼛 말을 걸었다.

"네? 왜 그러죠?"

고개를 갸웃거린 미아를 향해 에리스는 신기해하는 얼굴로 물었다.

"어째서……, 아직 쓰지 않은 내용까지 알고 계시는 거죠?"

"……네?"

충격적인 사실이었다.

──크, 큰일이에요!

그랬다. 미아가 아는 이야기는 지금으로부터 몇 년 뒤의 이야기다.

당연히 지금까지 쓴 내용보다 더 뒤의 내용까지 포함하는 이야기이니…….

──전혀 생각을 못 하고 신나게 떠들고 말았어요!

통한의 실수이다.

식은땀을 흘리며 당황하는 미아.

미아가 그런 줄도 모르고 옆에서 구원의 손길이 내려왔다.

"별로 놀랄 거 없어, 에리스. 미아 님이시라면 중간까지 읽으면 이야기의 흐름 정도는 금방 아실 수 있지."

루드비히도 그렇지만 안느도 상당한 중증이었다.

날씨가 좋은 것도 미아 덕분이고 비가 내리는 것도 미아가 농민을 염려해서 내리는 거고…….

그런 식으로 생각할 만큼 안느는 미아 황녀 전하에게 콩깍지가 단단히 씌었다.

"그렇죠? 미아 님."

안느가 환하게 웃으면서 그렇게 물어보는 바람에 미아는 반사적으로 동의했다.

"그, 그래요. 그런 식인 거죠."

——그런 식이라니 어떤 식인 건데요!

당사자인 미아가 봐도 논리가 엉망이었다.

하지만 한 배에 타버린 이상, 배가 부서질 때까지 갈 수밖에 없다.

미아는 막무가내로 이야기를 진행했다.

"다시 말할게요. 에리스, 제 전속 작가가 되세요. 그리고 이 이야기를 끝까지 완성하세요."

"……미아 황녀 전하……, 언니."

에리스는 언니와 미아의 황당무계한 논리에…….

"감사합니다."

홀랑 넘어가 버리고 말았다.

이리하여 제국에 미아의 열렬한 신도가 한 명 더 태어나고 말았다.

제18화 겨울날의 맹세

티어문 제국의 겨울은 춥다.

눈도 자주 내려서 각 가정에선 난로가 귀한 대접을 받는다.

그날도 눈이 내리는, 혹독하게 추운 날이었다.

"으으, 추워……."

살짝 하얗게 물든 숨을 내뱉으며 안느가 복도를 걷고 있었다.

연말. 1년의 마지막 날.

거리를 둘러보면 오늘부터 일을 쉬는 가게도 많았지만, 성에서는 그럴 수도 없다.

안느는 평소와 다를 바 없는 모습으로 일하는 동료들에게 가볍게 인사하면서 미아의 방을 찾아갔다.

"실례합니다, 미아 님."

"아아, 안느. 왔군요."

난로 근처에 앉아서 책을 읽던 미아는 안느의 모습을 보자 자리에서 일어났다.

"추웠죠? 잠시 불을 쬐도록 하세요."

미아가 그렇게 말하며 안느를 난로 옆으로 안내했다.

"감사합니다, 미아 님. 그렇게 하겠습니다."

예전에는 사양했던 안느지만 요즘은 순순히 그 호의를 받아들이고 있다.

사양하는 것 자체가 실례라며 미아에게 혼났기 때문이다.

따라서 호의에는 충성으로 보답하고자 결심한 안느였다.

함께 난로 앞에서 따끈따끈해지는 안느와 미아.

──키가 조금 자라셨나……?

이제는 여동생처럼 귀엽게 느껴지는 황녀 전하를 쳐다보며 안느는 부드러운 미소를 지었다.

"안느, 잠시 괜찮을까요……?"

문득 미아가 입을 열었다. 그 모습을 보고 안느는 조금 고개를 갸웃거렸다.

자신과 시선을 맞추려 하지 않는 미아. 이렇게 묘하게 거북해하는 태도일 때는 대체로 무언가 부탁하기 어려운 걸 말하려 할 때이다.

"네. 말씀하세요, 미아 님."

의문을 느끼면서도 안느는 대답했다.

"저는 내년 봄부터 학교에 갑니다."

"네, 알고 있습니다. 입학 축하드립니다."

고귀한 가문에서 태어난 귀족의 아이는 13살이 되는 해의 봄부터 전문 교육기관인 학교에 다니게 된다.

그곳에서 다양한 지식을 배우고 나라를 통치하기에 적합한 인물로 자라나는 것이다.

학교에 간 뒤 이 성녀 같은 황녀 전하가 얼마나 멋진 여성이 될지 벌써 기대되는 안느였다.

"고마워요, 안느. 그래서 말인데……."

아주 살짝 웃은 미아였지만 그 얼굴이 바로 어두워졌다.

잠시 침묵이 흐른 뒤, 미아는 굳게 결심한 듯 얼굴을 들었다.

"당신도 사용인으로서 함께 와 줬으면 해요."

"…………네?"

그 제안에 안느는 굳어버렸다.

"제가요?"

안느가 놀라는 것도 당연하다.

학교는 왕후 · 귀족의 자제가 모이는 장소다. 그리고 귀족 자제는 장래의 귀족이다.

귀족의 학교란 훗날을 내다보고 나라의 미래를 짊어질 자들과 우애와 인맥을 다지는 중요한 장소이다. 절대로 무례한 짓을 저질러선 안 된다.

하물며 미아가 가는 학교는 국내의 학교가 아니다.

미아는 앞으로 몇 년 동안 성을 떠나 학교 안의 기숙사에서 생활하게 된다.

그리고 학교에 데려갈 수 있는 사람은 사용인 한 명뿐.

다른 베테랑 메이드의 힘을 빌릴 수는 없다.

"저기……, 미아 님. 대단히 기쁘지만 그게, 저라도 괜찮은 건가요?"

안느는 결코 뛰어난 메이드가 아니다. 굳이 따지자면 실수투성이에 둔해 빠진 편이다.

미아가 자신을 믿고 황송하게도 다소 친애와도 같은 것을 느끼고 있다는 건 알고 있지만, 슬프게도 그것과 메이드로서의 능력은 관련이 없다.

안느는 자신이 아니라 누군가 실력이 좋은 베테랑을 데려가는 게 나을 것 같다고 생각했다.

그런 안느의 손을 문득 무언가 따뜻한 것이 감쌌다.

놀라서 자기도 모르게 시선을 내리자, 미아의 작은 손이 안느의 차가운 손을 꼭 잡고 있는 게 보였다.

"저기, 미아 님. 제 손은 차가운데요······."

"안느, 저는 당신에게 같이 가자고 하는 겁니다."

"······! 미아 님······."

안느의 가슴에 뜨거운 것이 치밀어 올랐다.

이렇게 큰 믿음을, 신뢰를, 호의를 받고 그 마음에 보답하지 않을 수 있을까.

가슴속에 피어난 감동이 시키는 대로 안느는 그 자리에 무릎을 꿇었다.

"온 힘을 다해 노력하겠습니다. 미아 님, 잘 부탁드립니다."

──휴, 다행이에요. 이제 걱정은 없어졌군요.

미아는 안도의 숨을 내쉬었다.

얼마 후 미아가 가야 하는 장소, 학교에는 그녀의 인생의 적이라 할 수 있는 두 사람이 기다리고 있기 때문이었다.

제국혁명을 주도한 변경 귀족, 훗날 세간에서 성녀라 일컬어지게 되는 티오나 루돌폰과 그녀를 도와준 대국 선크랜드 왕국의 왕자, 시온 솔 선크랜드가.

미아의 단두대와 직결된 두 사람은 그녀의 학우이기도 하다.

──그런 상황에서 측근까지 신뢰할 수 없는 사람이라니, 악몽 그 자체란 말이죠.

일단 최소한의 환경을 갖춘 미아는 안심하며 새해를 맞이했다.

제19화 새로운 땅으로

수많은 국가가 우글거리는 대륙. 그 중앙에 작은 나라가 있다.

신의 축복을 받은 나라, 신성 베이르가 공국.

대륙 사람들이 오래전부터 믿어왔던 중앙정교회의 본거지인 이 나라는 군사력이 전혀 없는데도 불구하고 절대적인 발언권을 지녔다.

그것을 증명하듯 이 나라에는 '학교'가 하나 있다.

세인트 노엘 학원—— 이웃 나라의 왕후·귀족의 자제가 모이는 엘리트 중의 엘리트 학교다.

통상적으로 자국에서 귀하게, 고이고이 자라는 차세대 권력자들을 한곳에 모아서 6년이라는 결코 짧지 않은 기간 동안 그들을 가르친다.

이것만 봐도 이 나라의 권위가 얼마나 막대한지 느낄 수 있으리라.

올봄부터 미아가 다니는 곳은 그런 학교였다.

"와! 대단해라!"

마차를 타고 여행한 지 일주일. 드디어 도착한 세인트 노엘 학원을 보고 안느는 환호성을 질렀다.

창문에 달라붙어 떨어지려 하지 않는 안느를 본 미아는 무심코 쓴웃음을 지었다.

"지금부터 그런 식이면 지쳐버릴 거예요, 안느."

"하, 하지만 미아 님. 대단한걸요. 바다, 저기 바다가……."

"저건 호수랍니다."

안느의 말을 정정하면서 미아도 창문 밖의 풍경으로 시선을 옮겼다.

녹음이 가득한 나무 사이로 난 길, 작은 숲을 빠져나간 끝에 보이는 것은 거대한 호수였다.

자연이 풍부하기로 유명한 공국의 국토 중 3분의 1을 차지하는 노엘리쥬 호수가 쏟아지는 햇빛을 반사해서 반짝반짝 빛났다.

호수 중앙부에는 커다란 섬이 있다. 그 섬에 희고 아름다운, 마치 성같이 생긴 교사가 우뚝 서 있었다.

그건 흡사 동화의 무대와도 같은 광경이었다.

무심코 환호성을 지르고 싶어지는 마음도 모르는 건 아니지만…….

──그래도 5년 가까이 봤으니 질렸단 말이죠.

미아에게는 이전 시간축에서 몇 년이라는 시간을 보냈던 배움터이다.

그 환경에 불만이 있는 건 아니지만, 감동할 일도 아니었다.

"미아 님께선 역시 침착하시네요."

감탄하며 한숨을 흘리는 미아에게 모호하게 웃어준 미아는 살며시 눈을 감았다.

──앞으로 보낼 6년이 중요해요.

학교에 오기 전, 미아는 자신의 일기장을 꼼꼼하게 조사하여 여기에서 어떻게 지내야 할지 고민했다.

그 결과 두 개의 규칙을 스스로에게 부과하기로 했다.

첫 번째. 위험한 요소에는 절대 접근하지 않는다. 특히 자신의 단두대 엔딩으로 이어질 법한 인간과는 최대한 어울리지 않도록 한다.

두 번째. 만에 하나 제국의 개혁이 실패해서 불행한 혁명이 일어났을 때를 대비하여 최대한 유익한 인맥을 쌓아둔다.

이상이다.

──무엇보다 중요한 건 위험 요소에 접근하지 않는 거예요. 동방의 격언 중에는 군자는 위험을 가까이하지 않는다는 말도 있으니까요.

자신을 파멸로 몰아넣은 증오스러운 두 사람의 얼굴을 떠올린다…… 고 해도, 딱히 원한을 풀겠다거나 싸울 생각은 없다.

복수라니 흉흉해라!

아픈 것도 싫고 힘든 것도 싫은 미아는 나태한 평화주의자이다.

위험한 것에는 접근하지 않는다. 아는 사이가 되지 않는다면 개인적인 원한을 살 일도 없는 셈이다.

──하지만 여차할 때를 대비하지 않는 것도 어리석은 행동이죠. 그렇다면 최대한 눈에 띄지 않도록 인맥을 만들 필요가 있어요. 그럼 어떤 사람과 인맥을 쌓아야 할까요……?

미아가 생각에 잠기려던 그때 갑자기 마차가 멈췄다.

"저 녀석들……."

"……음?"

문득 전방에서 마부의 못마땅한 목소리가 들렸다.

"왜 그러는 거죠?"

"앗, 황녀 전하. 죄송합니다. 사실 섬으로 가는 배에 올라타려고 했는데 타국에 선수를 빼앗기고 말았습니다."

"그래요……, 그래서요?"

"본래 우리 제국에게 양보하는 것이 타당합니다. 지금 가서 전하고 오겠습니다."

씩씩거리는 마부를 향해 미아는 작게 한숨을 쉬었다.

"……딱히 상관없습니다."

"하, 하지만 그러면 제국의 위신이……."

"순서 같은 사소한 문제에 얽매이는 게 훨씬 제국의 위신이 깎이는 일입니다."

그렇게 말하며 미아는 가볍게 머리를 부여잡았다.

솔직히 미아가 봤을 때 마부의 언동은 고통이었다. 몹시 고통스럽다.

고작 섬에 들어가는 순서 정도로 소란을 피우다니 꼴사납기 그지없다.

하지만 미아가 진정으로 고통스러워하는 이유는, 이전 시간축에서 자신이 완전히 똑같은 행동을 저질렀기 때문이다.

……게다가 그 결과 마차와 함께 호수에 빠졌다.

떠올릴수록 참으로…… 고통스럽다.

그때는 무척 고생했다. 자신이 좋아하는 중후한 드레스를 입고 갔기 때문에 젖어서 무거워지지 않나, 물에 빠질 뻔하질 않나…….

가까스로 기슭에 도착했지만, 주위에서 보던 학생들이 배를 잡고 웃어댔다.

지금 다시 떠올려 봐도 수치심이 하늘을 찌를 것 같았다.

과거에 자신이 했던 민망한 행동이 눈앞에서 재현되다니. 이보다 더 고통스러운 것도 없다.

──정말 부끄러워요……. 과거의 저를 걷어 차버리고 싶어질 정도예요!

"괘, 괜찮으세요? 미아 님."

"아뇨, 신경 쓰지 마세요. 여행이 길어 조금 피곤한 것뿐이에요."

그렇게 말한 미아는 창문을 열었다.

호숫가의 바람이 상큼하게 불어왔다. 마치 미아를 위로해주는 것 같았다.

제20화 혈세의 낭비

호수에 뜬, 수십 대의 마차를 태울 수 있는 거대하고 호화로운 배를 올려다보며 안느가 고개를 갸웃거렸다.

"그런데 미아 님, 어째서 섬에 다리를 놓지 않은 거죠? 그리고 배를 타고 간다면 마차에 탄 채로 이동하지 않아도 될 것 같은데요……."

"예전에는 다리였다고 하는데, 입학서류 점검이나 데려온 사용인을 확인하는 문제 등에서 분쟁이 있었던 모양이에요."

다리를 이용하려면 아무리 넓은 다리를 놓아도, 혹은 여러 개의 다리를 놓아도 정체가 발생한다.

애초에 학생 전원이 같은 날에 마차를 타고 모여든다. 정체하는 것도 당연하다. 그런데도 그 마차에 탄 사람은 기다리는 것에 익숙하지 않은 왕후·귀족의 자제이다.

싸웠다간 현장 담당자의 목이 날아갈지도 모르고, 그렇다고 반드시 정체가 일어나지 않을 만큼 다리의 폭을 늘리거나 개수를 늘리는 건 사용 빈도를 고려했을 때 지나친 낭비였다.

"게다가 배에 학생을 태우고 이동했을 때는 선실 배치로도 다툰 사람이 있었다나요."

왕후·귀족의 자제는 기본적으로 자존심이 강하다.

자신보다 가문의 격이 떨어지는 자나 동등한 자가 자신의 선실보다 위에 방을 잡는 걸 용서할 수 없다. 자신보다 넓은 방을 쓰는 것도 용서할 수 없다.

그러한 사정을 전부 고려하고 방을 할당하려면 담당자의 위에 구멍이 뚫릴 것이 불 보듯 뻔하다.

"정말 한심하단 말이죠. 그런 일로 소란을 벌이다니……."

그렇게 말하며 오호호 웃은 사람이 바로 이전 시간축에서 어떤 마차를 먼저 태우냐는 문제로 큰 소동을 일으킨 오만무도한 진상 황녀 전하이시다. 얼마나 뻔뻔하면 그런 말을 할 수 있는 걸까……?

하지만 안느는 그런 건 눈곱만큼도 몰랐다.

——역시 미아 님. 마음이 넓으셔!

따라서 이렇게 한층 충성심이 깊어져 갔다.

그리하여 항구에 도착했다.

그곳에서 이송용 마차와 경호로 따라온 근위기사단과 헤어지게 되었다.

"다들 경호 임무 수고했어요. 조심해서 돌아가세요."

"네. 미아 황녀 전하의 학원 생활이 신의 축복으로 가득하기를 국민 모두가 기원하겠습니다."

머리를 숙여 인사하는 근위기사단장에게 미아는 한 번 더 정중하게 격려하는 말을 건넸다.

혁명이 일어났을 때 제국군 대부분이 배신하는 가운데 그들 근위기사단은 끝까지 미아를 비롯한 황실을 지키며 스러져간 충성스러운 자들이었다.

미아에게는 '친하게 지내고 싶은 부류'에 속하는 사람이므로 정중하게 대응하는 것도 당연했다.

"……황녀 전하."

자신들이 모시는 황녀로부터 따뜻한 격려의 말을 들은 근위기사들은 무심코 감동했다.

이런 염려를 받은 것은 처음이었기 때문이다.

황제 일족을 경호하면서 때로는 암살조차 미연에 막아내는 뛰어난 실력자들이지만, 어차피 그건 다 업무의 일환이다.

그 도중에 다친다 한들, 목숨을 잃는다 한들 경호대상자가 신경 쓸 일이 아니다. 그게 일이니까, 임무니까, 당연한 자세니까…….

그런데도 눈앞의 어린 황녀는 돌아가는 길을 걱정해주었다. 그들은 은은한 감동과 미아를 향한 흔들림 없는 충성심을 품고 귀로에 접어들었다.

"자, 그럼…… 이제 학원으로 가죠."

그 후 미아는 다시금 결전의 땅, 세인트 노엘 학원으로 시선을 돌렸다.

세인트 노엘 학원이 있는 호수 속 섬은 마을 하나의 기능도 갖춘, 소위 학원도시였다.

그곳에는 레스토랑, 의상실, 신발가게, 대장간, 보석상, 문구점 등 온갖 상점이 즐비했다.

게다가 귀족 자제를 만족시켜주기 위해서 그 모든 곳이 최고급 가게였다.

"와아……."

그 접근하기 어려운 아우라에 안느의 얼굴이 조금 경직되었다.

"드, 들어가기도 무서운 가게가 우글우글……."

"후후, 그렇죠. 하지만 그것도 대로뿐이에요. 이 섬에 사는 일 반인들을 위한 저렴한 가게도 당연히 있죠. 학교 안에도 매점이 있는데, 그쪽은 그럭저럭 적당한 가격에 생활에 필요한 걸 살 수 있답니다."

──다행이다. 그럼 내가 쓸 물건은 그쪽에서 사면 될 거야…….

"그러니 안느, 당신은 내일부터 한동안 이 근방에 있는 가게를 조사해주겠어요?"

"……네?"

"괜찮은 가격에 어느 정도 품질이 좋은 걸 살 수 있는 가게를 전부 찾아줘야겠어요."

미아는 아무렇지도 않다는 듯한 말투로 말했다.

"하, 하지만 미아 님, 생활이 곤궁하지 않도록 생활비는 넉넉하 게 지급된다고……."

"물론 제국의 황녀로서 위신을 지키기 위한 필요경비라는 게 있긴 하죠. 하지만……."

주위를 둘러본 미아가 인상을 찡그렸다.

"혈세를 낭비하는 것 같아서 마음이 편치 않네요."

"미아 님……."

안느는 무심코 감동해서 목소리를 떨었다.

"절대 낭비할 수는 없습니다……."

하지만 미아에게 세금이란 말 그대로 자신의 '피'와 이어지는 문제였다.

금화 한 닢마다 단두대가 다가온다고 생각하면 도저히 낭비하고 다닐 마음이 들지 않았다.

"본국에서 오는 돈의 절반은 루드비히에게 보내서 유용하게 사용하도록 해야겠어요."

그때 불현듯 미아가 멈춰 섰다.

"미아 님?"

"……저건."

그 시선 끝에 있는 자는…….

제21화 미아 황녀, 씨를 뿌리다

미아와 같은 학년에는 절대적인 인기를 자랑하는 남학생이 존재했다.

시온 솔 선크랜드.

티어문 제국과 어깨를 나란히 할 정도로 대국이자, 역사와 전통을 지닌 나라인 선크랜드 왕국의 제1왕자인 그는 모든 여학생이 동경하는 대상이었다.

백은빛 머리카락과 시원한 눈동자, 잘생긴 이목구비에 감미로운 목소리. 게다가 온화하고 털털하면서도 정의감이 넘치는 성격.

성적도 지극히 뛰어났으며, 검술 실력에 이르러서는 상급생은 물론이고 교사 중에서도 견줄 사람이 별로 없다고 할 정도였다.

말 그대로 퍼펙트 프린스이니 동경하지 말라는 게 더 어려운 수준이다.

미아 또한 그런 매력적인 소년을 사랑했다. ……무모하게도.

아니, 명확하게 말하자면 그건 사랑이라기보다는 좀 더 오만한 감정이었다.

즉 대국 선크랜드 왕국의 왕자에게 걸맞은 인간은 대국 티어문 제국의 황녀인 자신밖에 없다고 굳게 믿었던 것이다.

그렇기 때문에 자신을 제치고 그와 친해진 소녀를 용서할 수 없었다. 심지어 그녀가 제국의, 그것도 빈곤한 귀족의 딸이었으니 더욱더 그랬다.

티오나 루돌폰.

제국의 남쪽 변두리, 농경지가 펼쳐진 변경지역에 영지를 지닌 빈곤 귀족가의 영애. 그런 시골뜨기가 자신을 제쳐놓고 자신이 마음에 둔 사람의 관심을 받는다니, 도저히 인정할 수 없었다.

미아는 그녀를 괴롭혔다. 욕설을 퍼부었고, 다른 귀족 영애가 티오나를 괴롭힐 때도 적극적으로 가담했다.

그리고 그때의 괴롭힘이 티오나의 원동력이 되었다.

그녀는 민중의 분노를 대변하는 혁명의 지도자가 되었다. 성녀라 불리는 그녀의 지휘 하에서 미아는 단두대에 목이 잘려 죽게 되었다.

──저도 참, 어리석은 짓을 했다니까요.

2년 동안 지하 감옥에서 생활하며 대충 비슷한 괴롭힘을 당한 미아는 한 가지 진리를 깨달았다.

자신이 뿌린 씨는 자신이 거두는 법.

타인을 괴롭히면 자신에게 돌아오는 법이라는 것을.

"미아 님, 저기……."

안느의 목소리에 미아는 기억의 바다에서 돌아왔다. 그녀가 손가락으로 가리키는 곳은 거리의 한구석이었다. 티오나가 몇 명의 여자에게 둘러싸여 있었다.

──아, 이건.

미아는 깨달았다.

이건 이전 시간축에서 자신과 티오나가 처음 만났을 때와 완전히 똑같은 상황이다.

이때 티오나는 타국의 유력한 귀족 가문의 영애와 마찰이 있었다.

──사용인이 무례한 짓을 저질렀다거나, 뭐 그런 거였죠?

그리고 마침 그 옆을 지나가던 미아는 이때 티오나를 차갑게 비웃었다.

"어떻게 하시겠어요? 미아 님……."

"어떻게 하냐니……, 그야 당연하죠."

위험한 일에는 접근하지 않는다. 마차 안에서 확인한 방침을 따르면 된다.

조금이라도 적대적인 태도를 보이는 것은 물론이요, 다가가서 방관자로 인식되는 것도 사양이다.

저런 상황에 개입해서 적도 아군도 되지 않는다는 건 무척 어렵다. 아무것도 안 하는 방관자란 박해받는 사람에게는 적일 뿐이다.

휘말리기라도 했다간 더없이 귀찮아진다.

여기선 길을 틀어서 다른 길로 가야겠다고 생각하던 미아는 불현듯 등에 소름이 쫙 끼치는 듯한 감각을 느꼈다.

──뭐, 뭐죠? 지금 이건…….

그건 작은 위화감……. 하지만 잘못 대했다간 터무니없는 사태를 불러일으킬 것만 같은 징조…….

잠시 생각에 잠긴 미아는 한 가지 의문을 느꼈다.

──그래요……. 안느는 어째서 제게 물어본 거죠?

오른쪽으로 갈지 왼쪽으로 갈지 정하는 상황이었다면 안느가 자신에게 물어보는 것도 이해한다. 하지만 이 경우 미아가 그녀를 도와줄 의리는 없다.

같은 나라 사람이라고 해도 일부러 구해주러 갈 필요는 없다.

그런데도 안느는 물었다. 어떻게 하겠느냐고.

이러면 마치 자신이 티오나를 어떻게든 해 줘야 하는 것 같은……

그래요, 안느의 생각이라면……

미아는 다시금 안느 쪽을 보았다가 자신의 추리가 옳다는 걸 깨달았다.

자신을 더없이 신뢰하는 눈으로 쳐다보는 안느. 그녀는 구할 것이냐 구하지 않을 것이냐를 묻는 게 아니다.

'어떻게 구할까요?'라고 묻는 것이다.

안느는 경애하는 미아 황녀 전하가 곤경에 처한 사람을 구하지 않으리라는 건 꿈에도 생각하지 않고 있다.

──이, 이이, 이건…… 궁극의 선택이잖아요!

눈앞에 들이닥친 선택지는 둘 다 고르기 난감한 것이었다.

자신의 원수를 구할 것이냐. 제일가는 충신의 신뢰를 잃을 것이냐.

이윽고 미아는 결론을 내렸다. 지금 안느의 신뢰를 잃을 수는 없다.

"어쩔 수 없죠. 가요, 안느."

"네, 미아 님!"

2년간의 감옥 생활에서 미아는 진리를 깨달았다. 아니, 깨달았다고 생각했다.

하지만 그녀가 이해한 것은 절반뿐이었다.

자신이 뿌린 씨는 자신이 거두는 법이다. ……그것이 나쁜 일이든, 좋은 일이든.

타인을 괴롭히면 자신에게 부메랑이 되어 돌아오듯이, 타인에게 선행을 베풀면 언젠가 자신에게 돌아오게 된다.

이때의 미아는 그걸 이해하지 못했다.

제22화 미아 황녀의 공격!
티오나는…… 회복했다?!

"거기 당신들. 뭘 하는 거죠?"

발소리를 내며 걸어간 미아는 사람들 사이로 끼어들었다.

티오나를 둘러싼 소녀들의 수는 셋. 이전 시간축에서 본 적이 있는, 제법 잘 사는 나라의 제법 괜찮은 격을 지닌 귀족가의 영애들이었다. 그렇다. 어디까지나 '제법' 좋은 정도다.

"네? 뭔가요, 당신은! 갑자기……."

난데없는 난입에 불쾌하다는 목소리로 대답하는 리더 격인 소녀.

하지만…….

"미, 미아 황녀 전하……."

어안이 벙벙한 티오나의 목소리를 듣고 창백해졌다.

"미, 미아, 황녀 전하라니, 설마……."

"네, 티어문 제국의 황녀 미아 루나 티어문입니다. 앞으로 잘 부탁해요."

스커트를 살짝 들어 올려서 아름다운 인사를 선보였다. 그 순간 미아의 등 뒤에는 제국의 위광이 찬란하게 빛났다.

그걸 본 소녀들은 자기도 모르게 그 자리에 엎드릴 뻔했다.

"그래서……, 당신들은 지금 뭘 하시는 거죠?"

"네? 어, 그게, 이건……."

소녀들의 안색이 점점 하얗게 질려갔다. 왜냐하면 미아가……, 적으로 돌리면 안 되는 대제국의 황녀가……, 무시무시하게 분노하고 있었기 때문이다.

그렇다. 미아는 분노했다. 막말로 개빡침이라고 표현해도 과언이 아닐 정도다.

자신에게 하필이면 원수를 구하는 행동을 하게 만들다니……. 하고 싶지 않은 짓을 해야 하는 상황을 만든 소녀들에게 불타오르는 증오의 시선을 보냈다.

"우리 제국의 국민에게 무례한 짓을 저지르고 있는 것처럼 보였는데요……."

"아, 아뇨. 하지만 제국 귀족이라고 해도 변경 귀족, 사교계도 모르는 시골뜨기라고……."

"들리지 않은 겁니까?"

도와줄 수밖에 없는 건 어쩔 수 없다.

하지만 미아는 뒤끝이 작렬하는 소녀였다. 애초에 단두대에서 생을 마감하고 싶지 않으니까 노력하는 것이니 그건 뻔하디뻔한 사실이지만.

이 상황에서도 미아는 아주 조금이라도 묵은 체증을 풀고 싶다는 마음에서 말을 이어나갔다.

"저는 모든 국민에게 빠짐없이 총애를 내리고 있습니다. 설령 최하층인 노예라고 해도 제 총애에서 제외되는 일은 없죠. 저는 제국의 국민이라면 그 누구라 한들 박해받는 걸 간과할 마음이 없습니다."

해석하자면 딱히 티오나가 특별하기 때문에 구한 게 아니라는 뜻이다.

즉, 괴롭힘을 당하는 사람이 힘없는 노예라고 해도 구할 것이라는 의미이자 '너 따위는 노예나 마찬가지다 요 녀석아!'라는 의미이기도 하다.

어차피 구하는 것이라면, 기왕 이렇게 된 거 흔쾌히 구해주면 좋지 않을까. 그런 생각이 들지 않는 것도 아니지만 이 질척거림이야말로 미아의 진면목이다.

티오나를 향해 반짝반짝한 미소를 보이는 미아.

──구해줬으니 무슨 말을 들어도 불평은 못 할 테죠?

아아, 하지만……. 슬프게도 미아의 진의는 티오나에겐 닿지 못했다.

티오나의 가문은 역사가 얕은 집안이다.

그녀의 조부는 원래 근방 농민들의 리더이자, 도적을 퇴치한 공헌으로 귀족이 된 사람으로 소위 벼락출세다.

애초에 그녀의 가문이 있는 지역은 제국에 편입된 시기가 늦었기 때문에 귀족 취급을 받지 않는 것은 물론이고 제국 국민으로도 봐주지 않을 때가 많았다.

준제국인이라고 불리는 건 그나마 나은 축이고, 심한 경우엔 농노의 후예라는 둥, 식민지인이라는 둥 모욕을 받아왔다.

그래서 세인트 노엘 학원에 입학했다.

열심히 공부하고, 예의범절을 익히고, 궁정 검술까지 체득했다.

모든 것은 자신을 무시하는 귀족 영애들에게 갚아주기 위해서, 최소한 무시는 당하지 않도록.

그리고 제국 귀족으로서 인정받기 위해서다.

그런데 첫날부터 이런 식의 괴롭힘을 받아 벌써 기분이 땅에 떨어지고 말았다.

아무리 노력해도 인정해주지 않는다. 자신은, 루돌폰 가문의 사람은, 영지민은, 영원히 제국인으로서 인정받지 못한다.

그런 절망에 사로잡혀가던 도중에 그녀가 나타났다.

티어문 제국의 정점에 버금가는 고귀한 황녀, 미아 루나 티어문은 당당히 선언했다.

나의 국민이라고. 그 누구든 나의 제국민을 박해하는 자는 용서하지 않겠다고.

──뭐?

처음 티오나는 무슨 말을 들은 건지 이해하지 못했다.

구해주는 것도 기대하지 않았고, 하물며 자신이 제국민으로 인정받을 줄도 상상하지 못했다.

어안이 벙벙해졌던 티오나는 불현듯 자신을 향한 시선을 알아차리고 고개를 들었다.

──미아, 황녀 전하…….

그곳에는 따스하고 자상한 미소를 지은 소녀의 모습이 있었다.

"아……."

불현듯 뺨을 타고 눈물이 떨어지는 걸 느꼈다.

노력이 인정받았기 때문이 아니다.

아무런 힘도 없고 보잘것없는 존재라 해도 총애하고 비호하겠다고, 눈앞의 황녀가 보장해주었으니까……

무언가에 쫓기듯이 살아왔던 티오나는 태어나서 처음으로 느끼는 안심감에 눈물을 멈출 수 없었다.

제23화 배우가 모두 모이다

시온 솔 선크랜드는 선크랜드 국왕의 장자로 태어났다.

"백성 위에 서는 자는 늘 정의를 사랑하고 공정하게 행동하라."

어린 시절 아버지에게 들은 말……. 그것이 그의 신조가 되었고, 실제로 지금까지 그렇게 살아왔다.

왕족과 귀족, 백성 위에 서는 자는 늘 긍지 높게 자신을 제어하고 그 삶의 방식으로서 사람들의 모범이 되어야만 한다. 그렇게 생각했는데…….

성장할수록 거부하고 싶어도 보이게 되었다.

귀족 중에도 다양한 인간이 있으며……, 아버지의 말대로 살아가는 사람은 그리 많지 않다는 사실이.

그래도 세인트 노엘 학원에는 기대했었다.

뭐니 뭐니 해도 우수한 귀족 자제가 모이는 학교다. 그곳에는 자신이 지금까지 만나본 적 없는 훌륭하고, 그야말로 사람의 위에 서기에 어울리는 인간이 많이 있을 것이라고…….

그런 그였기에 호수를 건너는 순서를 기다려야 한다는 시시한 문제로 싸우는 학생들을 보고 빠르게 넌더리가 났다.

게다가 그 직후, 그는 또다시 귀족으로서 부끄러운 광경을 보고 말았다.

실수를 저지른 사용인과 사용인을 감싸는 귀족 소녀를 세 명의 귀족 영애들이 괴롭히고 있었다.

"······하아, 여기도 마찬가지인가."

"아쉽게도 각국의 왕후·귀족은 날이 갈수록 부패하고 있지. 국왕 폐하나 시온 전하 같은 뜻을 지닌 사람은 쉽게 찾아볼 수 없어."

옆에 있던 집사, 키스우드가 어깨를 으쓱하며 말했다. 그 얼굴에는 늘 변하지 않는 냉소적인 미소가 그려져 있었다.

시온과 키스우드는 어릴 때부터 함께 자란 소꿉친구였다.

원래 키스우드는 전쟁고아였지만, 국왕이 거둔 뒤로 친자식처럼 키웠다.

그렇다 보니 두 사람 사이에는 형제지간에 가까운 신뢰가 맺어져 있었다.

"어떻게 할래? 귀찮아질 것 같은데, 도와주려고?"

"당연하지."

시온은 조금도 주저하지 않고 고개를 끄덕였다.

일방적으로 모욕을 받는 소녀를 내버려 두는 일은 명백하게 정의롭지 않은 행동이기 때문이다. 그런데 소녀에게 달려가려고 한 그들의 시야에 별안간 한 줄기 빛이 내려왔다.

"거기 당신들. 뭘 하는 거죠?"

마치 달빛을 그대로 녹여 만든 것처럼 은은하게 빛나는 머리카락을 흩날리며 오연하게 내뱉은 소녀.

그 아름다운 얼굴을 넘쳐흐르는 분노로 물들이며 미아 루나 티어문이 나타났다.

"저 소녀가 제국의 예지(叡智)라 일컬어지는 미아 황녀인가."

시온은 그 광경을 어딘가 멍하니 쳐다보았다.

약한 자가 괴롭힘을 받는 자리에 결연하게 뛰어든 것은 물론이요, 시온은 미아가 분노를 드러내고 있다는 점에도 무심코 감탄했다.

의로운 분노. 악행이 이뤄지는 현장에 정당히 분노할 수 있다는 것. 그것은 백성 위에 서는 자로서 지녀야만 하는 자질이라고 시온은 생각했다.

하지만 과연 얼마나 많은 자가 타인의 괴로움을 위로하며, 자신이 당한 일처럼 분노할 수 있을까.

시온 자신조차 단순한 정의감 때문에 구하려고 했다.

하지만 부정한 일을 앞에 두고 진심으로 분노할 줄 아는 미아를 본 시온은 자신이 이상으로 그려온 왕의 모습을 본 것 같은 기분이 들었다.

……인간이란 서로를 이해할 수 없는 생물이라는 걸 잘 보여주는 광경이다.

"듣자 하니 그녀의 지시로 빈민가에 병원을 만들었다고 하던가."

"그래, 그 이야기를 들은 뒤로 만나보고 싶었는데……."

시온은 다시금 미아 쪽을 보았다.

"영락없이 물건의 가치를 잘 모르는 온실 속 화초거나, 혹은 자비심만으로 넘쳐나는 호인인 줄 알았지만……."

사람 좋은 무능력자라 해도 적극적으로 악정을 일삼는 권력자보다는 훨씬 낫다고, 시온 나름대로 어느 정도 좋은 평가를 하고 있었지만 지금 상황을 본 그는 그 평가를 크게 수정했다.

"스스로 비녀를 내놓은 것도 아마 그 효과를 내다보고 한 행동이었던 거겠지."

그냥 동정심이 깊은 사람은 스스로 소동에 끼어들어 악을 처치하지 못한다.

그녀에게는 제국의 황제 다음가는 자에 어울리는 예지와, 정의를 사랑하는 마음이 있는 게 분명하다.

"그녀와 지기가 될 수 있기만 해도 세인트 노엘에 온 보람이 있는 셈이야."

실시간으로 하이퍼인플레이션 중인 평가를 내리면서 시온은 순식간에 기분이 좋아졌다.

한편 미아는 당황했다.

조금 전까지 신나게 빈정거려서 속이 시원했는데, 티오나가 우는 바람에 갑자기 죄책감으로 가슴이 따끔거렸기 때문이다.

──이렇게 바로 울어버리다니, 상상하지 못했어요!

애초에 미아는 소심하다. 폭군으로서의 자질이 현저히 부족한 그녀에게는 아주 작으면서도 어중간한 양심이라는 게 존재했다.

"어, 어어, 으음, 저, 저도 말이 지나쳤네요. 저기, 그만 우세요."

영문을 알 수 없는 소릴 한 뒤 손수건을 억지로 티오나에게 떠넘긴 미아는……

"그, 그걸로 눈물 닦으시고요!"

도망치듯 그 자리에서 떠나버렸다.

제24화 걸즈 토크

여자 기숙사에 배정받은 자신의 방에 도착하자마자 미아는 크게 한숨을 쉬었다.

티어문 제국 황녀의 이름에 낚인 사람들이 잇달아 인사하러 왔기 때문에 대응하느라 정신이 없었기 때문이다.

——어중이떠중이와의 인사 따위는 전부 내던지고 싶었어요.

그런 오만한 생각을 하면서도 어중간하게 소심한 미아.

안느의 눈앞에서 예의 바르게 인사하는 사람을 무시할 수도 없었기에 일일이 상대해주고 말았다.

"……피곤하군요."

적당히 신발을 벗어 던진 미아는 그대로 침대 위로 쓰러졌다. 팔다리를 축 내동댕이친 모습은 황녀로서 말도 안 될 만큼 **부끄러운 모습**이었으나…….

——그러거나 말거나! 저는 영예로운 제국의 황녀. 누가 제게 그런 말을 하겠어요?

마음속으로는 기세등등한 미아였다.

"고생하셨습니다, 미아 님."

안느가 미아를 위로하듯 웃었다.

"그래요, 정말 고생했어요."

"차라도 가져올까요? 아니면 목욕 준비를 할까요?"

"으음……."

방 안에는 어엿한 욕실이 딸려 있다. 뜨거운 물만 받아온다면 언제든 목욕할 수 있다.

애당초 물이 풍부한 이 나라에서는 상하수도 시설이 잘 정비되어 있기 때문에 물을 절약할 필요도 없다.

사막 출신인 사람이 본다면 언어도단을 외칠 만큼 사치스러운 나라이다.

뜨거운 물에 몸을 담가 마차 여행으로 뻣뻣해진 근육을 풀어주고 싶다는 생각도 들었지만, 미아는 바로 고개를 저었다.

"아뇨, 그 정도는 아닙니다. 앞으로 한 시간 뒤면 공중목욕탕이 개방되니 그곳으로 가죠."

여자 기숙사에는 정해진 시간에 들어갈 수 있는 온천시설이 갖춰져 있다. 온몸을 쭉 펴고 목욕하기 위해 지금은 참기로 했다.

"그보다 안느, 조금 물어보고 싶은 게 있는데요……."

"네, 말씀하세요."

미아는 침대 가장자리에 앉은 다음 안느에게도 옆에 놓인 침대에 앉으라고 지시했다.

참고로 침대의 크기와 호화로움에 차이는 없다. 본래 귀족 영애와 사용인이 같은 방에서 생활한다는 건 말도 안 되는 일이지만, 세인트 노엘 학원은 학생이 데려온 사용인이 대귀족의 핏줄인 경우도 있다.

따라서 학교 측에서는 귀족 자제 두 명이 함께 써도 문제가 없도록 시설을 갖춰놓았다.

그런 호화로운 침대에 뻣뻣한 동작으로 앉는 안느.

"저기……, 무슨 일이신가요? 미아 님……."

"긴히 상담하고 싶은 게 있어요."

"상담…… 말인가요?"

안느는 고개를 갸웃거렸다.

"네, 중요한 문제인데요……."

"중요한 문제……."

꿀꺽. 안느가 침을 삼키는 소리가 울렸다.

그런 안느를 바라보며 미아는 크게 숨을 들이마셨다가 내뱉고는…….

"남성과의 이상적인 만남은 어떤 식으로 연출해야 할까요?"

"…………네?"

이전 시간축에서 미아는 자신이 시온과 맺어지리라고 확신했다. 위대한 제국의 황녀인 자신에게 어울리는 사람은 선크랜드 왕국의 왕자인 시온밖에 없다고 생각했고, 시온 쪽에서도 그건 마찬가지일 것이라고 여겼다.

따라서 미아가 시온에게 보인 자세는 늘 '그쪽에서 하자고 하면 따라줄 수도 있고'라는 식이었다.

무도회에서도 그랬고, 만찬회에서도 그랬고, 휴일 전날에도 그랬다.

시온 앞에 가서는 '그쪽에서 하자고 하면 따라줄 수도 있고'라고 어필했다. ……참으로 짜증 나는 태도다.

지금은 미아도 어렴풋하게 그 방식이 잘못되었다는 걸 느끼고 있었다.

성장한 셈이다. 커다란 한 걸음이다. 인류에게는 별것 아닌 한 걸음일지도 모르지만, 미아에게는 충분히 커다란 한 걸음이었다.

물론 '시온 왕자님의 성격이 이상한 게 문제예요!'라는 생각도 하지만 지하 감옥에서 보낸 생활이 미아에게 '혹시 저에게도 문제가 있었던 건 아닐까요?'라는, 다소 멀쩡한 상식을 심어주었다.

시온에게 연애적인 의미로 접근할 생각은 눈곱만큼도 없는 미아였지만, 자신을 단두대에서 구할 인맥은 만들어두어야 한다.

그 필두가 되는 존재는 역시 연인이자, 결혼 상대이다.

따라서 미아는 자신의 연애 방식이 잘못된 건 아닌지 안느에게 물어보려고 했는데······.

"······미아 님, 그건 누구에게 들으신 방식입니까?"

이야기를 듣고 난 안느는 딱딱한 표정으로 말했다.

"누구에게냐니······."

나 자신이라고 말하려던 미아의 어깨를 안느가 덥석 붙잡았다.

"제 이야기 잘 들어주세요, 미아 님. 전부 틀렸습니다! 어느 대귀족의 영애에게 들은 이야기인지는 모르겠지만, 그런 오만한 사람은 아무도 상대해주지 않을 거예요."

"그······, 그런가요?"

"네. 그야 미아 님께선 황녀 전하이시니 그래도 사귀고 싶어 하는 사람이 있을지도 모르죠. 하지만 그건 미아 님의 권력을 본 거지, 미아 님 개인에게 호감을 느끼는 게 아니에요. 애초에 그런 건 미아 님께 어울리지 않습니다."

안느가 거칠게 씩씩거린 뒤에 의욕이 넘치는 모습으로 말했다.

"그럼 미아 님, 어떤 분의 관심을 끌고 싶으신 건가요? 작전을 생각하죠!"

제25화 미모의 비결

"멋진 목욕 시설이에요!"

공중목욕탕이 개방된 것과 동시에 의기양양하게 찾아온 미아.

세인트 노엘 학원 여자 기숙사에 있는 공중목욕탕에서 사용하는 물은 지하 깊은 곳에서 끌어온 천연 온천이다.

물을 한가득 담아둔 욕조와 인기척이 없는 욕탕 안을 둘러본 미아는 눈이 부실 만큼 환하게 웃었다.

"여기는 천국이 아닐까요……."

──미아 님께선 정말 목욕을 좋아하시는구나.

그런 미아를 보고 안느는 작게 웃음을 흘렸다.

귀족 사회에서 입욕하는 습관이 있는 사람은 의외로 많지 않다. 오히려 적다.

애초에 대륙에는 화산이 극소수라서 천연 온천이 거의 없다. 뜨거운 물에 온몸을 담그기 위해서는 찬물을 끌어와 끓여야 하기 때문에, 입욕에서 의미를 찾아내는 귀족이 별로 없었다.

'그냥 찬물로 씻으면 되지 않아?'라는 것이 그들의 생각이다.

오히려 입욕을 즐기는 사람은 이마에 땀을 흘리며 일하는 노동자들 쪽이다. 오락거리가 많은 귀족과는 달리 서민에게는 즐길만한 게 적다.

도시 여기저기에 흩어져 있는 대중목욕탕은 몇 없는 서민의 오락으로 침투해 있었다.

그런 가운데 미아는 제국 내에서 가장 목욕을 좋아하는 사람으로 알려져 있다. 기본적으로는 사치하지 않는 미아가 유일하게 사치를 부리는 게 목욕이었다.

매일같이 물을 끓여서 목욕할 정도이니 그 선호도는 메이드들 사이에서 아주 유명했다.

처음부터 그랬던 건 아니다. 적어도 이전 시간축에서는 그렇지 않았다.

하지만……, 2년간의 지하 감옥 생활이 그녀를 바꾸었다.

일주일에 한 번, 나무통 한가득 찬물을 담아서 주는 게 고작인 생활……. 그걸 2년이나 계속하다 보면 뜨거운 물이 맹렬하게 그리워진다.

하지만 아무리 뜨거운 물을 그리워해도 단두대에 올라가기 전까지 뜨거운 물이 주어지는 일은 없었다.

그때의 반동으로 회귀한 미아는 매일 뜨거운 물을 받아서 목욕하길 원했다.

사치는 단두대 직행 코스라는 건 알지만, 그 욕망을 억누를 수가 없었기 때문이다.

미아의 요구를 들은 안느는 당황했다.

서민의 것인 입욕을 제국의 황녀인 미아가 원한다고?

처음에는 그런 의문을 느꼈다. 하지만 행복해 보이는 얼굴로 뜨거운 물 속에 들어가는 미아를 본 뒤로는 거리를 돌아다니며 입욕 환경을 갖추어 나갔다.

평판이 좋은 입욕초를 찾거나, 얻기 어려운 온천수를 받아오는 등 은혜를 갚을 기회라는 듯 최상의 환경을 만들었다.

그 결과……. 미아는 자신도 모르는 사이에 손에 넣었다.

눈이 부실 정도로 매끄러운 피부를.

찰랑찰랑 아름다운 머리카락을.

하지만 매일 기분 좋게 목욕할 수 있다는 사실에 만족하는 미아는 그걸 깨닫지 못했다.

제국의 사교계에서 은밀히 '달의 여신 같다'며 주목을 끌고 있다는 것도 전혀 알지 못했다.

──요즘 유난히 피부가 곱다거나 머리카락이 아름답다는 말을 듣곤 하네요……?

그런 정도로만 받아들이는 미아였다.

"그럼 몸을 씻겨드리겠습니다, 미아 님."

"네, 잘 부탁해요."

안느는 미아의 등을 부드럽게 밀면서 피부의 상태를 확인했다.

──오랜 여행 때문에 피부가 조금 거칠어지셨나?

다행히 이 목욕탕의 수질은 피부와 피로 회복에 효과가 좋다고 한다. 향초 비누를 문질러 가볍게 마사지한 다음, 뜨거운 물에 몸을 푹 담그고 나면 괜찮을 것이다.

──그건 그렇고 미아 님께서 관심을 끌고 싶어 하시는 사람은 누구일까?

조금 전에는 미아가 어영부영 얼버무려서 넘어갔지만 안느의 호기심은 사라지지 않았다.

──영락없이 루드비히 씨를 좋아하시는 줄 알았는데…….

거기까지 생각한 안느는 고개를 저었다.

――어쨌거나 어떤 남성분이라고 해도 호감을 느낄 수 있도록 완벽하게 관리해드려야지…….

몸을 씻긴 뒤 이번에는 머리카락을 정성스럽게 감겼다. 겸사겸사 머리카락 끝이 갈라지지 않았는지도 점검했다. 색도 광택도 문제없었다.

"끝났습니다, 미아 님."

흡족하게 고개를 끄덕인 안느가 말했다.

"늘 수고가 많아요, 안느."

만족스러운 얼굴로 돌아본 미아가 문득 무언가 떠올렸다는 표정을 지었다.

"아, 그래요. 가끔은 제가 당신의 등을 밀어줄게요."

미아가 생글생글 웃으면서 말했다.

"네? 그그, 그런, 황송합니다! 황녀님께서 씻겨주시다니, 차마 황송해서 받을 수 없어요!"

"사양하지 않아도 괜찮아요. 지금은 다른 사람이 있는 것도 아니고, 당신도 피곤할 테죠. 평소 제게 해준 일의 보답입니다."

미아에게 안느는 소중한 협력자이자 충신이다.

하지만 그 이상으로, 죽기 직전까지 자신과 함께해주었던, 도저히 다 갚을 수 없는 은혜가 있었다.

억지로 안느를 앉힌 다음 부리나케 뒤로 이동한 미아가 안느의 등을 밀었다.

"자, 끝났습니다. 그럼 들어갈까요."

그렇게 말한 뒤 욕조로 향하려던 바로 그때였다.

"우후후, 사이가 참 좋으시군요."

부드러운 목소리가 미아의 귀에 들렸다.

제26화 베이르가 공작 영애

각국 권력자의 자제가 모이는 이 세인트 노엘 학원에서도 미아가 자세를 바로잡고 존중해줘야 하는 사람은 거의 없다.

티어문 제국은 대륙의 양대 강대국 중 하나.

그렇기 때문에 제국의 황녀인 미아와 견줄 수 있는 권위를 지닌 사람은 없다. 예외는 선크랜드 왕국의 시온 왕자와, 그 외에 또 한 명 정도…….

하지만.

"당신은…….'

눈앞에 나타난 사람이 그 몇 없는 예외 중 한 명이었기 때문에 미아는 반사적으로 자세를 바로 했다.

"라피나 님."

라피나 오르카 베이르가.

세인트 노엘 학원이 세워진 성 베이르가 공국을 다스리는 베이르가 공작 오를레앙의 장녀이다.

'공국'이란 왕이나 황제가 아닌, 귀족위를 지닌 공작이 다스리는 나라를 가리키는 말이다.

공적을 세운 귀족이나 왕의 핏줄이 왕의 허가를 받아 독립된 주권을 인정받은 소국. 이 세계의 공국은 대부분 그러한 역사를 지닌 나라이므로, 대제국의 황녀인 미아가 두려워할 필요는 어디에도 없지만…….

유일한 예외가 성 베이르가 공국이었다.

이 나라를 다스리는 공작가는 어느 왕가의 핏줄도 아니다. 또 어느 나라의 비호를 받는 것도 아니다.

이 나라가 일부러 '공국'이라 칭하는 것은 그들이 신을 왕으로 모시고, 그 왕인 신에게 권위를 인정받은 공작이 나라를 다스린다는 형태를 취하고 있기 때문이다.

따라서 나라를 다스리는 베이르가 공작은 정치의 수장임과 동시에 사제의 역할도 담당하는 특별한 존재이다. 그리고 그 딸인 라피나 또한 아버지를 도와 다양한 의식에 관여하는 특별한 소녀였다.

참고로 주변국에서는 성녀라 일컬어지고 있다.

미아같이 '대충 별명이 성녀', '제국 한정, 지역 한정 성녀'가 아니라 진짜배기 성녀님이다.

미아의 기억이 정확하다면 라피나는 미아보다 2살 연상인 14살. 입학한 이래 계속 세인트 노엘 학원의 학생회장직을 맡은, 학원 최고의 권력자이다.

미아라고 해도 방심할 수 없는 인물이다.

아니, 방심할 수 없는 수준을 넘어서……, 솔직히 무서운 사람이었다.

"처음 뵙겠습니다, 라피나 님. 저는……."

"미아 루나 티어문 황녀 전하. 만나서 기뻐요, 소문은 익히 들었습니다."

그 말을 듣고 미아는 순간 어리둥절해졌다.

라피나가 자신의 이름을 안다는 것이 너무도 충격적이었기 때문이다.

이전 시간축에서 미아는 라피나에게 접근했었다.

라피나의 권력은 미아에게도 매력적이었기에 꼭 친구가 되고 싶은 사람이었다.

하지만 온갖 선물을 보내고 다과회 자리에서도 가까이 앉으며 최대한 노력했는데도 끝내 라피나와 우애를 쌓지는 못했다.

심지어 그녀는 미아의 이름을 기억하지도 못했다.

마치 가치가 없는 것을 보는 듯한 눈으로 자신을 쳐다볼 때마다 미아의 자존심은 너덜너덜하게 찢어졌고, 결국 그녀가 무서워졌다.

그랬는데…….

──어째서 제 이름을 알고 계시는 거죠?!

무심코 굳어버린 미아를 향해 라피나는 부드러운 미소를 지었다.

"그런 곳에 서 있으면 감기에 걸릴 겁니다. 함께 목욕을 즐기도록 해요."

확실히 잠깐 사이에 몸이 조금 식어버렸다. 하지만…….

──이분이 친절하게 대해주시니까 왠지 좀 무서워요.

"그…… , 그럼 그렇게…… ."

미아는 경계하면서 욕조에 발을 들여놓으려다가 문득 깨달았다.

감기에 걸리는 건 안느도 마찬가지다. 하지만 아무리 그래도 라피나 앞에서 같은 욕조에 들어갈 수는 없다.

그럼 방으로 돌려보내야 하지만, 그렇게 되면 미아는 라피나와 단둘이 남게 된다.

──그, 그런 무서운 일은 피하고 싶은데요!

이전 시간축에선 20살이었던 미아. 한편 눈앞에 있는 라피나는 14살.

아직 어린아이라고 부를 수 있을 만큼 연하이다.

그런데도. 그렇다, 그런데도 불구하고. 미아의 좁쌀 같은 심장은 상대방에게서 묻어나오는 거물의 아우라에 바들바들 떨렸다.

"거기 있는 메이드 양도 들어오세요."

심각한 갈등에 빠졌던 미아는 뜻밖의 제안에 홱 고개를 돌렸다.

"실오라기 하나 걸치지 않는 이 목욕탕에서는 황녀도 귀족도 평민도 없고, 그저 사람과 사람만이 있을 뿐. 당신도 그렇게 생각하죠? 미아 황녀님."

"네! 그 말이 맞습니다! 안느, 라피나 님께서 이렇게 말씀하셨으니 어서 제 옆으로 오세요!"

하늘에서 동아줄이라도 내려온 것처럼 달려드는 미아.

"하, 하지만……."

처음에는 위축되어서 안절부절못하던 안느였지만, 미아가 손을 잡아당기는 바람에 결국 포기한 모양이었다.

"네, 알겠습니다."

마지못해 들어온 안느는 욕조 구석에 바싹 붙었다.

"거기서는 편하게 몸을 풀지 못할 거예요. 더 이쪽으로 오세요."

미아는 안느의 팔을 껴안고 자기 쪽으로 끌어당겼다. 그 모습을 본 라피나는 작게 웃었다.

"후후, 정말 사이가 좋으시군요."

"물론이죠. 안느는 제 심복이니까요."

'그러니까 만약 싸움이 일어나면 2대 1이거든요? 아무리 당신이 거물이어도 심복인 안느는 배신하지 않을 거예요!'라고 은연중에 어필하는 미아였다.

"시……, 심복?"

한편 안느는 울상이 되었다.

성심성의껏 미아를 모셔온 그녀이지만 자신이 우수한 메이드라고 생각한 적이 없다. 오히려 실수를 저지를 때가 많을 정도다.

그런 안느에게 미아의 말은 더없이 큰 행복을 주었다.

……모르는 게 약이라는 말이 참으로 딱 들어맞는 상황이다.

애당초 '심복'이라는 말 자체는 딱히 거짓말이 아니므로, 만약 안느가 미아의 속마음을 안다고 해도 좀 경멸하는 수준에서 끝날지도 모르지만…….

"후후, 그렇군요. 확실히 당신은 제국의 예지라는 이름에 부끄럽지 않은 사람인 것 같습니다. 미아 황녀님."

그런 두 사람의 관계를 보며 라피나는 끊임없이 미소 지었다.

제27화 천군만마

어깨까지 물속에 담그며 멍하니 기분 좋아하고 있을 때였다.

"그런데 미아 황녀님, 이틀 뒤에 입학 기념 무도회가 열리는 건 알고 계시는가요?"

라피나가 미아에게 물었다.

"입학 기념 무도회요……? 어…….."

미아는 고개를 갸웃거렸다.

그런 이야기를 들은 기억도 없고 이전 시간축에서의 기억도 없다.

대체 어째서? 그런 미아의 의문은 바로 해소되었다.

"신입생을 환영하기 위한 무도회인데, 못 들어보셨어요? 영락 없이 이미 누군가에게서 댄스 신청을 받았으리라 생각했는데요."

댄스라는 단어를 들은 순간 미아의 등을 타고 번개가 쳤다!

──그랬죠! 그 끔찍한 시간. 완전히 기억에서 지워져 있었어요!

이전 시간축에서 미아는 시온 왕자와 사귀게 될 것이라고 믿었다.

그래서 당연히 시온 쪽에서 무도회에서 함께 춤을 추자고 할 줄 알았고, 주위에도 그런 식으로 떠들고 다녔다.

그 때문에 무도회 당일 그녀는 지옥을 보았다.

시온 왕자는 미아와 함께 춤을 추고 싶은 마음이 없었다. 하지 만 사전에 그렇게 말을 하고 다니는 바람에 자신에게 파트너가 되어달라고 신청하는 사람도 없었다.

무도회가 반쯤 끝나갈 무렵에 가까스로 알아차린 사람들이 미아에게 다가왔지만 다들 미아가 얼굴을 아는 자국민들이었다.

게다가 그 얼굴에 염려하는 듯한, 난처한 듯한 미소가 그려져 있었으니 미아의 자존심에 그들의 신청을 받아줄 리도 없었다.

결국 미아는 그날 무도회 내내 혼자만의 시간을 만끽하게 되었다.

──그, 그, 그런 일은 다시는 겪고 싶지 않아요!

다행히 이번에는 시온과 파트너가 되기로 약속했다는 거짓말은 하지 않았다. 자신에게 댄스를 신청하는 사람은 있…… 을 것이다. 없으면 이상하다!

──제, 제발 있기를…….

그런 소심한 기도를 올릴 뻔한 미아는 급히 고개를 저었다.

──마음이 약해지면 안 돼요. 게다가 이건 인맥 구축에는 딱 좋은 기회인걸요!

그렇다. 미아가 목표로 삼고 있는 철칙 두 가지.

위험한 사람들과 접점을 갖지 않는 것과 자신을 도와줄 사람과 인맥을 쌓는 것.

전자는 이미 위태로운 상태지만 후자는 지금부터 시작이다. 기회는 적극적으로 만들어가고 싶다.

과거에 미아는 시온 솔 선크랜드라고 하는, 최상의 남자를 사로잡으려 했다.

아무튼 시온은 잘생겼기 때문이다. 웃는 얼굴이 무척 상큼하다.

미아는 굳이 따지자면 얼굴을 밝혔다.

게다가 검술은 동급생은 당연하고 상급생조차 시온과 대등한 사람이 없을 정도였다.

검술 대회 때면 상대방이 자신보다 덩치가 크다고 해도 용감하게 맞섰다. 그런데도 평소에는 자상하고 온화한 성격이니 흠잡을 곳이 없다.

적어도 미아는 그렇게 생각했다.

……어마어마한 착각이었다.

직접적인 원인은 아니지만 시온 때문에 단두대에 올라갔던 미아는 그의 성격이 거짓임을 간파했다. (미아 안에서는 그런 인식이다!)

하지만 시온의 인품 이전의 문제로, 제1왕자를 데릴사위로 들이는 것 자체가 애초에 불가능하다.

미아 말고는 후계자가 없는 제국에서 미아를 신부로 보내는 것도 불가능하고, 선크랜드 왕국 측에서도 시온을 사위로 보낼 수는 없을 것이다.

──오히려 노려야 할 사람은 제2왕자부터. 왕위계승권이 그리 높지 않은 분이어야죠.

그렇게 따져가자 미아 안에서 후보가 한 명 떠올랐다.

티어문 제국과 선크랜드 왕국, 두 개의 1급 국가에는 미치지 못해도 중견 국가군 중에서는 비교적 크고, 더불어 군사력이 풍족한 나라.

게다가 티어문 제국과 다소 떨어진 곳에 있지만 마침 선크랜드 왕국을 사이에 두고 반대쪽에 위치한 나라.

렘노 왕국이다.

그리고 운이 좋게도 렘노 왕국의 제2왕자 아벨 렘노는 미아와 동급생이다.

만약 아벨을 신랑으로 데려오거나, 최소 연인 사이까지 발전한다면 선크랜드 왕국의 공격을 받았을 때 지원군을 부탁할 수 있을 것이다.

그렇게 된다면 좌우에서 협공하여 선크랜드를 칠 수 있지 않을까.

——학기가 시작된 뒤에 천천히 접근하려고 생각했지만, 그런 태평한 소릴 하고 있을 때가 아닌 것 같네요!

공통목욕탕에서 나와 방으로 들어가자마자 미아는 안느에게 말했다.

"작전 회의를 시작하겠습니다. 안느, 당신의 연애 지식을 총동원해주세요."

미아의 호령을 들은 안느는 등을 꼿꼿하게 폈다.

"알겠습니다, 미아 님. 부족한 저이지만 미아 님을 위해 성심성의껏 지혜를 쥐어 짜보겠습니다."

기합이 단단히 들어간 대답에 미아는 만족스럽게 고개를 끄덕였다.

……미아는 몰랐다.

미아가 의지하는 안느의 연애 지식이, 동생이 쓰던 연애소설에 기반한 것이라는 사실을.

설마 자신보다 5살이나 연상인 안느가 아직 누굴 사랑해본 적도 없을 만큼 연애 초보라는 사실을…….

상상도 하지 못했다…….

"믿음직스럽군요, 안느. 마치 천군만마를 얻은 것 같은 기분이에요!"

그 천군만마가 허상에 불과하다는 것을.

제28화 예지와 군사의 연애 회의

"분실물 작전이 괜찮지 않을까 합니다."

"…………네?"

갑작스러운 안느의 말에 미아는 눈을 깜빡였다.

이 사람이 대체 무슨 소릴 하는 거냐는 듯 고개를 갸웃거리는 미아를 향해 안느는 마치 세상의 진리를 설파하는 표정으로 말을 이었다.

"잘 들으세요, 미아 님. 사람과 사람이 안면을 트게 되는 건 자연스러운 이유가 필요합니다."

"네, 그건 알죠."

확실히 아는 사람도 뭣도 아닌 사람에게 말을 거는 건 어렵다. 용기가 필요하다.

유리 심장인 미아에겐 도저히 불가능한 일이었다.

게다가 함께 춤을 추자고 하는 건 또 다른 문제가 있다. 보통은 남자 쪽에서 댄스 신청을 하기 때문이다.

귀족의 사교계에서 여자는 권유를 받는 쪽이니 남자가 다가올 수 있도록 노력하는 법이라는 게 일반적인 가치관이다.

여자 쪽에서 말을 걸면 경박하다는 둥 문란하다는 둥 수치심이 없다는 둥 나쁜 소문이 퍼진다.

그렇다 보니 미아가 댄스 신청을 받기 위해서는 우선 자연스러운 만남을 연출해서 어느 정도 친근한 사이가 되어 말을 걸기 쉽게 만든다는 단계를 밟아가야만 한다.

물론 완전히 처음 보는 사람이 댄스 파트너가 되어달라고 할 가능성도 없지는 않다.

그날까지 약속을 잡지 못하고 적당한 사람에게 말을 거는 남자도 있긴 하다. 하지만 적당히 말을 걸기에는 제국의 황녀라는 신분이 너무 부담스럽다.

애당초 미아가 개심해서 성녀입네 예지입네 하는 말을 듣기 시작한 것은 최근이다. 주변국가에는 어느 정도 정보망이 탄탄한 나라가 아니라면 알려지지 않은 사실이다.

예전에는 제멋대로 권력을 휘두르는 오만한 황녀였으니, 굳이 그런 귀찮은 사람에게 말을 거는 사람은 없다.

따라서 미아는 남은 시간 동안 자신은 무서운 사람이 아니라는 어필을 해야만 한다.

……제법 어렵다.

"그래서 분실물 작전이 나오는 겁니다. 가까워지고 싶은 신사분의 눈앞에서 자연스러운 동작으로 물건을 떨어뜨리는 거예요. 그러면 어떻게 될까요?"

"그렇군요. 확실히 눈앞에서 물건을 흘린 사람이 있다면 주워주게 되겠죠."

"맞습니다. 그리고 그렇게 주워주면 고맙다고 인사하면서 자연스럽게 무도회의 예정을 묻는 거죠. 만약 아직 약속을 잡지 않았다고 하면……."

"대화의 계기를 만들어 자연스러운 흐름으로 신청하게 유도하는 거군요. 교묘한 방식이에요."

미아는 심복의 책략에 감명을 받았다.

설마 안느에게 이 정도로 치밀한 작전을 짜는 능력이 있을 줄은 생각지도 못했다. 안느가 제국 전군의 지휘권을 지닌 군사처럼 보여서 아주 든든해진 미아였다.

"상대방이 조금 둔감한 성격일 때는 오늘의 보답을 하게 해 달라며 미아 님께서 접근하는 방법도 있지만……."

확실히 여자 쪽에서 댄스를 신청하는 건 터부시되고 있다. 하지만 어떠한 보답을 위해서라면 경망스럽다는 말은 듣지 않을 것이다.

아무런 이유도 없는데 선물을 주는 건 상대방의 환심을 사려는 저급한 행동으로 보이지만, 보답이라는 명목이 있다면 안 하는 게 오히려 졸렬하단 소리를 듣게 되는 셈이다.

"게다가 떨어뜨리는 물건에 따라서는 미아 님의 뛰어난 센스나 사랑스러움을 어필할 수도 있죠. 예쁜 손수건 같은 걸 추천합니다."

"대단해요, 안느……."

미아는 자신도 모르는 사이에 박수를 보냈다.

그녀는 안느의 제안이 마음에 들었다. 들으면 들을수록 분실물 작전이 얼마나 완벽한지 이해할 수 있었다.

……이 작전이 전부 그녀의 여동생이 쓴 이야기 속에 나오는 시추에이션이라는 걸 조금도 알아차리지 못하는 미아였다.

하지만 그것도 무리는 아니었다.

안느의 작전은 미아가 읽었던 이야기보다 훨씬 전, 에리스가 처음 소설을 쓰기 시작했을 때 만든 시추에이션이기 때문이다. 그렇다 보니 소녀의 꿈과 망상이 진하게 드러나는 시추에이션이었지만…….

미아도 안느도 그 사실을 알아차리지 못했다.

연애 초보인 두 사람은 소설과 현실을 분간하기 어려웠다.

"그럼 가죠."

의기양양하게, 그러면서도 침착하게 손수건 떨어뜨리기에 임하는 미아였다.

제29화 손수건 투하 작전

세인트 노엘 학원의 남자 기숙사와 여자 기숙사 사이에는 아름다운 정원이 있다.

물의 정원이라 불리는 그곳에는 풍부한 수원을 지닌 이 나라답게 커다란 분수와 수로가 놓여있다.

색색의 꽃으로 장식된 정원은 몹시 낭만적인 장소이기에 수많은 연인이 고백 장소로 이용해왔다.

──만남을 연출하기에는 최적의 장소죠!

미아는 준비해온 손수건을 꼭 붙잡고 흉악한 미소를 지었다.

그것은 라피나와 만난 다음 날이었다.

안느의 첩보 활동의 결과 이제 곧 아벨이 이 장소를 지나갈 것이라는 정보를 획득한 미아는 현재 정원 벤치에 앉아 그때를 기다리고 있었다.

참고로 오늘부터 미아는 학교에서 지급하는 교복을 입고 있다. 새 블레이저와 단정하게 접힌 플리츠스커트로 이루어진 교복은 미아의 속내와는 대조적으로 티끌 하나 없는 순백색이었다.

그런 예쁜 교복을 입은 미아는 겉보기에는 청순하고 아름다워서 말 그대로 제국의 성녀라는 모습이었다.

분수가 연주하는 음색에 귀를 기울이기를 잠시, 표적이 나타났다.

──왔군요!

먹이를 발견한 미아는 작게 숨을 내쉰 뒤 벤치에서 일어났다.

아벨보다 조금 앞쪽으로 걸어간 미아는 힐끔힐끔 뒤를 살피면서 타이밍에 맞춰……

——지금이에요!

손수건을 투하했다.

팔랑팔랑 사뿐사뿐 떨어지는 손수건은 계획했던 대로 아벨의 발치에 떨어졌다.

그걸 본 미아는 내심 쾌재를 외쳤다.

——제가 생각하기에도 완벽한 컨트롤이었어요. 그렇다면!

미아는 아벨이 자신을 불러 세우는 걸 이제나저제나 기다리면서 최대한 천천히 걸었다. 천천히…… 걸었는데……, ……아직도 부르지 않는다.

——이상하네요?

손수건의 상태를 확인하자 허망하게도 잔디에 걸려서 바람을 받아 나부끼고 있을 뿐이었다.

——어, 어, 어째서 손수건을 줍지 않는 거죠?!

이번에는 아벨 쪽을 살폈다. 아벨은 그 바로 옆에 있던 여자에게 말을 걸고 있었다.

"무슨 곤란한 일이라도 있습니까? 아가씨."

버터를 듬뿍 바른 듯한 말이 들렸다.

미아는 완전히 잊고 있었다.

그랬다. 한쪽에 손수건이 떨어져 있고, 다른 쪽에 곤경에 처한 여자가 있을 경우 아벨은 주저 없이 여자 쪽으로 직행한다.

그리고 잘만 하면 가까운 사이가 되고 싶어 한다!

가볍고 닭살 돋는 바람둥이 미남, 그게 바로 아벨 렘노라는 소년의 본질이다.

불행은 아직 끝나지 않았다.

"음? 이건……, 누가 떨어뜨렸나?"

미아의 손수건을 주운 사람이 있었다.

아름다운 백은빛 머리카락과 짜증이 날 정도로 잘생긴 얼굴. 미아의 원수 시온이 우아한 동작으로 손수건을 주워든 것이다.

"누구, 손수건을 떨어뜨린 사람 있나?"

"이, 이, 익!"

미아는 자기도 모르게 이를 갈면서 그 자리를 떠나기로 했다. 시온과 티오나와는 아는 사이가 되지 않는 게 미아의 1번 목표이기 때문이다.

절대 엮여서는 안 된다. 그랬다간 끝장이다!

눈치채지 못한 척 연기하며 물러날 수밖에 없다.

시치미를 떼고 걸어가려 한 미아였으나…….

"앗, 그거 미아 님의 손수건이에요."

또 다른 원수의 목소리가 추가 공격을 가했다.

시온 옆으로 달여온 사람은 티오나 루돌폰.

"저도 어제 같은 손수건을 빌렸으니까 확실합니다."

그렇게 말하며 그녀는 소중히 세탁해서 넣어둔 손수건을 꺼내 보여주었다.

미아가 쓰는 손수건은 황실 소속 장인이 만든 손수건이다. 실력이 뛰어난 장인들은 경애하는 황녀 전하의 물건에 영혼을 갈아

넣어, 끄트머리에 달린 레이스에 독특한 무늬를 넣었다.

그게 확실한 증거가 되었다.

"저기 미아 님이 계세요!"

──쓰, 쓰, 쓸데없는 짓을!

이렇게 된 이상 도망칠 수 없다. 포기한 미아는 우아하게 뒤로 돌아선 다음 자신의 교복을 이리저리 뒤지는 척했다.

"어머나, 정말이네요. 실수로 떨어뜨린 모양이에요."

속마음을 숨기고 열심히 웃었다.

"가르쳐주셔서 감사합니다."

"그렇군. 이건 미아 황녀 전하의 손수건이었나."

시온은 그렇게 말하더니 미아 앞까지 걸어와 가슴에 손을 올리고 꾸벅 인사했다.

"처음 뵙는군. 선크랜드 왕국의 왕자 시온 솔 선크랜드다. 미아 황녀 전하, 이야기는 많이 들었어."

"이쪽이야말로. 미아 루나 티어문입니다."

미아도 스커트 자락을 살짝 들어 올리며 인사했다.

'그럼 이만!'하고 부리나케 그 자리를 떠나려고 했으나…….

"마침 잘 됐어. 미아 전하, 내일 무도회의 파트너는 정했나?"

불길한 예감이 들었다.

"만약 아직 정하지 않았다면 꼭 입후보하고 싶은데…….."

──어째서, 왜, 이런 사태가?!

여자라면 누구나 순식간에 항복하고 싶어질 법한 시온의 미소를 보고 미아는 내심 비명을 질렀다.

제30화 광명

 ——어, 어, 어떻게, 어떻게 해야 하는 거죠……?!

 미아는 혼란의 소용돌이 한복판에 있었다.

 만약 시온의 댄스 파트너가 되고 말았다간 더없이 확실한 인맥이 생기고 만다.

 관계가 깊어지면 언제 엇나가서 '혁명→왕국의 참전→단두대!' 루트가 열리게 되어도 이상하지 않다.

 그건 곤란하다. 너무나도 곤란하다.

 하지만 여기서 거절했다간 시온이 미아에게 갖는 인상이 나빠질 것이다.

 게다가 거절하는 구실로서 다른 댄스 파트너가 있다는 거짓말이라도 했다간 당일까지 파트너를 찾아내는 건 한없이 불가능에 가까워지고 만다.

 뭐니 뭐니 해도 '시온의 파트너 신청을 거절한 황녀'에게 필패를 각오하고 파트너 신청을 할 생각을 하는 괴짜가 존재할 리 없기 때문이다.

 퇴로가 모조리 차단된 상황에서 미아는 어떻게든 기사회생의 방법을 모색했다.

 가라앉는 배에서 도망칠 길을 찾는 작은 생쥐처럼 감각을 날카롭게 곤두세웠다.

 그런 때였다. 미아의 시야 끄트머리에 터무니없는 광경이 들어왔다.

조금 전 손수건을 깔끔하게 무시해버린 소년, 아벨이 상급생 남자에게 끌려가 건물 뒤쪽으로 가버린 것이다.

어딘가 험악한 분위기에 미아의 후각이 민감하게 반응했다.

──기회가 왔어요!

"음? 저건……?"

아무래도 시온도 알아차린 모양이었다.

"잠깐 실례합니다."

도망치기에 딱 좋은 구실이라며 미아는 시온의 옆을 냉큼 빠져 나갔다.

"너는……, 뭘 하는 거냐?"

"그러니까 형님, 저는 댄스 파트너 신청을 하려고……."

대답하려는 아벨의 뺨을 상급생 소년이 힘껏 때렸다.

──어머나? 무척 야만적인 분이군요. 아벨 왕자님의 형님이라면 저 사람이 제1왕자인 건가요……?

미아는 그 광경을 몰래 지켜보았다.

"나약한 놈……. 여자에게 비굴하게 굽신거리기나 하고. 긍지 높은 렘노 왕가에 속한 자라면 검 실력을 더 단련해라. 그렇게 하면 여자 쪽에서 다가올 거다."

소년이 아벨을 내려다보며 코웃음을 쳤다.

"흥, 뭐 너 같은 패배자와 댄스 파트너가 되겠다는 사람은 글러 먹은 여자밖에 없겠지. 아무리 꼴사납게 비위를 맞춘다고 해도 말이다."

──편향적인 사람이군요. 곤경에 처한 여성을 도와주는 건 매너잖아요…….

미아는 내심 조금 어이없어하면서 말을 걸었다.

"뭘 하고 계시는 거죠?"

아벨과 그 형은 갑작스러운 미아의 등장에 놀란 표정을 지었다.

"뭐냐, 너는……."

언짢아하는 목소리.

"지금 바쁘다. 아, 걱정하지 않아도 형제 싸움 같은 것이니 신경 쓰지 않아도 돼. 그러니 얌전히 다른 곳에 가지 않겠나?"

그렇게 말한 아벨의 형은 얼굴을 들이대며 미아의 눈을 똑바로 들여다보았다.

어린아이와 대화할 때는 시선을 맞추고…… 하는 배려인 건 당연히 아니고. 그것은 명백히 자신보다 연하인 소녀를 공감하는 행위였다.

그런 그에게 미아는.

──어머나, 귀엽기는!

왠지 웃음이 터져 나올 것 같았다.

미아의 영혼은 20살이 지난 여성이다. 지하 감옥에서 약 2년 동안 생활했다고 해도, 정신적으로 약간 미성숙한 부분이 있다고 해도 일단은 어엿한 성인이라 할 수 있다.

심지어 혁명군의 살기등등한 폭도가 자신을 향해 검을 겨누는 수라장을 빠져나왔다.

진짜 살기 앞에 노출된 적도 있다.

반면 아벨의 형은 아무리 상급생으로서 위신을 보여도 어차피 온실에서 자란 왕자님.

게다가 제1왕자라고 해도 티어문 제국보다 격이 떨어지는 렘노 왕국.

──위협적인 대상은 아니죠.

미아는 코웃음 쳤다.

"뭐, 뭐가 우스운 거냐!"

"어머, 실례합니다. 하지만 제 댄스 파트너의 얼굴을 너무 때리면 제가 곤란해지거든요."

그렇게 말하며 미아는 성큼성큼 아벨 옆으로 걸어갔다.

아무래도 입 끄트머리가 찢어진 듯한 아벨의 입가에 새하얀 손수건을 살포시 대고 웃었다.

"정말이지, 아벨 왕자님. 제게 댄스를 신청했으면서 그걸 잊고 다른 여성에게 다정하게 대하니 이런 일이 생기는 거잖아요."

"어……?"

어안이 벙벙해서 입을 떡 벌린 아벨.

그러거나 말거나 미아는 스커트 자락을 살짝 들어 올렸다.

"처음 뵙습니다. 렘노 왕국의 제1왕자 전하. 저는 티어문 제국의 황녀 미아 루나 티어문."

이어서 흡족한 미소를 지었다.

"왕자님의 동생과 파트너가 되기로 한 글러 먹은 여자랍니다."

제31화 미아 황녀, 광림

아벨 렘노는 자신이 이류인 패배자라는 걸 자각하고 있었다.

렘노 왕국은 검술 실력이 중시되는 나라다. 선크랜드 왕국 같은 역사도 격식도 없고, 티어문 제국 같은 강대한 국력도 없고, 베이르가 공국 같은 권위도, 주변국의 존경도 없다.

그런 와중에 가까스로 무력을 강화하여 주변에 있는 일류국에 대항하려고 했다.

그렇다 보니 레놈의 남자들은 다들 검술을 단련하여 무용을 경쟁했다.

왕족인 아벨도 어릴 때부터 혹독한 검술 훈련을 받아왔다. 왕가에 속한 자인 이상 최고가 되라는 말을 꾸준히 들었다.

하지만 형인 제1왕자에겐 단 한 번도 이겨본 적이 없었다.

그래도 그는 노력했다. 어떻게든 형을 이기고 싶다고, 1등이 되고 싶다고 연마를 거듭했다.

하지만 그는 알게 되었다. 이 세계에는 아무리 노력을 거듭해도 도달할 수 없는 재능의 영역이 있다는 사실을.

그건 선크랜드 왕국을 방문했을 때, 시온 솔 선크랜드의 검을 봤을 때였다.

무시무시한 검이었다.

본직인 기사들마저 압도하는 기술.

몸무게나 사정거리의 차이도 마치 존재하지 않는 것처럼, 연이어 연습 상대인 어른들을 압도해나가는 천부적인 재능을 지닌 소년은, 아벨이 단 한 번도 이기지 못한 형과도 비교가 되지 않을 만큼 강한 그 소년은 아벨과 같은 나이였다.

게다가 그가 일류국인 선크랜드 왕국의 제1왕자라는 사실을 안 순간, 아벨 안에서 무언가가 꺾인 느낌이 들었다.

아아, 신에게 선택받은 사람은 분명히 존재하고…… 그렇지 않은 자신은 아무리 노력해봤자 어차피 그 영역에는 도달하지 못하는구나.

이류밖에 되지 못하는구나…….

그런 생각을 했더니 왠지 노력하는 게 허무해졌다.

그렇다면 굳이 힘든 길을 갈 필요는 없다. 다행히 그는 어머니에게 물려받은 잘생긴 외모를 지니고 있었다. 렘노 왕국은 원래 남존여비 경향이 강한 나라였기 때문에, 아주 조금만 친절하게 대하면 다들 좋아해 주었다.

메이드들 사이에서는 아벨의 평판이 자자했다.

그렇게 훗날 수십 명의 첩을 거느린 희대의 플레이보이로서 이류 왕자의 운명을 따라가게 되는 아벨 앞에 그녀가 찬란히 광림했다.

티어문 제국의 황녀, 미아 루나 티어문.

강대한 권세를 자랑하는 제국의 황녀로서 일부에선 성녀라고도 일컬어지는 예지의 소유주인 소녀는 아벨의 경박한 미래를 정면에서 날려버렸다.

그녀는 주위 학생들 앞에서 당당하게 선언했다.

아벨이 자신의 댄스 파트너라고.

"그렇게 되었으니 시온 왕자님, 대단히 아쉽지만 조금 전에 권해주신 파트너 신청은 받아들일 수 없답니다."

심지어 신에게 선택받은 자, 초일류 왕족인 시온 솔 선크랜드의 파트너 신청을 거절하고서.

——마, 말도 안 돼!

아벨은 당황했다.

이런 일은 말도 안 된다. 자신과 미아 황녀라니. 도저히 급이 맞지 않는다. 그런 건 뻔하디뻔한 사실이다.

"미아 황녀!"

따라서 그는 소란이 일단락되자마자 바로 미아에게 달려갔다.

"조금 전에는 고마워. 하지만 그걸로 충분해. 무도회의 파트너로는 시온 왕자를 데려가."

"어머나? 제게 망신을 줄 생각이세요?"

"아니, 그런 게 아니라! 나 같은 녀석과 춤을 춰봤자 무슨 소용이야. 나와 너는 수준이 전혀 맞지 않잖아!"

"그렇다면 저를 위해 스스로를 갈고닦으세요. 저와 수준이 맞도록."

"뭐?"

아벨은 입을 떡하니 벌렸다.

"하, 하지만 유감스럽게도 나에겐 재능이 없어, 미아 황녀. 아무리 노력해도 시온 왕자는커녕 형에게도 이기지 못해……."

피를 토하는 듯한 목소리. 속상함이 절절히 배어 나오는 그 말은 오랫동안 드러내지 않았던 아벨의 본심이었다.

아무리 노력해도 이길 수 없다는 게 속상하지 않을 리 없다.

하지만 그런 아벨을 향해 미아는 다정하게 웃었다.

"아벨 왕자님, 당신이 아는 것은 '지금'이죠. 지금 그들을 이기지 못한다는 사실. 그뿐인 것 아닌가요?"

"……뭐?"

"오늘이 안 된다면 내일, 내일도 안 된다면 그다음 날. 수련을 반복한 끝에 도달하는 장소가 어떤 곳인지는 그 누구도 모르는 법. 당신의 목숨이 끝날 때, 당신이 시온 왕자님 위에 서지 못한다는 건 설령 당신 본인이라 해도 장담할 수 없어요. 하지만……."

그 후 미아는 살며시 눈을 감았다.

"저라도 괜찮다면, 보증해드리겠어요. 제가 댄스 파트너로 골랐습니다. 당신이 시온 왕자님이나, 하물며 당신의 형님에게 이기지 못한다는 건 결코 말이 되지 않습니다. 이 미아 루나 티어문이 보증합니다."

그 말은 마치 신탁과도 같이 아벨의 가슴에 꽂혔다.

──그 형에게 방해받아서 여차할 때 지원군을 보내지 못하게 되면 곤란하니 아벨 왕자님이 열심히 노력하게 해야죠……. 후후, 그건 그렇고 공공장소에서 시온 왕자님의 권유를 거절하다니 정말 통쾌했어요!

속으로는 참으로 쓰레기 같은 생각을 하는 미아 황녀 전하였지만.

그런 진실과는 반대로, 이렇게 아벨 렘노의 운명은 크게 변하기 시작했다.

제32화 성녀인가, 책사인가, 불여우인가?

"얼레, 깔끔하게 차이셨네요. 시온 전하."

미아와 아벨이 떠난 뒤, 그 자리에 남은 시온에게 키스우드가 다가왔다.

"하지만 설마 거절당할 줄이야. 저 황녀님도 제법인데. 확실히 우애를 다질 좋은 기회이긴 했지만, 이게 마지막 기회인 것도 아니니 걱정할 필요는…… 어라?"

거기까지 말한 키스우드는 위화감을 느꼈다.

시온이……, 어릴 때부터 왕족으로서 절도와 자제심을 단련해 온 자신의 주군이……, 정말 신기하게도 언짢아하는 표정을 짓고 있었다.

아니, 언짢다기보다는 묘하게 불만이라는 얼굴…….

"설마 댄스 신청을 거절당해서 기분이 상했다고 하시는 건 아니죠?"

"딱히 그런 건 아니야."

시온은 웃고 있지만, 그 미소는 희미하게 딱딱했다.

"그녀의 행동은 훌륭했고, 아벨 왕자의 체면도 세워줬어. 렘노 왕국의 제1왕자도 썩 좋은 성격은 아니었으니 아벨 왕자의 편을 드는 마음도 이해해."

──마치 스스로를 타이르는 것 같은데.

시온보다 4살 연상인 키스우드가 시온에게 느끼는 감정은 한

마디로는 표현할 수 없다.

그건 경애하는 주인에게 보내는 존경심이자, 은혜를 받은 왕의 아들에게 보내는 충의이자, 함께 자란 소꿉친구에게 보내는 우정이기도 했다.

그리고 지금 그가 시온에게 느끼는 건 동생을 놀려먹고 싶은 형의 마음이었다.

"게다가 내 쪽에서 신청한 거지. 당연히 받아들이든 거부하든 선택권은 저쪽에 있다는 것쯤은 알아."

"그런데 왠지 모르게 답답하다?"

"그러니까 딱히 답답한 게 아니라고!"

그 어린아이 같은 반론에 키스우드는 조금 놀랐다.

"그냥, 조금 아쉬운 것뿐이야. 신경 쓰지 않아."

시온은 그렇게 말하며 입술을 삐죽였다.

──흐음, 전하가 이렇게 발끈하다니 별일이 다 있네.

평소엔 키스우드가 놀려도 냉정하게 흘려넘기는데.

──어쩌면 냉정한 호기심 이상의 감정을 느끼기 시작한 건지도 모르겠어…….

키스우드는 시온 본인조차 깨닫지 못한 심리를 정확하게 읽어냈다. 지금 그가 느끼는 감정이 의식하는 여자의 쌀쌀맞은 태도에 조금 심통이 난 남자와 몹시 흡사하다는 사실을.

──미아 황녀 전하라.

그에게도 미아의 대답은 뜻밖이었다.

이런 말을 하는 것도 좀 그렇지만, 키스우드가 봤을 때 아벨에게는 시온보다 뛰어난 점이 하나도 없었다.

확실히 외모는 나쁘지 않다. 이목구비는 단정하고 행동거지도 얼핏 보면 우아해 보인다.

학기가 시작되면 인기를 얻을 것이다.

……하지만 그게 전부다.

키스우드가 봤을 때, 아벨의 매력은 무척 표면적이다. 말하자면 거죽. 그러한 것에 현혹되는 인물은 하잘것없는 사람이다.

──보통은 그렇겠지만, 문제는 비교 대상이 시온 전하란 말이지.

그렇다. 아벨과 시온을 비교했을 때는 설령 표면적인 모습에 한정한다 해도 시온이 압승해버린다.

외모에 현혹되는 자도 본질을 간파하는 현자도 빠짐없이 매료하는 진짜배기가 시온 솔 선크랜드라는 왕자다.

그런데도 미아는 시온과 댄스 파트너가 될 권리를 걷어차면서까지 아벨을 댄스 파트너로 골랐다.

본인이 사양하려고 했는데도.

──아벨 왕자의 자존감을 지켜주기 위해서라는 이유라면 이해하지 못할 것도 아니지만…….

그것 말고도 이유가 있는 것 같은 느낌이 들었다.

그때 했던 말도, 왠지 의욕을 북돋아 주는 것처럼 보이기도 했다.

──나에게는 보이지 않는 아벨 왕자의 자질이 보였다는 건가?

어쨌거나 제국의 예지라 일컬어지는 황녀 전하다. 무언가 생각이 있어서 한 행동인지도 모른다.

──상대방의 자존감을 존중해주는 자애로운 성녀인가, 치밀한 계획에 기반한 책사의 행동인가…….

불현듯 키스우드는 미아의 얼굴을 떠올리며 쓴웃음을 지었다.

──혹은 시온 전하를 놀리는 것뿐이라거나? 그때의 미소는 성녀라기보다도 불여우라는 느낌이었으니……. 총명한 전하를 농락하는 불여우가 있을 줄이야.

키스우드가 미아의 꿍꿍이(라고 키스우드 본인이 판단하는 것)를 알게 되는 것은 조금 시간이 지난 뒤이다.

그때 그는 미아가 제국의 예지라 불리는 이유를 똑똑히 목격(했다 생각하고 있을 뿐)하고 전율하게 된다.

하지만 아직은 미래의 이야기. 지금 확실한 것은 단 하나.

미아가 본인이 모르는 사이에 호칭 '불여우'를 취득하고 말았다는 점이다.

제33화 있는 모습 그대로

신입생 환영 무도회가 시작되기 1시간 전, 미아는 홀로 공중목욕탕에 있었다.

황녀의 여유……, 인 건 아니다. 왜냐하면 미아는 울상이기 때문이다.

"으으, 최악……, 최악의 사태예요!"

애당초 왕족과 귀족 아가씨들에게는 여러 겹씩 겹쳐서 입는 호화로운 드레스가 인기다. 화장도 포함해서 그걸 준비하려면 가뿐히 몇 시간은 걸릴 것이다.

그런데도 불구하고……, 미아는 목욕탕에 있다. 심지어 본래 곁에 있어야 하는 안느의 모습도 없이, 혼자서.

초조해하면서 머리카락을 북북 감는 미아. 그 머리카락에는 무언가 점액 같은 것이 끈적하게 들러붙어 있었다.

그녀가 이렇게 된 것은 약간 사정이 있었다.

이날, 미아는 일찍 일어났다.

아침과 점심을 제때 챙겨 먹고 넉넉하게 남은 시간 동안 드레스로 갈아입었다.

딸을 극진히 사랑하는 황제가 보낸 최고급 드레스는 입는 데 시간이 오래 걸리지만, 타국에선 절대 입수하지 못할 만큼 지극히 호화로운 디자인이었다.

그런 화려한 드레스를 입고 화장도 완벽하게 마쳤다. 모든 준비가 끝난 것은 무도회가 시작되기 2시간 전이었다.

그 애매하게 여유로운 시간이 치명상이 되었다.

"아직 시간이 넉넉하니 잠시 교내를 둘러보고 올까요……."

즉시 행동으로 옮긴 미아는 중간에 특이한 광경을 봤다.

승마부가 말을 산책시키고 있었던 것이다.

──이렇게 가까이서 보는 건 처음이에요.

그런 생각을 하며 멍하니 구경하던 미아. 그런 미아에게 말이 코를 들이밀었다.

미아는 동물을 싫어하지 않는다. 친근하게 코를 들이대는 말의 행동에 기분이 좋아진 미아는 쓰다듬어줄 생각에 손을 들어 올렸다가…….

'푸헤에에엣취!'라는 요란한 소리가 들릴 정도로 우렁차게 분출된 말의 재채기를 뒤집어썼다.

"꺄아아아악!"

돌풍이 분 뒤, 그곳에는 말의 온갖 점액으로 축축하게 젖어버린 미아의 모습이 남았다.

"으으, 어째서……, 어째서 이런 일이……."

훌쩍훌쩍 울면서 코를 푸는 미아.

그건 정말로 운이 나쁜 사고였다.

사실 미아가 자신이 좋아하는 향수를 흥에 겨워 과하게 뿌린 바람에 다소 향이 짙었다는 사정도 있긴 하지만, 그래도 동정할 수

밖에 없는 상황이었다.

초췌해진 모습으로 터덜터덜 돌아온 미아를 본 안느는 정신을 놓고 기절할 뻔했다.

울상이 된 미아를 달래면서 목욕탕에서 몸을 씻고 오라고 지시하긴 했으나, 안느도 어떻게 할 수가 없다.

그렇게 생각했지만…….

"……어쩔 수 없죠. 안느, 화장은 적당히 부끄럽지 않을 정도로……, 드레스는 적당히 있는 걸로 입혀주세요."

시무룩한 얼굴로 그런 말을 하는 미아를 보자 메이드의 직업정신에 불이 붙었다.

──황녀님께서 망신을 당하실 수는 없어!

안느의 눈이 이글거렸다. 이글이글 불타올랐다!

──미아 님께선 원래 예쁘시니까 화장을 진하게 안 하셔도 예뻐!

그렇게 생각한 안느는 조금 날카로운 인상을 주는 눈매가 부드러워 보이는 아이라인을 그리는 것으로 화장을 끝내고, 남은 시간은 드레스에 전부 쏟아부었다.

지금부터 입으려면 정식 드레스는 시간이 안 된다. 약식이라면 화려한 옷은 피해야 한다고 판단한 안느는 하얀색으로 통일된 드레스를 골랐다.

어깨가 드러났으며 스커트도 조금 짧아 댄스를 추기에는 딱 좋았다.

마무리로 향수는 미아가 직접 뿌렸을 때와는 달리 은은한 향이 느껴질 정도로만 뿌리자 제한 시간이 종료되었다.

무도회장에 모인 남자들은 미아가 나타나자 그 모습에 자기도 모르게 시선을 빼앗겼다.

화려한 드레스를 입은 소녀들이 가득한 가운데 소박한 드레스를 입은 미아는 누구보다 건강하게 빛나 보였다.

이유는 지극히 간단하다.

회장에 있는 소녀들은 대부분 코르셋으로 허리를 꽁꽁 조이는 바람에 얼굴이 창백했기 때문이다. 뽀얀 피부라기보다는 단순히 안색이 나빴다.

반면 미아는 코르셋을 차지 않았다. 게다가 목욕하고 나온 직후라 혈색이 좋았다.

살짝 붉게 물든 뺨은 사랑스러웠고, 목욕한 덕분에 윤기가 흐르는 피부에선 빛이 났다.

화려함이 부족한 드레스인데도 오히려 안느가 공들여 가꾸어 낸 미아의 매끄러운 피부의 매력을 충분히 돋보이게 해주는 효과를 발휘했다.

그런 모든 상황이 절대평가로 '아슬아슬 미소녀' 수준인 미아를 상대평가 '그냥 미소녀'까지 끌어올려 주었다.

절세의 미소녀는 아니다.

경성지색에도 경국지색에도 턱없이 모자라다.

하지만 그 아름다움은 틀림없이 회장에 있던 남자들의 관심을 끌기에는 충분했다.

그런 미소녀인 미아가 우수에 찬 한숨을 쉬었으니 더욱 주목을 모았다.

──아아, 역시. 이런 간편한 복장으로 무도회에 오니까 눈에 띄네요.

　　그런 그녀의 속내도, 그녀가 '말의 재채기'에 휘말린다는 웃긴 이유로 약식 드레스를 입게 되었다는 것도 당연히 알려지지 않은 채 여러 남자의 마음을 사로잡은 것이다.

제34화 미아의 특기

알고 있는가.

화장하지 않아도 미인인 게 최고다. 꾸미지 않은 모습에서 우러나오는 미모야말로 귀중한 것…….

어리고 순수하며, 좀 덜떨어진 남자들 사이에는 이러한 가치 기준이 존재한다는 사실을.

확실히 그게 맞는 말일지도 모른다. 꾸미지 않아도, 화장하지 않아도 아름답고 예쁘고 매력을 발산할 수 있다.

그럴 수 있다면 그게 좋기야 하다.

……열심히 꾸미는 사람이 들으면 '지랄 마!'라며 일갈하고 싶어지는 가치관이긴 하지만……. 안타깝게도 남자는 이런 가치관을 마치 신앙처럼 경건하게 받들며 가슴에 고이 간직하고 있다.

그리고 이런 경향은 꾸미기에 돈을 들일 수 없는 서민보다는 평소 치장한 여성에게 둘러싸인 귀족 자제에게서 더 강하게 나타난다.

아벨 렘노 또한 그런 가치관에 오염당한 사람 중 한 명이었다.

──그건 정말 실제로 일어났던 일인 건가?

미아를 기다리는 동안 아벨은 불안을 느꼈다.

전부 꿈을 꾼 게 아닐까. 그런 느낌이 들 정도로 그날 있었던 일은 현실성이 없었다.

설마 대국 티어문 제국의 황녀와 댄스 파트너가 되다니…….
도저히 믿을 수가 없었다.

회장에 나타난 미아가 환상 속의 존재처럼 예뻤기 때문에 그 마음이 한층 강해졌다.

──정말 아름다워…….

은은한 불빛을 받은 미아는 마치 달의 여신처럼 아름다워 보였다.

어두운 곳에서 보면 디테일이 잘 안 보이기 때문에 실제보다 더 예뻐 보이는 현상이 이때도 일어난 셈이다.

──그녀와 춤을 춘다고? 정말 꿈인 거 아니야?

그런 생각을 하는 바람에 사람들의 시선을 한 몸에 받은 미아가 다가와 갑자기 '죄송합니다, 아벨 왕자님'이라고 사과했을 때, 영락없이 파트너 약속을 취소하는 말이라 생각했다.

──그래, 당연하지. 그녀에게 걸맞은 사람은 역시 시온 왕자니까.

아쉬워하면서도 아주 조금 안도하는 바람에 무심코 가벼운 말이 튀어 나갔다.

"아니, 괜찮아. 너는 무척 아름다우니까."

'나 같은 녀석에게는 아까우니 아무쪼록 시온 왕자에게 가세요'라는 뜻을 담아 대답하자 미아는 가슴에 손을 올리고 안도의 숨을 내뱉었다.

"감사합니다, 아벨 왕자님. 당신은 친절한 분이군요."

그리고는 어째서인지 작은 두 손으로 아벨의 오른손을 붙잡고는.

"그럼 갈까요."

"……네?"

회장 중앙으로 데려갔다.

미아는 의욕으로 넘쳐났다.

원래 입으려 했던 화려한 드레스도 짙은 화장도 못 했는데, 그런데도 아벨은 부드럽게 웃어준 데다 미아를 배려해 아름답다는 칭찬도 해주었다.

——역시 아벨 왕자님은 신사라니까요. 드레스에 대해 아무런 지적도 하지 않다니.

하지만 계속 그 말에 안주할 수는 없다. 여기서 어떻게든 만회해야…….

어릴 때부터 제국의 황녀로서 제왕학을 배워온 미아였지만, 사실 성적은 썩 뛰어나지 않았다.

회귀 이전에는 나름대로 노력했지만 그래도 기껏해야 평균보다 조금 나은 수준이었다.

그런 미아지만 딱 하나, 다른 누구에게도 지지 않는 특기가 있었다.

바로 사교댄스다.

미아의 댄스 실력은 흠잡을 곳 없는 초일류.

그건 그녀 본인이 아름답게 춤을 출 수 있다는 혼자만을 위한 기술이 아니다. 제대로 파트너의 실력을 파악하고 거기에 맞춰서 기분 좋게 추게 해주는, 소위 접대 댄스를 할 수 있을 정도다.

그런 미아의 자랑스러운 특기이긴 하지만 이전 시간축에서는 단 한 번도 드러난 적이 없었다.

1학년 초에 열리는 신입생 환영 무도회에서 댄스 신청을 족족 거절하며 철저하게 혼자 있었던 결과, 주위에 미아 황녀는 댄스를 싫어하는 게 아니냐는 인식이 뿌리내렸기 때문이다.

이후 미아는 단 한 번도 댄스 신청을 받은 적 없이 무척 쓸쓸한 시간을 보내야 했다.

——이번에야말로 제 테크닉을 보여줄 때예요!

미아는 아벨의 손을 부드럽게 잡아끌면서 미소 지었다.

"자, 춤춰요. 아벨 왕자님."

"앗, 억!"

처음에는 당황하던 아벨이었지만 바로 댄스 스텝을 밟기 시작했다.

——흠, 제법 괜찮네요. 기본은 나쁘지 않은 것 같아요.

미아는 눈앞에서 열심히 춤추는 아벨을 보고 만족스럽게 고개를 끄덕였다.

스텝에서 어색함이 느껴지지만 이건 댄스에 익숙하지 않다기보다는 만에 하나라도 미아의 발을 밟지 않도록 지나치게 걱정하기 때문인 모양이었다.

——레이디의 발을 밟지 않도록 노력하는 건 최소한의 매너니까요. 멋지게 춤추는 것에만 신경을 썼다가 상대방을 배려하지 못하는 것보다는 훨씬 좋아요. 애초에 파트너가 저인 이상 쓸데없는 걱정이긴 하지만…….

왜냐하면 미아는 발을 밟히지 않기 때문이다.

미아의 댄스 기술은 발을 밟힐 만한 수준이 아니다.

──이거 단련시키는 보람이 있겠는데요!

그런 생각을 하면서 미아는 아벨보다 아주 조금 능숙하게 스텝을 밟았다. 따라오지 못하는 건 아니지만 따라오려면 고생하며, 대신 춤이 끝났을 때 실력이 향상될 수 있는 스텝을.

제35화 셸 위 댄스?

미아 루나 티어문이 모든 학생 앞에 강림한 전설적인 밤.

그 시작은 다소 험악했다.

주목을 있는 대로 끈 미아였지만 댄스 실력은 무척 평범했기 때문이다.

"……뭐야, 실컷 눈에 띄어 놓고 춤은 별것 아니네."

"……뭐, 대국의 황녀님이라고 해도 어린아이이니까 어쩔 수 없지 않을까요."

그런 질투와 조롱이 섞인 목소리가 회장 여기저기에서 퍼져나갔다.

모처럼 고생해서 예쁘게 꾸몄는데 완전히 들러리가 되고 말았으니, 미아와 같은 학년인 신입생들이라면 모를까 상급생들에게는 못마땅한 상황이었다.

정면에선 아무런 말도 못 한다 해도 뒷담, 비아냥 정도는 던지고 싶어질 만도 하다.

당사자인 미아는 전혀 아랑곳하지 않았지만…….

"좋아요, 아벨 왕자님. 스텝이 참 뛰어나시네요."

무척 정중하게, 모범적으로 아벨을 리드하는 미아. 심지어 그걸 주위에는 일절 드러내지 않고, 얼핏 보면 아벨의 리드에 맡기는 것처럼 보이게 했다.

확실하게 파트너에게 공을 돌리고 기분 좋게 춤추게 한다.

빼어난 접대 댄스. 유능한 여자는 다른 법이다.

그런 와중에.

——이건…….

단 한 명, 아벨만은 미아의 의도를 눈치채고 있었다.

——혹시 미아 황녀는 내 수준에 맞춰주고 있는 건가?

동시에 그는 주위의 반응도 눈치챘다.

미아에게 쏟아지는 날카로운 눈빛. 무도회의 주역처럼 등장한 그녀가 웃음거리로 전락한 것을 비웃는 사람들의 시선.

그 원인이 자신에게 있다는 게 아벨은 답답했고, 또한 미안하기도 했다.

——나를 믿겠다고 말해준 그녀가 모욕을 받다니…….

태연한 얼굴로 춤추는 미아.

자신이 신경 쓰지 않도록 배려해주는 모양이다. 아벨은 그걸 견딜 수 없었다.

그때, 불현듯 아벨의 시야에 이 자리에서 유일하게 미아와 수준이 맞는 인물이 들어왔다.

시온 솔 선크랜드.

그가 다른 여자들에게 둘러싸여 담소하는 모습이 보였다.

댄스곡이 끝났을 때, 아벨은 미아를 데리고 시온 쪽으로 향했다.

"아벨 왕자님? 어디로 가시는 거죠?"

미아의 질문에는 대답하지 않고 곧장 시온 앞으로 걸어간 아벨이 입을 뗐다.

"시온 왕자, 부탁이 있어."

"무슨 일이지?"

갑작스러운 상황에 시온은 조금 놀란 표정을 지었다.

"나는 조금 피곤해졌거든. 잠시 쉬고 싶은데, 그동안 황녀의 파트너를 부탁할 수 있을까?"

"아벨 왕자님?!"

경악하는 미아. 하지만 그러거나 말거나 아벨은 시온 쪽을 쳐다봤다.

시온은 잠시 말이 없다가 대답했다.

"그래. 확실히 미아 황녀와 춤을 춰보고 싶었지. 좋은 기회이니 한 곡 부탁할 수 있을까?"

"네?!"

미아는 순간 아벨 쪽으로 시선을 돌렸다.

"마실 것을 가져올게. 나는 좀 피곤해서."

"……그래요. 그럼 한 곡만."

한동안 침묵했던 미아는 시온을 향해 가련한 미소를 지으며 말했다.

그 순간…… 아벨의 가슴이 따끔거렸다.

그녀의 미소가, 조금 전까지는 자신을 향했던 사랑스러운 미소가 자신이 아닌 다른 사람에게 향했다는 사실에.

속상하고, 슬프고, 질투가 나고……. 온갖 감정이 뒤엉켜서 소리치고 싶은 충동이 밀려왔다.

──나에게 힘이 없으니까…….

시온과 만난 이후 처음으로 생각했다.

지고 싶지 않다.

과거에 아무리 노력한들 이길 수 없다고 느꼈던 상대방에게…….

지고 싶지 않다고, 포기하고 싶지 않다고.

여태껏 살면서 단 한 번도 느낀 적 없는 열정이 그 몸을 불태우는 듯했다.

"……다음에는 절대…… 양보하지 않을 거다."

아벨은 입술을 깨물며 발걸음을 돌렸다.

참고로 시온을 향해 웃었을 때의 미아는 이런 생각을 했었다.

──모처럼 얻은 기회이니 요란하게 넘어지게 만들겠어요. 사람들 앞에서 실컷 망신을 당해보시죠!

솔직히 시온과 댄스라니 딱 질색이었지만, 기왕 할 수밖에 없다면 최대한 기회를 살려서 수치를 주겠다고…….

쓰레기 같은 속내가 무심코 얼굴에 드러나고 말았다.

그런 흉악한 미소가 가련한 미소로 보일 만큼 아벨의 눈은 이미 탁해지고 말았다. 그에게는 참으로 불행한 이야기이다.

하지만 미아의 꿍꿍이는 실패하게 된다.

그녀는 잊고 있었다.

시온 솔 선크랜드.

이 왕자가 온갖 방면에서 완벽하다는 사실을.

댄스 실력만 완벽한 미아와는 달리, 무슨 일을 시켜도 다 잘하는 소년. 그것이 시온이다.

　당연히 댄스 실력 또한…….

　이리하여 전설의 밤은 클라이맥스를 맞이했다.

제36화 시원한 배려

넘어지게 만들겠다고 다짐하긴 했으나, 미아는 딱히 물리적으로 방해하는 등 노골적인 행동을 할 마음은 없었다.

물론 미아처럼 실력이 대단하다면 몰래 발을 거는 것쯤은 어렵지 않다.

하지만 발목까지 가려주는 드레스라면 모를까, 지금 입은 드레스는 길이가 짧아서 완전히 숨기는 게 어렵다.

게다가 애초에 미아는 굳이 적극적으로 시온을 공격하고 싶은 게 아니다.

──홋, 발을 걸지 않아도 어차피 제가 실력을 전부 발휘하며 춘다면 따라오지 못하고 스텝이 꼬일 게 분명해요!

이런 생각을 하면서 시온을 얕잡아 보고 있었다.

──제 움직임에 따라오지 못해서 넘어지는 꼴사나운 모습을 보이시길!

완벽한 작전이었다. ……미아 안에서는.

그 결과…….

"얌전한 황녀님인 줄 알았는데, 의외로 말괄량이로군."

산뜻하면서도 여유로운 미소를 짓는 시온의 모습을 눈앞에서 보고 말았다.

──예, 예, 예상하지 못했어요!

내심 비명을 지르면서도 복잡한 스텝을 이어나갔다.

빙글빙글 경쾌하게 춤추는 모습은 꽃밭을 노니는 가련한 요정 같았고, 아름답게 빛나는 피부는 달빛의 여신 같았다.

저마다 춤을 추던 사람들도 움직임을 멈추고, 어느새 회장에서 춤을 추는 사람은 미아와 시온뿐이었다.

시작한 지 얼마 지나지 않았을 때는 시온이 잘 리드하는 것뿐이라고 야유하던 사람들도 바로 침묵할 수밖에 없었다.

혼자 춤을 잘 춰봤자 어색해질 뿐이라는 건 귀족가의 자녀라면 누구나 아는 사실이었다.

보는 이를 매료하는 화려한 댄스는 쌍방의 기량이 뛰어나기 때문에 실현되는 법이다.

미아가 사뿐사뿐 턴했다.

그 몸을 부드럽게 받아내며 다음 움직임으로 매끄럽게 인도하는 시온.

우아하면서도 화려한 리드.

부드럽게 품에 안긴 미아는 본의 아니게도 아주 조금 두근거렸다.

――아아……, 멋져라……. ……아니, 아니죠! 말도 안 돼요! 이 인간을 멋지다고 느끼다니, 있어서는 안 되는 일이에요!

미아가 격렬한 갈등에 몸부림치고 있던 그때……. 우연히 그녀의 시야에 들어온 모습이 있었다.

그것은…….

――어머나? 아벨 왕자님?

두 개의 잔을 들고 바 카운터 쪽으로 향하는 아벨의 모습이었다.

손에 든 빈 잔을 보고…… 미아는 무심코 가슴이 따뜻해지는 걸 느꼈다.

——다정하신 분.

이윽고 곡이 끝났다.

드레스 자락을 살짝 들어 올려 우아하게 인사하는 미아.

"어떻지? 미아 황녀. 가능하다면 다음엔 잔잔한 곡으로도 함께 춰보고 싶은데……."

"아뇨, 사양하겠습니다. 시온 왕자님, 당신에게는 더 어울리는 분이 계시지 않을까요?"

'너는 나와 급이 안 맞아!'라는 뉘앙스를 담아서 한 말이었지만, 완전히 억지였다.

어리둥절해져서 눈을 깜빡이는 시온에게 꾸벅 인사한 다음, 미아는 그 자리를 뒤로했다.

"아벨 왕자님!"

자신에게 다가온 미아를 본 아벨은 조금 의외라고 생각했다. 영락없이 두, 세곡 정도 더 추려고 할 줄 알았기 때문이다.

그만큼 두 사람의 호흡은 완벽하게 들어맞았는데…….

아벨은 음료가 든 잔을 미아에게 건네고 웃었다.

"미아 황녀. 근사한 댄스였어."

"어머나, 감사합니다."

수줍게 웃는 미아가 눈이 부셔서 아벨은 그만 시선을 돌리고 말았다.

"그건 그렇고…… 못 당하겠는데."

"무슨 말씀이세요?"

"시온 왕자 말이야. 아쉽게도 나는 네 매력을 그 정도로 끌어내진 못했으니까."

다음에는 지지 않겠다며 아무리 굳게 다짐해 봐도 꺾여버릴 것만 같은, 압도적인 실력 차였다.

하지만 미아는…….

"이거 감사합니다. 시원해서 무척 맛있어요."

아벨이 가져온 주스를 마시고 그렇게 말했다.

"당신은 다정하고 멋진 분이에요, 아벨 왕자님."

"자기 마실 것만 가져오는 남자라고 생각했던 거라면 섭섭한데……?"

"댄스의 움직임이 격렬한 걸 보고 바꿔오신 거잖아요?"

그 지적에 아벨은 자기도 모르게 입을 떡 벌렸다.

그랬다. 아벨은 댄스가 시작되자마자 바로 음료를 가져왔다. 하지만 미아의 댄스를 보고 더워질 테니까 차가운 게 좋겠다는 생각에 중간에 바꾸러 갔다.

"아벨 왕자님, 부디 자신을 비하하지 마세요. 당신은 아주 멋진 사람이에요."

그 말은 미아치고는 드물게도 거짓 한 점 없이 진심에서 우러난 따스한 말이었다.

또래 남자가 친절하게 대해준 건 처음이었기 때문이다.

황녀로서가 아니라, 그저 여성으로서 친절하게 대해준 건…….

그게 기뻐서 그만 평소 같지 않은 말을 하고 말았다.

"하지만 가능하다면 나는 댄스로도 시온 왕자에게 지고 싶지 않은데……."

"그렇다면 제가 연습을 봐 드릴게요. 엄하게 가르칠 테니 단단히 각오하세요."

이날 미아는 태어나서 처음으로 가슴이 뛰는 댄스를 즐길 수 있었다.

제37화 메이드의 암약

시간은 조금 전으로 거슬러 올라간다.

"안느, 손을 내미세요."

새 드레스로 갈아입고 무도회에 참석할 준비가 전부 끝나자 미아가 안느에게 말했다.

안느가 손을 내밀자 그 손 위에 베이르가 공국의 금화를 올려주었다.

"마음대로 쓰세요."

미아는 기본적으로 절약 정신이 투철하다. 낭비했다간 즉시 단두대로 이어질지 모르기 때문이다. 게다가 무언가를 살 때도 혁명군에게 빼앗길지도 모른다고 생각하면 구매욕도 시들시들해졌다.

하지만 유일한 예외가 심복인 안느에게 주는 돈이었다.

이전 시간축에서 해줬던 일은 물론이고, 이렇게 가족과 떨어져 지내면서까지 따라와 준 충신에게 최대한 은혜를 갚으려고 생각하는 미아였다.

"제가 무도회에 가 있는 동안은 휴식 시간을 주겠어요. 마을에 놀러 가는 것도 좋고, 기숙사에 있어도 괜찮아요."

아직 여기에 온 지 사흘밖에 지나지 않았지만 그래도 새로운 환경에서 쌓인 피로도 있을 것이다. 지금도 정신없이 옷을 갈아입혀 준 직후다.

잠깐이나마 쉬면서 회복하라고 안느를 위로해주는 미아였다.

……그런 의도였는데…….

"알겠습니다. 미아 님. 반드시 기대에 부응하겠습니다."

어째서인지 기합이 단단히 들어간 안느의 대답에 미아는 고개를 갸웃거렸다.

전속 메이드가 된 뒤로 안느의 생활은 급변했다.

대부분 가족에게 보낸다고 해도 금전적으로 곤란한 일이 완전히 없어졌다. 게다가 동생 에리스도 황녀 전하의 전속 예술가가 되었기 때문에, 가족들도 비교적 유복한 생활을 보낼 수 있게 되었다.

따라서 안느는 미아에게 받은 금화를 '마음대로 사용해도 되는 용돈'으로 생각하지 않았다.

──미아 님께서 내 재량대로 해도 된다고 인정해주셨어. 기대에 부응해야지!

금화와 시간을 주고 '무언가를 해라'라는 사명을 내린 것이라 판단한 것이다.

──어떻게 해야 미아 님께 도움이 될까?

무엇을 기대하시는 건가……, 곰곰이 고민한 끝에 안느가 내린 결론은 기묘하게도 미아가 하려는 행위가 일치했다.

즉 인맥 만들기이다.

물론 안느에게는 학원에 다니는 귀족 자제와 인맥을 쌓을 방법은 없다. 하지만 학원에서 일하는 정원사나 요리사, 기숙사 관리인 등 평민이라면 이야기가 달라진다.

안느는 성에서 근무하며 배운 것이 있다.

그건 성의 일상을 지탱하는 주춧돌은 수많은 사용인이라는 것이다.

그들의 힘은 결코 작지 않다.

——미아 님의 사랑을 응원하기 위해서도, 학원 생활을 쾌적하게 보내실 수 있도록 하기 위해서도, 다방면에 인맥을 만들어놔야지…….

금화를 움켜쥔 안느는 거리로 나갔다.

손이 많이 거칠어졌을 요리사들에게는 고급 말기름을, 정원을 돌보는 사람에게는 영양소가 풍부한 음식을, 각각 기뻐할 만한 것을 마련해나갔다.

수중에 물건이 넘치는 귀족과는 달리 평민은 소소한 선물이어도 기뻐하는 법이다. 활용하지 않을 이유가 없다.

모든 것을 마쳤을 때 미아에게 받은 돈은 절반 정도 남았다.

"이 정도면 될까…….”

거리를 걷고 있던 안느는 중간에 한 옷가게 앞에서 멈춰 섰다.

"와, 예뻐라…….”

거기에 걸려있는 건 한 벌의 드레스였다. 전체적으로 하늘색인 그 드레스는 청순함과 가련함을 겸비한, 봄의 들판에 피는 꽃 같은 디자인이었다.

"으음, 예쁜 드레스지만 미아 님께는 사이즈가 조금 크겠는데.”

가격은 마침 안느가 지금 가진 돈으로 간신히 살 수 있는 수준이었다. 잠시 고민했지만 안느는 그대로 가게 앞을 지나갔다.

학원으로 돌아온 안느는 작게 한숨을 쉬었다.

"무도회가 끝날 때까지 앞으로 두 시간 정도인가."

잠시 방에서 쉬려고 생각한 그녀가 별 뜻 없이 정원에 시선을 준 그때였다.

"어라?"

정원에서 한 소녀를 발견했다.

주위를 두리번거리면서 울상을 짓고 있는 소녀. 허리 부근까지 기른 은발과 건강해 보이는 연갈색 피부.

그건 티어문 제국의 소수민족인 룰루족의 특징이었다.

하지만 룰루족인 것 이전에 안느는 소녀를 본 적이 있었다.

"당신은……, 티오나 님과 함께 있던?"

루돌폰 가의 영애인 티오나의 메이드.

미아와 안느가 세인트 노엘 학원에 도착한 날, 티오나와 함께 귀족 영애들에게 괴롭힘을 받았던 소녀다.

"무슨 일 있으세요?"

안느가 말을 걸자 소녀는 난처해하는 얼굴로 안느 쪽을 돌아보고는…….

"부탁해요, 티오나 님, 큰일이에요. 도와줘요. 부탁해요."

어색한 공용어로 말했다.

리오라 룰루.

티어문 제국의 삼림 지역에 사는 소수민족, 룰루족 출신.

메이드로서의 능력은 둘째치고, 아직도 대륙 공용어를 매끄럽게 구사하지 못하는 그녀는 본래 세인트 노엘 학원에 데려올 수 있을 만한 인재가 아니다.

그런데도 그녀가 선택되었다는 건 달리 사람이 없었다는, 지극히 소극적인 이유였다.

그렇지 않아도 금전적으로 여유가 없는 루돌폰 가는 딸을 세인트 노엘에 보내는 것만으로도 이미 상당한 무리를 했다.

베이르가 공작가의 영애인 라피나의 방침에 따라 학원의 입구는 대귀족이나 명문 귀족에 한정하지 않고, 가난한 귀족이나 약소귀족에게도 열려있다. 따라서 입학 자체는 가능하다. 다만 금전적으로 보조해주는 제도가 있는 건 아니다.

따라서 티오나는 봉급을 많이 줘야 하는 베테랑 메이드를 대동하고 올 수가 없었다.

게다가 그녀가 선택된 이유가 하나 더 있었다.

그건…….

"리오라, 그러지 마."

머리 위쪽, 창문에서 얼굴을 내민 티오나가 말했다.

"티오나 님, 위험해요. 너무 내밀면 안 돼요."

그렇게 말하며 리오라는 발치로 시선을 내렸다.

높다. 떨어지면 아마 살아남지 못할 것이다.

티오나와 리오라가 갇힌 곳은 세인트 노엘 학원의 교사 안에서도 제일 높은 장소였다.

별 관찰 교실이라 불리는 그 장소는 교사 북쪽에 세워진 탑의 최상층에 존재한다. 입구는 하나밖에 없기 때문에 거기를 봉쇄하면 나가지 못한다.

일단 창문은 있지만, 거기에서 도망치는 무모한 짓은 불가능하다. 두 사람을 가둔 사람들은 그렇게 판단한 모양이었다.

하지만 그들이 예상하지 못한 변수가 바로 리오라의 존재였다.

숲에 사는 룰루족은 몹시 뛰어난 신체 능력을 지니고 있었다.

어릴 때부터 숲에 사는 사냥감을 쫓아다니며 가뿐히 나무를 타고 다니던 그들에게 높은 곳은 친숙하다.

벽을 타고 쭉쭉 내려와 금방 지상에 도착한 리오라는 가장 먼저 발견한 안느에게 말을 건 것이다.

"티오나 님, 갇혔어요."

"네······?"

리오라의 말을 듣고 안느는 귀를 의심했다.

"갇혔다니······, 대체 누구에게요?"

게다가 무엇을 위해?

"몰라요. 저만, 도망, 가능했어요."

안느를 올려다보며 리오라가 말했다.

"부탁해요. 티오나 님, 구해주세요. 부탁해요."

"알겠습니다. 협력하겠어요."

안느는 당황하면서도 즉시 대답했다. 그리고 그 행동에 적잖이 놀랐다.

——나, 전혀 고민하지 않고 대답했어······.

이전의 자신이었다면 상상도 하지 못하는 행동이다. 하지만 안느는 자신에 왜 그렇게 했는지 잘 이해하고 있었다.

──미아 님께서 나에게 자유재량을 인정해주셨는걸. 나는 미아 님의 명예에 먹칠하지 않도록 행동해야 해.

분명 다정하고 정의감으로 넘치는 미아라면 그렇게 했을 게 분명하다. 그런 확신이 일체의 망설임도, 주저도 허락하지 않은 것이다.

참고로 이 확신은 사실 틀리지 않다.

만약 미아가 이 자리에 있었다면 티오나를 구하기 위해 행동했을 것이다.

왜냐하면 미아는 다정하고 정의감이 넘치는 사람이기 때문……인 건 당연히 아니다.

그냥 소심하기 때문이다.

여기서 티오나를 무시했다간 단두대 루트 직행 코스일지도 모르고, 그 이상으로 충신인 안느의 기대로 가득한 시선을 받기라도 했다간 다른 길로 가는 건 불가능하다.

미아는 속으로 피눈물을 흘리면서도 구하러 갔을 것이다.

여기에서 주종의 행동 선택지가 완전히 일치한 셈이다.

이유는 완전히 엇갈려있지만…….

안느는 리오라를 따라 학원의 교사로 향했다.

넓은 교사 안에 들어가자 주위가 아주 조용했다. 수업이 없을 때의 교사란 의외로 인기척이 없는 장소다.

하물며 지금은 학생들은 전부 무도회에 갔고, 사용인들은 기숙사에서 대기하거나 안느처럼 휴가를 받아 거리로 놀러 간 상태다.

평소보다 더 사람이 없는 이 장소는 무언가 나쁜 짓을 하기에는 좋은 장소인 셈이다.

북쪽 탑의 긴 나선형 계단을 오르고 또 올라가 가까스로 좁은 복도에 도착했다. 어두운 복도 안쪽에 가까스로 인영이 보였다.

"저건……?"

"쉿! 조심해요. 감시예요."

"감시……?"

어둠에 눈이 익숙해지자 안느에게도 똑똑히 보이기 시작했다.

별 관찰 교실 앞에는 두 명의 남자가 서 있었다.

이 거리에서는 그들이 누구인지는 모르지만, 겉으로 보이는 느낌으로는 건장한 이미지였다.

사용인 중에는 주인을 호위하기 위해 무술이 뛰어난 사람도 있다고 들었는데, 어쩌면 그런 사람들인 건지도 모른다.

"어떡하지……?"

아쉽게도 안느는 무술을 배운 적이 없다. 그들이 평범한 남자였다고 해도 때려눕히고 진행하는 건 불가능했다.

그렇다고 설득할 수 있겠냐고 하면 그것도 자신이 없었다.

"……어떡하지, 어떻게 해야……."

"어? 무슨 일이시죠? 아가씨들."

그때 불현듯 등 뒤에서 목소리가 날아왔다.

깜짝 놀라 펄쩍 뛰어오르는 안느와 리오라. 당황하며 돌아보자 그곳에 서 있는 사람은…….

"당신은…….."

"뭔가 곤란한 일이라도 있으신지?"

"시온 전하의……?"

친근한 미소를 지은 키스우드였다.

"키스우드 씨였죠?"

"기억하고 계셨다니, 영광입니다. 미아 황녀 전하의 메이드인 안느 씨."

키스우드는 생글생글 웃는 얼굴을 유지하며 리오라 쪽으로 시선을 돌렸다.

"그리고 이 아가씨는 제국 분이신가요?"

"앗, 네. 맞습니다. 그, 루돌폰 변경백의 영애께서 데려온 메이드인……."

"리오라 룰루입니다. 부탁해요. 티오나 님, 구해줘요."

사정을 들은 키스우드는 팔짱을 끼고 중얼거렸다.

"흐음, 망을 보는 사람이 두 명이라. 안에는 몇 명 있지?"

"몰라요. 하지만 우리 가둔 사람은 네 명이에요. 남자랑 여자예요."

"그렇다면 네가 도망친 걸 깨닫고 안에도 감시를 붙였거나, 남자 둘을 남기고 이 자리를 떠났거나 둘 중 하나려나. 뭐, 아가씨들이 난처해하는 걸 보고 그냥 지나쳤다간 시온 전하에게 혼날 테니까. 협력할게."

"진짜요? 부탁해요!"

"하지만 어떻게 하시게요?"

몰래 접근해서 알아차리기 전에 쓱싹……, 같은 작전이 있을 줄 알았던 안느였는데…….

"아름다운 귀족 영애를 악당의 손에서 되찾는 것뿐이야."

가벼운 말투로 그렇게 말한 키스우드는 사나운 미소를 지었다.

그 후 일어난 일은 너무 빨라서 안느는 그저 멍하니 쳐다볼 수밖에 없었다.

소리 없이 감시자들에게 달려간 키스우드가 가까운 한 명의 배에 무릎을 힘차게 꽂아 넣었다. 그다음엔 놀라서 움직이지 못했던 다른 한 명의 팔을 잡고 그대로 바닥에 내동댕이쳤다.

눈 한 번 깜빡할 사이에 일어난 일이었다.

"저기……, 남성 사용인은 다들 이런 걸 할 수 있는 건가요?"

어안이 벙벙해져서 묻는 안느에게 키스우드는 쓴웃음을 지으며 어깨를 으쓱했다.

"음, 내 경우는 이래저래 사정이 있거든. 모시는 사람이 정의감으로 똘똘 뭉친 분이다 보니."

그러는 사이에 리오라가 문으로 달려가 서둘러 잠금을 풀었다.

"티오나 님! 괜찮아요?!"

"리오라? 무사했어?"

안에서 나온 티오나는 다행히 어디 다친 곳이 없는 모양이었다.

"무사하셔서 다행입니다. 루돌폰 님."

"당신은……, 미아 님의?"

"방으로 돌아왔더니 드레스가 없었어."

티오나의 설명에 의하면 그녀와 리오라가 방으로 돌아왔을 때 이미 방안은 아수라장이었고 못 보던 편지가 남겨져 있었다고 한다.

거기에는 드레스를 돌려받길 원한다면 교사 북쪽 탑으로 오라는 메시지가 적혀 있었다.

"세상에……. 대체 누가 이런 짓을……."

"아마 너나 미아 전하께서 아는 사람이 아닐까?"

"? 무슨 뜻이죠?"

"이거. 밖을 감시하던 녀석들이 갖고 있었어."

키스우드의 손에 있던 건 티어문 제국의 문장이 들어간 손수건이었다.

"설마……."

"아아, 아마 그 녀석들은 제국 귀족의 수하일 거야."

그건 안느에게는 뜻밖의 사태였다. 영락없이 며칠 전 티오나와 리오라를 괴롭혔던 귀족의 짓이라고 믿었기 때문이다.

"제국 귀족의 수치가 될 테니까 무도회엔 가지 말라고 했어."

화내는 것도 아니고, 아주 조금 쓸쓸하다는 듯……. 티오나는 품에 껴안고 있던 걸 내밀었다.

그건 갈기갈기 찢어진 드레스였다.

"……너무해."

"그건 그렇고, 드레스를 위해서라고 해도 무모한 행동 아닙니까? 여자끼리 이런 곳에 오다니."

키스우드가 눈을 살짝 가늘게 좁히며 쓴소리를 했다. 반면 티오나는 희미한 쓴웃음을 지으며 고개를 저었다.

"우리 가문에는 드레스를 몇 벌이나 준비할 수 있을 만큼 넉넉하지 않으니까."

그리고는 포기했다는 듯 한숨을 쉬었다.

"그러니까 리오라, 무모한 짓은 안 해도 돼……, 그렇게 서두를 필요는 없었어."

"티오나 님……."

티오나를 바라보는 리오라는 작게 입술을 깨물고 있었다.

안느는 그 마음을 절실히 이해했다.

자신도 같은 입장이었다면……, 교실에 갇힌 사람이 미아였다면 분명 안타까워서 발을 동동 굴렀을 것이다.

꾹 쥐고 있던 주먹을 살며시 펼쳤다.

거기에는 미아에게 받은 돈이 있었다.

"리오라 씨는 마을 가게에 가서 드레스를 사 오세요. 돈은 이걸로……."

안느는 주저 없이 그 돈을 리오라에게 건넸다.

"이건……?"

"미아 님께 받은 돈입니다."

미아라면 분명 똑같이 행동할 것이다. 안느 안의 확신은 흔들리지 않는다.

"그동안 티오나 님의 화장을 고치겠습니다. 눈 주변의 화장이 눈물 때문에 지워졌거든요."

티오나를 도우려 움직이려는 안느를 키스우드가 불러세웠다.

"괜찮겠어? 미아 전하의 메이드인 네가 협력해도 돼?"

"? 무슨 의미세요?"

"미아 전하는 제국 귀족의 정점에 군림하는 사람이지. 티오나 백작 영애를 가둔 게 같은 제국 귀족이었다면, 그건 미아 전하의 의향일 가능성도 있지 않아?"

"……네?"

영문을 알 수 없어 안느는 어리둥절해져서 고개를 갸웃거렸다.

잠시 이전 시간축의 이야기를 하자면.

티오나 감금 사건은 이전 시간축에서도 일어났었다.

무도회 당일에 감금당한 티오나는 종자들의 활약으로 구출되어 느지막하게 회장에 도착했다.

그 후 시온 왕자에게 댄스 파트너가 되어 달라는 권유를 받고 완벽한 댄스를 뽐내 주위 학생들로부터 높은 평가를 받게 되었다.

커다란 차이 중 하나는, 구출 장소에 안느가 없었다는 점이다.

미아가 데려온 메이드는 중앙 귀족가의 셋째 딸이었다. 일단 미아가 하는 말은 듣긴 해도 결코 열심히 일하는 사람이라 할 수 없었기에, 이때도 동료끼리 다과회를 즐기고 있었다.

따라서 티오나를 구출한 사람은 키스우드와 티오나의 메이드인 리오라 둘 뿐이었다.

그리고 찢어진 드레스를 어떻게든 수습하기 위해 그들이 도움을 요청한 사람은 학원의 지배자인 라피나 공작 영애였다.

이렇게 티어문 제국 혁명의 주도자인 티오나와 협력자 시온 왕자, 그리고 그 뒷배가 되어준 성녀 라피나 세 사람의 강력한 연결고리가 만들어졌다.

그리고 주모자라는 의심을 받은 사람은 바로 제국 귀족의 정점에 군림하는 미아였다.

하지만 미아는 자신이 그런 의혹을 받고 있다는 걸 알고서도 해명하지 않았다.

고작 변두리의 귀족이 어떻게 되든 말든, 자신에게 혐의가 오든 말든, 그런 건 하찮은 일이라며 신경도 쓰지 않았던 것이다.

귀족이 평민을 괴롭히는 건 당연하며, 마찬가지로 중앙의 문벌 귀족이 변경의 시골 귀족을 괴롭히는 것도 문제시될 만한 일이 아니라 생각했기 때문이다.

제국 혁명의 불씨가 대체 언제 피어난 건지……, 그걸 단정하기는 어렵다.

기근이 원인이라 하는 자도 있고, 대귀족의 폭거나 황제의 무능을 꼽는 자도 있다.

하지만 황녀 미아가 단두대에 올라가는 게 언제 확정되었는지 묻는다면 바로 이 사건이 발단이라고 대답할 수 있을 것이다.

강대한 역사의 흐름은 바로 지금, 미아를 단두대로 밀어 보내려 하고 있었다.

노도와도 같이 파멸로 향해가는 역사의 급류 앞에 안느가 과감히 맞서 일어났다.

"미아 님께서? 범인이라고요?"

작게 중얼거린 안느는 다음 순간 웃음을 터트렸다.

"그럴 리가 없잖아요."

너무나 말이 안 되는 이야기였기 때문에 분노보다 먼저 웃음이 나오고 만 것이다.

"키스우드 씨, 진심으로 하는 말씀이세요?"

——흐음, 일말의 의심도 없나…….

그런 안느의 반응에 키스우드는 감탄했다.

——제대로 측근의 마음을 장악하고 있다는 건가.

사실 키스우드도 진심으로 미아가 범인이라 생각하는 건 아니었다. 그래도 만약을 위해, 안느의 반응을 떠보려고 던져본 말이었지만…….

"저, 저기, 키스우드 씨. 저도 미아 황녀 전하께선 그런 짓은 하지 않으실 거라고 봐요."

피해자인 티오나도 옆에서 끼어들었다.

"그렇군요. 뭐, 피해자 본인이 그렇게 말하니 수긍하겠습니다."

키스우드가 어깨를 으쓱했다.

그런 그에게 안느가 조심조심 말을 걸었다.

"저……, 키스우드 씨. 어쩌면 키스우드 씨의 왕국에서는 위에 선 자가 아랫사람의 책임을 진다는 사고방식이 있는 건지도 몰라요. 그런 뜻에서 제국 귀족이 저지른 행위는 미아 님의 책임이 될 수도 있다고 봅니다."

그 논리는 기이하게도 이전 시간축에서 라피나가 미아를 경멸했던 것과 같은 논리였다.

라피나는 미아가 직접적인 범인이라 생각하진 않았다.

다만 약자에게 가하는 폭거를 비난해야 할 입장인 미아가 묵인했다는 점에 실망했다.

통치자로서 자격이 없다.

그런 낙인이 찍혔기 때문에 미아는 끝내 라피나의 친구가 되지 못했다.

"그러니까 송구하지만, 지금은 제가 미아 님 대신 그 책임을 지고 싶습니다. 피오나 님을 반드시 무도회장에 모셔다드리겠어요!"

기합이 들어간 '미아의 분신' 선언이었다.

그건 미아 본인이 봤을 땐 분신이 멋대로 움직여서 밉살맞은 원수를 도와주려 한다는 괴기현상일 뿐이었다.

"티오나 님, 여기 앉으세요. 바로 화장을 고치겠습니다."

안느의 손놀림은 지극히 빨랐다.

바로 직전에도 미아에게 고속 화장을 해준 뒤이기 때문이었다.

……생각하기에 따라선 자신의 주인을 연습 상대로 삼았다고 표현할 수도 있긴 하나…….

──어쩌면 미아 님께서는 이런 걸 예상하고 연습 상대가 되어주신 건가? 아니, 그럴 리 없지.

물론 그렇지 않다.

그런 건 말도 안 된다. 미아에게 푹 빠져버린 안느라고 해도 잘 생각해보면 알 수 있는 일이다.

하지만 혹시 미아라면……, 이라는 생각이 들 정도로는 안느의 정신체계도 이상해져 있었다.

──미아 님의 신뢰에 부응하기 위해서라도 열심히 해야지…….

기합이 단단히 들어간 '미아의 분신'은 그 실력을 유감없이 발휘하여 역사의 흐름을 강제로 뒤틀어버렸다.

제38화 메이드의 암약 전말

키스우드는 아름답게 꾸민 티오나에게 한 장의 메모를 건넸다.

"죄송합니다, 루돌폰 양. 이 편지를 시온 전하께 전달해주실 수 있으신가요?"

"? 네, 알겠습니다."

작게 고개를 끄덕인 티오나는 회장으로 향했다.

뒤늦게 댄스 회장에 나타난 티오나.

하지만 아무도 그녀의 존재를 신경 쓰는 사람은 없었다. 왜냐하면 지금은 미아와 시온의 댄스가 끝난 직후였기 때문이다.

그 멋진 댄스에 회장 안의 모든 시선이 못 박혔다. 따라서 티오나는 이목을 끌지 않고 회장에 들어갈 수 있었다.

댄스가 끝나고 여러 여자에게 둘러싸인 시온. 거기로 가는 건 다소 용기가 필요했지만…….

──모처럼 여러 사람의 도움을 받아 여기까지 왔는걸.

굳게 각오한 티오나는 시온에게 걸어갔다.

"저기……."

"음? 너는 분명……."

"티오나 루돌폰입니다, 시온 전하. 키스우드 씨가 이걸……."

"응? 잠깐 실례."

주위에 모여 있던 사람들을 물린 시온은 메모를 읽어보았다.

거기에는 사건의 개요와 범인에 대해 적혀 있었다.

게다가 만약을 위해서라는 서론을 두고 미아가 관여했을 가능성도 언급해 놓았다.

──키스우드 녀석, 신중한 것도 정도가 있지.

시온은 무심코 쓴웃음을 지었다.

키스우드의 역할은 시온이 깨닫지 못하는 가능성을 지적하고 시야를 넓혀주는 것이다. 주인인 시온이 호의를 표하는 인물에 대해서는 더욱 엄격한 시선을 보내야만 한다.

아마 진심으로 미아가 관여했다고 의심하는 건 아닐 터이다.

──애초에 그 녀석도 좋아하는 타입일 텐데.

그런데도 개인감정을 개입하지 않고, 그저 시온이 고찰할 요소를 제공하려 하는 자세는 우수한 사람이라기보다는 고생하는 사람이라는 느낌이었다.

──그건 그렇고…….

시온은 조금 전 미아가 보인 태도를 떠올렸다.

아마 미아는 춤을 추는 사이에 티오나의 모습을 발견한 모양이었다.

얼핏 보고 그녀에게 무슨 일이 있었는지 대충 전모를 알아차린 그녀는 적어도 이 무도회를 즐겁게 보낼 수 있도록 티오나를 시온에게 맡긴 것이다.

보통은 미아 본인이 직접 도와주려 할 법하지만, 댄스는 파트너인 남자에게 맡기는 게 가장 쉽고 빠르다.

──나에게 어울리는 사람……, 즉 내 힘이 필요한 사람이 있

다는 건가.

그런 식으로 조력을 청하면 시온도 거절하지 못한다.

──하지만 어울린다는 말은 의미가 조금 다르지 않나?

시온은 조금 전에 들었던 말을 떠올리고 작은 미소를 지었다.

완벽해 보이는 미아의 소소한 약점을 찾아낸 느낌에 살짝 훈훈한 기분이 들었다.

"저기, 시온 전하?"

"음? 아, 실례. 루돌폰 양, 나와 한 곡 춤을 취줄 수 있을까?"

그리하여 무도회의 밤은 끝나간다.

다음 날…….

미아는 기분 좋게 눈을 떴다.

어젯밤은 댄스로 체력을 실컷 쓰고 적절한 땀을 흘린 뒤에 여유롭게 입욕.

그 후 뿌듯한 피로가 재촉하는 대로 푹신푹신한 침대에 누워 그대로 아침까지 푹 잠들었다.

말 그대로 이상적인 수면이다. 피로도 풀리고 아주 상쾌한 아침이었다.

콧노래를 흥얼거리면서 오늘 아침 식사로 어떤 게 나올지 상상하며 태평하게 식당으로 온 미아.

자리에 앉자 안느가 식사 준비를 하러 가는 걸 지켜보다가…….

──어라?

안느에게 누군가가 접근한 걸 알아차렸다. 다부지게 생긴 청년이었다. 어둠 속에 녹아들 듯한 검은색 옷을 입었지만, 학생이 데려온 사용인인 건지 행동거지가 왠지 우아하고 기품이 흘러 매력적인 인물이었다.

그 남자가 그냥 미남이었을 뿐이라면 미아도 아무런 말을 하지 않았을 것이다.

안느에게 좋은 사람이 생긴 건지도 모른다며 오히려 응원했을 가능성도 있다.

하지만……, 그가 숙적 시온 왕자의 사용인이라면 사정이 달라진다.

심지어 청년 옆에 있는 소녀가 더 문제였다. 제국의 소수민족의 특징을 지닌 소녀는 틀림없는 티오나 루돌폰의 사용인인 리오라였다.

이전 시간축에서 원한이 담긴 눈으로 자신을 응시하며 화살을 겨누는 모습은 지금도 미아의 뇌리에 달라붙어 떨어지지 않는 광경이었다.

──어, 어, 어째서 안느가 저 녀석들과 화기애애하게 대화하는 거죠?!

미아는 돌아온 안느에게 사정을 물었다.

"나중에 설명해드릴 생각이었는데요……."

안느의 조심스러운 보고가 시작되었다.

"…………."

이야기를 전부 들은 뒤 미아는 굳어버렸다. 그 작은 몸이 천천히 기울고, 또 기울어져서……

"꺄악! 미아 님!"

그대로 바닥에 쓰러졌다.

그 안색은 달빛처럼 창백해져 있었다.

제39화 미아 황녀, 유능하다!

붉게 흔들리는 불꽃, 타오르는 제도……. 증오에 찬 목소리, 목소리, 목소리.

그리고 데굴데굴 굴러가는 자신의 수급…….

"꺄아아아아아아아아아아아아아악!"

오랜만에 자신이 처형당하는 꿈을 꾼 미아는 비명을 지르며 벌떡 일어났다.

그곳은 학원에 있는 의무실 침대 위였다. 식은땀으로 뒤덮인 몸은 당장에라도 욕조에 들어가고 싶어질 정도였지만, 지금은 그럴 상황이 아니다.

미아는 옆에서 걱정이 가득한 얼굴로 지켜보던 안느에게 척척 지시를 내렸다.

가장 먼저 취한 행동은 사건에 직접 관여한 종자 네 명을 제국 본국으로 강제송환하는 것이었다.

미아는 바로 항의하러 온 주인들을 힐끗 쳐다봤다.

——중대한 국면이에요.

여기서 실수했다간 자신이 위기에 빠진다는 걸 똑똑히 이해하고 있었다.

아니, 정확하게 말하면 알고 있었다.

의무실에서 눈을 뜬 미아는 안느를 보낸 뒤 바로 지참해왔던 피투성이의 일기장을 확인했다.

첫 페이지에는 확실히 티오나 감금 사건에 대해 적혀 있었다.

이 일기를 썼을 때는 어떻게 된 일인지 전혀 알지 못했지만, 설마 뒤에서 이런 사건이 일어났을 줄은 몰랐다.

애매모호한 처분을 내리면 라피나의 분노를 살 것이다. 시온 왕자와 티오나도 그리 좋은 인상을 받지 않을 것이다.

따라서 확실하게 단죄할 필요가 있지만, 문제는 범인의 주인들 쪽이었다.

그들은 관여했다는 걸 부정했지만, 미아가 봤을 땐 도저히 결백하다 할 수 없었다. 기껏해야 그레이존인 수준이다.

하지만 반드시 관련이 있냐면 그렇다고도 단언할 수 없는 측면이 있다.

보통 종자가 평민일 경우엔 명령도 없이 귀족 영애를 감금한다는 건 말도 안 된다. 하지만 이번 사건의 종자들은 전부 귀족 출신이었다.

가문을 물려받지는 않아도 중앙 귀족으로 사람들에게 공경을 받으며 자란 사람들. 어지간히 자존심이 셀 것이다.

——제국의 인장이 들어간 물건을 지니고 있었던 점에서도 그런 느낌이 나요.

미아의 솔직한 심정으로는 '신분이 드러날 만한 물건을 소지하고 나쁜 짓을 하지 마세요!'라고 말해주고 싶었지만…….

아무튼 그렇게 자존심이 강한 그들이, '시골 귀족'인 티오나가 자신들을 제치고 환영 무도회에 출석하는 걸 아니꼽게 여겼다고 해도 이상하지 않다.

주인들과는 달리 종자 측에는 동기가 있는 셈이다.

"이해할 수 없습니다, 황녀 전하. 어째서 저희의 종자가……. 고작 시골 귀족의 딸을 감금했을 뿐인데……."

그건 제국의 가치관에 따른 항의였다.

중앙의 문벌 귀족은 평민은 물론이고 지방 귀족에게도 무례한 짓을 저질러도 용서받는다.

──그것이 얼마나 사람들의 증오를 키우는지 모르는 거겠죠.

미아가 느끼는 감정은 분노가 아니라 오히려 연민이었다. 미아 본인도 지하 감옥에 투옥될 때까지는 몰랐기 때문이다.

그런 상황에 처해보지 않으면 결코 깨닫지 못한다. 하지만 그걸 깨달았을 때는 이미 늦어 버린다.

──타인을 괴롭히면 자신에게도 화살이 돌아온다는 법이라고 타일러봤자, 이 사람들에게는 전해지지 않을 테죠.

미아는 한숨을 쉬며 고개를 내저었다.

"그래요……, 확실히 그렇네요. 당신들의 말은 틀리지 않을지도 모릅니다. 만약 여기가 제국이었다면 그랬겠죠."

"네?"

"당신들은 이 학원의 지배자가 누구인지 생각할 필요가 있습니다."

미아는 한 가지 꾀를 냈다.

미아 본인의 가치관에 따라 단죄한다면 그들의 불만은 미아에게 향한다. 그걸 피하기 위해 다른 인간에게 책임을 떠넘기는 것이다.

즉, 이 학원의 지배자인 라피나 오르카 베이르가에게.

"라피나 님께선 고결하신 분. 그런 분이 소중한 학생에게 이러한 행패를 저지른 걸 간과하시리라 생각하는지?"

잠시 말을 끊은 미아는 눈을 감았다.

"게다가 저도 그런 사고방식은 그리 좋아하지 않습니다. 여럿이 무리 지어 힘없는 자를 괴롭히는 건 도저히 고귀한 사람이 할 행동이 아니니까요."

아주 조금 본심을 섞었다.

혁명군 무리에게 괴롭힘을 당한 미아로서는 그들과 같은 짓을 할 마음은 들지 않았다.

매서운 욕을 들으면 고통스럽고, 폭력을 받으면 아프다.

하는 것도 당하는 것도 싫었다.

"본래대로라면 당신들도 책임을 지고 이 학원에서 떠나야 할 만한 일이라고 보지만……, 저는 그렇게까지 하는 건 가엽다고 생각해요."

"미아 님……."

"이번 일은 라피나 님께 저를 봐서 넘어가 달라고 부탁드려보려 합니다."

착실하게 은혜도 베풀어났다.

이로써 그들은 미아에게 벌을 받았음에도 미아에게 고마움을 느끼게 된다.

──이 정도 선에서 어떻게든 마무리가 되면 좋겠는데요.

피로가 확 밀려드는 걸 느끼면서도 미아는 라피나에게 면회를
신청했다.

제40화 처음 사귄 친구!

"저, 라피나 님. 잠시 시간 괜찮으실까요?"

점심시간, 미아는 긴장해서 뻣뻣하게 굳은 몸을 끌고 라피나의 교실을 찾아갔다.

"어머, 미아 님. 무슨 볼일이시죠?"

고개를 든 라피나는 여느 때와 다를 바 없는 산뜻한 미소를 짓고 있었다. 하지만 미아는 조금도 안심하지 못했다.

성녀라 일컬어지는 라피나는 기본적으로 웃는 얼굴이다. 디폴트 표정이 미소다. 웃으면서 미아를 칼같이 쳐낼 수도 있다.

방심할 수 없는 사람이다.

"긴히 드릴 말씀이 있는데요……."

쭈뼛쭈뼛. 미아는 라피나를 조심스레 올려다보았다.

"그렇군요. 그럼 음, 마침 점심을 먹으려고 하던 참이니 함께 어떠신지?"

라피나는 평소처럼 온화한 목소리로 미아를 자신의 방으로 안내했다.

"아, 그래요. 인사 차원에서 주신 선물 감사합니다. 직원들이 기뻐했어요."

손뼉을 치며 기쁘게 이야기하는 라피나.

안느에게 보고를 듣지 못했던 미아는 뭐가 어떻게 된 건지 알 수 없는 상황이었지만, 일단 라피나의 기분이 좋아 보이는 점에 안도하며 웃었다.

――다행이에요. 이 분위기라면……, 어떻게든 될 것 같군요!

자리에 앉아 탁자 위에 2인분의 점심이 차려진 시점에서 미아가 천천히 머리를 숙였다.

"이번 일은 정말로 면목이 없습니다."

단두대가 달린 일이기 때문에 조금도 주저하지 않았다.

"얼굴 드세요, 미아 황녀. 딱히 당신이 저지른 일은 아니잖아요?"

"아뇨, 제국 귀족이 저지른 일은 황녀인 제 책임입니다."

미아는 말했다. 최대한 고분고분해 보이도록.

실제로는 '그래요, 제가 모르는 곳에서 일어난 일이에요!'라고 주장하고 싶었지만 참아야 한다.

"처분은 어떻게 하셨죠?"

"네, 직접 관여한 종자는 본국에 귀환시켰습니다. 주인인 학생들은 관여 여부가 분명하지 않았기 때문에 근신하도록 했습니다."

"그건 조금 가벼운 처분이 아닐까요?"

라피나의 눈이 스으윽 가늘어졌다.

――히이익!

그 차가운 시선에 미아는 떨었다.

역시 주인들에게도 더 무거운 처분을 내렸어야 했는지 후회했지만, 이미 늦어버렸다.

어떻게든 그들에게 내려진 가벼운 처분의 정당성을 주장해야만 한다.

"미아 황녀, 당신은 무척 자비로운 분인 모양이군요."

——어어어, 어떡해야 하죠? 어떻게 해야 하는 거죠?!

마치 느릿하게 일어난 사자 앞의 고양이처럼 미아는 필사적으로 도주로를 찾았다.

하지만 이미 머리를 너무 굴려서 과열 상태인 뇌세포로는 아무것도 생각할 수 없었다.

그때, 문득 눈앞에 놓인 수프가 시야에 들어왔다. 노란색 야채가 들어간 수프. 그건 그리운 황월 토마토가 들어간 수프였다.

불현듯 제국의 주방장의 얼굴이 떠올랐다.

미아가 싫어하던 황월 토마토를 정성스럽게 요리해준 그 완고한 남자의 모습이…….

"……황월 토마토를 맛이 없다며 남기는 행동이 죄임을 깨달은 것은 먹을 것이 없어진 뒤…….."

회귀한 뒤에 먹은 황월 토마토의 맛을 떠올렸다.

그렇게 정성스럽게 만들어준 요리를 남겼다는 걸 생각하면 과거의 자신이 얼마나 심한 짓을 했는지 이해할 수 있었다.

——아니, 현실도피잖아요! 지금은 그럴 때가 아니고…….

"즉, 나쁜 짓을 하는 건 그게 나쁘다는 걸 모르기 때문이라는 뜻인 건가요?"

"……네?"

"큰 피해도 없었으니 피해자 배려라는 관점에서도 좋죠. 그렇군요, 그걸 내다보고 심복인 안느를 보낸 거군요…….."

조금 전과는 달리 라피나의 얼굴에 부드러운 웃음이 돌아와 있었다.

벌에는 두 가지 측면이 있다.

하나는 피해자의 마음을 달래주기 위해. 또 하나는 가해자에게 반성을 촉구하기 위해.

그리고 이번 케이스는 안느의 활약으로 인해 피해는 경미한 정도로 끝났다.

"그렇다면 가해자 측에 반성을 촉구하고 성장하길 기대하는 것……. 확실히 그게 더 배움터에 어울리는 방식일지도 모르겠군요."

"바로 그렇습니다!"

미아는…… 편승했다. 어떻게 된 일인지는 잘 모르겠지만, 아무튼 이 자리를 무난하게 넘길 수만 있다면 뭐든 좋았다.

"미아 님."

라피나가 미아의 손을 잡았다.

"악인에게도 갱생의 기회를 주는 그 자비로운 마음은 제게는 없는 것입니다. 역시 제국의 예지, 감동했어요."

"여, 영광입니다."

이렇게까지 감탄하면 아무리 미아라고 해도 민망했다. 미아는 살짝 경직된 미소를 지었다.

"그래서 말인데……, 그, 미아 님. 그게……."

불현듯 라피나가 횡설수설했다.

——아, 아직 뭐가 또 있는 건가요?

자기도 모르게 도망치고 싶어지는 미아에게 라피나는 뜻밖의 말을 고했다.

"저기, 저와 친구가 되어주시겠어요?"

"네……?"

이날, 미아는 라피나 공작 영애와 친구가 되었다.

라피나와 헤어져 방으로 돌아온 뒤, 미아는 다시금 안느를 진심으로 치하했다.

황공해 하는 안느를 반강제로 거리에 데리고 나온 미아는 포상이라는 명목하에 즐거운 맛집 탐방을 다녔지만…….

그건 여기서는 생략하기로 한다.

번외편 미아 황녀, 복수하다!

티어문 제국의 겨울은 춥다. 가장 추울 때는 눈도 내리고, 물 위에 얼음도 낀다.

미아가 갇힌 지하 감옥 또한 가만히 있으면 이대로 얼어버릴지 도 모른다는 생각이 들 만큼 추운 장소였다.

그렇게 싸늘한 지하 감옥에서 미아는 실오라기 한 올 걸치지 않 은 알몸을 드러내고 있었다.

"으윽, 춥네요……."

"그러게요. 벌써 겨울이니까요."

오늘은 일주일에 한 번, 몸을 씻을 물을 받을 수 있는 날이다.

"솔직히 그리 내키진 않지만요……."

여름이라면 모를까 겨울의 추위 속에서 찬물로 몸을 씻는 건 고 통스럽다. 게다가 이따금 물에 얼음을 집어넣어 괴롭힐 때도 있 었다.

하지만 이 기회를 놓치면 다음에 물을 받을 수 있는 건 일주일 뒤. 그때까지 더러운 몸을 씻지 못하는 것도 고통이다.

어쩔 수 없이 옷을 벗은 미아는 닭살이 잔뜩 돋은 피부를 문질 렀다.

안느는 미아의 하얀 등을 바라보며 물을 퍼담은 통을 들었다.

얼음이 뜬 물은 아픔을 느낄 만큼 차갑다.

심술궂게 히죽거리면서 물통을 건넨 담당자의 얼굴을 떠올린 안느는 조용한 분노를 느꼈다. 한 번 항의해본 적이 있었으나 깔끔하게 무시당해서 상황이 개선되지 않았다.

어쩔 수 없이 안느는 조금이라도 차갑지 않도록 물에 적신 천을 자신의 손안에서 녹인 다음에 쓰곤 했다.

누구에게도 알려지지 않는 그녀의 사소한 저항이었다.

……미아는 눈치채고 있었지만.

그러는 동안 잠시 아무것도 할 일이 없는 시간이 발생하는데, 안느는 조용히 있는 것도 민망해서 매번 미아와 잡담을 나누었다.

그날의 대화 내용은…….

"커다란 목욕탕…… 말인가요?"

"네. 마을에는 커다란 욕조에 뜨거운 물을 한가득 받은 대중목욕탕이라는 게 있는데요……. 모르셨나요?"

"네, 처음 들어요."

안느는 어느 정도 냉기가 가신 천으로 미아의 등을 닦으며 말을 이어나갔다.

"동생들과 함께 가곤 합니다. 하루 일이 끝난 뒤에 들르면 몸의 피로가 날아가더라고요. 얼마 전에는……."

온화한 목소리로 동생들과 보낸 즐거운 시간을 이야기해주는 안느. 미아의 눈에는 그런 안느의 모습이 눈부셨다.

──저도 같이 가 보고 싶네요.

그 소소한 소원을 입 밖에 내지 않고 삼켰다.

그게 절대 이뤄질 리 없는 소원이라는 걸 알고 있었기에…….
그런 말을 해봤자 안느만 난감해할 게 뻔했기 때문이다.

대신 미아는 웃으면서 말했다.

"그런 걸로 즐거워하다니, 저는 잘 모르겠네요. 어차피 서민의 즐거움이잖아요."

"미아 님……."

그 얄미운 말에도 안느는 화내지 않았다.

오히려 그 얼굴에 그려진 미소가 쓸쓸하다는 걸 알아차리고, 과거의 오만하던 황녀 전하가 어깨를 축 늘어뜨린 모습에 안쓰러움을 느꼈다.

그렇다고 여기서 위로했다간 미아의 자존심에 상처가 날 게 분명하다.

잠시 고민한 뒤, 안느는 작은 장난을 치기로 했다.

물에 담가 차가워진 손가락으로 미아의 목을…….

"에잇!"

쓰다듬었다!

"히익!"

미아의 가냘픈 몸이 펄쩍 뛰어올랐다.

"무, 무, 무슨?!"

깜짝 놀라서 돌아본 미아를 향해 안느는 웃었다.

"어떠세요? 즐겁지 않으신가요? 이야기만으로는 전해지지 않는 것 같아서 직접 예시를 들어봤습니다. 에잇!"

"히익! 그, 그만 하세요, 안느! 앗!"

차가운 손이 목이며 옆구리를 잔뜩 만져대는 바람에 미아는 뺨을 부풀렸다.

"기억해두세요, 안느. 만약 당신과 함께 목욕하러 가게 된다면 반드시 복수할 테니까요. 저는 이래 보여도 상당히 오래오래 담아두는 편이랍니다."

"안타깝게도 그건 불가능하겠네요. 황녀 전하와 평민이 같이 목욕이라니 말도 안 되잖아요."

안느는 의기양양한 얼굴로 말했다.

"어머나? 그건 모르는 일이죠. 만약 여기에서 나가는 날이 온다면 아마 저는 황녀가 아닐 텐데요. 신분이 박탈되면 저는 당신과 같은 평민인걸요. 당연히 함께 목욕하러 갈 수도 있겠죠."

승리자의 미소를 짓는 미아를 향해 안느는 미소를 돌려주었다.

"아하하, 그건 맞는 말씀이네요. 그럼 그때는 함께 목욕해요. 멋지게 반격해 드릴게요."

미아는 뼈저리게 알고 있었다. 그런 날은 절대 오지 않는다는 것을.

미아가 이 지하 감옥에서 나오는 날은 그녀가 처형당하는 날이라는 것도.

그건 분명 안느도 마찬가지…….

하지만 그런 건 조금도 느껴지지 않게, 그저 웃으면서 받아치는 안느에게 미아는 진심으로 고마워했다.

──설마 정말로 그럴 기회가 올 줄은 이때는 상상도 못 했던 것이다.

과거로 회귀한 뒤에도 그 약속은 좀처럼 이뤄지지 않았다.

생각해보면 당연한 것이, 제국의 황녀가 서민이 다니는 대중목욕탕에 갈 수는 없는 법이다. 그렇다고 미아를 위해 마련된 백월궁전의 욕조에 안느가 들어갈 수도 없는 노릇이다.

하지만 미아는 꼭 안느와 함께 목욕하고 싶었다. 그때 들었던, 동성 간의 즐거운 목욕 시간이라는 걸 체험해보고 싶었던 것이다.

그 기회는 세인트 노엘 학원에 오자마자 바로 찾아왔다. 하지만……

──그때는 라피나 님께서 계셨기 때문에 편히 즐길 수 없었죠.

그런 고로.

"안느, 목욕하러 가요."

라피나와 공중목욕탕에서 마주친 날로부터 며칠 뒤, 미아는 다시 안느를 데리고 공중목욕탕으로 향했다.

지난번과 마찬가지로 공중목욕탕은 텅텅 비어 있었다. 덕분에 거리낌 없이 안느와 함께 들어갈 수 있다며 싱글벙글한 미아였다.

물론 누가 있다고 해도 불평하는 걸 얌전히 들어줄 미아가 아니었지만…….

"그럼 미아 님, 등을 밀겠습니다."

빨간 머리카락을 머리 위쪽으로 틀어 올린 안느가 사뿐사뿐 미아 옆에 무릎을 꿇었다.

그런 안느에게 미아는 바로 제안했다.

"안느, 또 지난번처럼 서로 밀어주지 않을래요?"

미아는 함께 목욕만 하는 게 아니라 즐겁게 놀고 싶었다.

즉 친근한 스킨십을 하고 싶은 것이다!

지난번에도 안느의 등을 밀어주긴 했으나 그때는 안느가 긴장해서 딱딱하게 굳어 있었다.

──그때 들었던 것과 다르잖아요!

미아가 동경하는 건, 물을 서로 뿌려주거나 간질이거나 하는 즐거운 목욕이었다.

그런 고로 오늘의 미아는 복수심에 불타오르고 있었다! 그렇다. 이것은 설욕전이다.

"아뇨, 저기, 미아 님. 그건 역시, 그게, 좀⋯⋯."

그때처럼 저항하려고 하는 안느에게 미아는 새치름한 얼굴로 말했다.

"안느, 안타깝게도⋯⋯, 이건 명령입니다. 제가 제멋대로라는 건 당신도 알고 있죠? 자, 거기 앉으세요. 제가 먼저 하겠습니다!"

오늘의 미아는 불도저처럼 밀고 나가는 복수자다!

그렇게 안느의 매끄러운 등을 씻어주기 시작한 지 몇 분.

──으음, 이상하네요. 역시 안느가 긴장하고 있어요. 이래서는 즐겁지 않은걸요.

불만이 가득해서 부루퉁하게 뺨을 부풀리는 미아.

──어떻게 해야 할까요⋯⋯. 아, 그게 있군요!

그런 그녀의 뇌리에 과거의 광경이 퍼뜩 스쳐 지나갔다.

"⋯⋯그래요, 그러고 보면 그랬었죠⋯⋯."

미아는 장난기 어린 미소를 지었다.

"저는 당신에게 은혜만 받은 게 아니라 원한도 있었어요⋯⋯."

"······네? 저기, 미아 님. 무슨 말씀이세요?"

흠칫 놀라서 돌아보려고 하는 안느를 향해 미아는 히죽히죽 웃었다. 그리고는 차가운 손바닥을 안느의 등에 철썩 붙였다.

"에잇!"

"흐억!"

안느가 괴상한 비명을 지르며 펄쩍 뛰어올랐다.

"뭐, 뭐, 뭐 하시는 거예요? 미아 님!"

"우후후, 앙갚음. 복수입니다!"

"아, 앙갚음?"

의아해하며 고개를 갸웃거리는 안느였지만 즐겁게 웃는 미아를 보고 그녀가 무엇을 원하는지 알아차린 건지 '어쩔 수 없네요' 하고 미소 지었다.

"미아 님, 라피나 님의 말씀 기억하세요? 실오라기 하나 걸치지 않는 목욕탕에서는 평민도 귀족도 상관없다고······."

"네?"

말을 마치자마자 안느는 미아의 옆구리로 손을 뻗었다.

물론 지금 그녀의 손은 차갑지 않다.

여기에는 얼음이 뜬 냉수를 미아에게 가져다주는 심술궂은 사람은 없기 때문이다.

하지만 안느에게는 자매끼리 목욕탕에 갔을 때 탑재된 테크닉이 있었다.

아주아주 즐거운 몸의 대화법이.

미아의 매끄러운 배에 손이 닿자 그대로 꿈틀꿈틀 손가락을 움직여서 간지럽혔다!

당연하게도 미아는 지금까지 누군가가 간지럼을 태운 적이 없었다. 그런 송구한 짓을 하려는 생각을 하는 사람이 한 명도 없었기 때문이다.

면역이 전혀 없는 미아는 멋지게 걸려들었다!

"흐어? 아하하하!"

심지어 안느는 동생들과의 사투 덕분에 어떻게 간지럽혀야 하는지 요령을 파악한 테크니션이었다.

"그, 그그, 그만. 아하하하!"

어떻게 대항할 방법이 없는 미아는 일방적으로 신나게 간지럽혀질 뿐이었다.

이리하여 복수자 미아는 허망하게 반격을 당하며 진심으로 목욕탕을 만끽했다.

……참고로 다음 날, 라피나가 웃는 얼굴로 '공중목욕탕에서는 조용히 목욕하시길 바랍니다, 미아 님'이라며 주의를 주었다.

그 모습이 무지막지하게 무서워서 미아는 울상이 되었다.

"역시 복수는 하는 게 아니에요!"

덕분에 다시금 복수는 안 된다고 다짐했다나.

제41화 수업 개시!

신입생 환영 무도회로부터 이틀 뒤.

각종 오리엔테이션이 끝나고 드디어 본격적인 수업이 시작되었다.

새로운 생활, 처음으로 체험하는 수업에 조금 불안해하는 학우들을 보며 미아는 여유로운 미소를 지었다.

그도 당연한 것이, 미아는 이미 한 번 경험했던 일이기 때문이다.

게다가 공부 내용도 오래전에 다 배워서 아는 내용이다.

자신은 이미 그 응용까지 배웠다.

──흐흥, 여유롭네요!

그런 식으로 우쭐해진 결과 일부 학생들에게 '모르는 게 있다면 제가 알려드리겠어요!'라고 떠들고 다니기까지 했다.

그러지 말았어야 했는데…….

수업이 시작된 지 몇 분 뒤.

"어, 어라?"

미아는 깨달았다.

──이상하네요. 전혀 기억나지 않아요.

미아는 완전히 잊고 있었다. 자신이 그리 우수한 학생이 아니었다는 사실을.

'불리한 일은 깨끗하게 잊어버린다'는 정치가의 고유 스킬을 날 때부터 장착하고 태어난 것이다!

일단 제국에 있을 때 단두대를 피하기 위해 필요할 법한 건 공부했다. 하지만 그 내용은 상당히 편향적이었다.

다른 사람에게 가르쳐주겠다는 건 주제넘은 소리인 수준의 지식만 갖고 있었던 것이다.

특히 미아를 고통스럽게 한 것은 최신 산술이었다. 소극적 문과 인간(이과를 못 하니까 문과를 선택했다고도 한다……)인 미아는 계산을 하려고 하면 머리가 어질어질해졌다.

──크, 크크, 큰일이에요!

미아는 초조해졌다.

호언장담해놓은 이상 모르겠다는 건 너무나도 창피하다!

하루 스케줄을 마친 미아는 누가 말을 걸기 전에 재빨리 방으로 돌아왔다.

"안느, 안느!"

"미아 님, 무슨 일이세요?"

방으로 뛰어 들어온 미아를 보고 안느는 깜짝 놀란 표정을 지었다.

"안느, 내일부터 산술 수업을 함께 받으세요."

"네?"

세인트 노엘 학원에서는 종자를 동반하고 수업을 들을 수 있다. 옆에서 공부를 도와주기 위해 똑똑한 종자를 데려오는 사람도 적지 않다.

하지만 안느에게는 그 정도의 머리가 없다. 그래서 안느는 대답을 망설였다.

그걸 본 미아는 잠시 고민한 뒤…….

"아, 수업을 받는 이상 하루 노동량을 조절해도 괜찮습니다. 방 청소는 이틀에 한 번이어도 괜찮고, 저도 돕도록 하죠."

"안 됩니다! 그럴 수는 없어요. 한다면 제대로 일도 하면서 수업을 받아야죠!"

"아뇨, 그럼 수업을 복습할 수 없잖아요."

"네?"

"앗…….".

실언이 튀어나오고 말았다. 미아에게도 자존심은 있었다.

자신을 믿고 따르며 존경하기까지 하는 안느에게 차마 '제가 못하는 과목을 대신 공부해서 나중에 알려주세요!'라고는 할 수 없었다.

"사, 산술은 안느에게도 도움이 될 거예요."

미아는 궁색한 변명을 쥐어짜 냈다.

참고로 산술은 확실히 도움이 된다. 장사에는 필수적인 능력이고, 세인트 노엘 학원에서 배울 수 있는 건 최신 지식이다. 진지하게 공부하면 다양한 곳에서 중시될 것이다.

"미, 미아 님……. 저를 위해서…….".

감격에 겨워하는 모습으로 안느가 대답했다.

"마음 써 주셔서 정말로 감사합니다, 미아 님. 은혜에 보답할 수 있도록 열심히 하겠습니다."

"그, 그래요…….".

안느의 솔직한 반응에 미아는 죄책감이 쿡쿡 자극되는 걸 느꼈다.

"따, 딱히 신경 쓸 필요는 없어요. 저도 잘 모를 것 같으니 당신에게 도와달라고 하려는 거니까요."

진짜 속셈을 덧붙여서 어떻게든 마음의 균형을 잡으려고 했다. 언제나 그런 것처럼 소심한 미아였다.

"미아 님……."

안느에게는 그 말이 신경 쓰지 말라고 서둘러 덧붙인 변명처럼 들렸다.

평민이 세인트 노엘 학원에서, 그것도 무료도 아니고 봉급을 받으며 지식을 배울 수 있다는 것은 보통은 상상도 못 할 정도로 큰 은혜다.

안느는 앞으로 미아가 어디에 가든 함께 할 생각이었다. 다른 나라로 시집간다고 해도 따라가서 끝까지 모시겠다는 각오가 있었다.

하지만 그건 어디까지나 안느가 그렇게 하고 싶다는 이야기이지, 어쩌면 언젠가 미아의 전속 메이드를 그만두는 날이 올지도 모른다.

미아는 아마도 그런 날이 왔을 때를 위해 지식을 쌓으라는 뜻일 것이다.

──아니면…….

어쩌면 미아는 진심으로 자신을 심복이라고 여기고 있는 건지도 모른다. 그리고 심복으로서 필요한 지식을 익히게 할 생각인 건지도 모른다.

더 뛰어난 능력을 요구한다는 건 신뢰한다는 증거다.

너무 자기 좋을 대로 상상하는 것임은 자각하고 있지만…….

"미아 님, 저 열심히 하겠습니다."

그녀의 의욕 게이지는 쭉쭉 뻗어 올라가게 되었다.

제42화 미아 황녀의 승마부 체험

세인트 노엘 학원에는 수많은 클럽이 존재한다.

각종 학술 연구가 목적인 학문 클럽, 검술이나 창술 등의 기술 향상이 목적인 무술 클럽, 영애들에게 인기인 다과 클럽을 비롯한 취미 클럽에 이르기까지.

수업만이 아니라 부유한 학생들의 요구사항에 부응할 수 있도록 다양한 클럽이 즐비하다.

그 가운데 미아가 눈독을 들인 클럽이 있었다.

그건…….

"여기군요."

미아가 찾아온 곳은 마구간이었다.

"역시 세인트 노엘 학원이에요."

마구간에는 30마리가 넘는 말이 있었다. 이건 제국의 근위부대 하나에 맞먹는 수이다.

두리번거리면서 흥미진진하게 말을 구경하는 작은 황녀를 보고 승마부 학생들은 다들 긴장했다.

마구간에 여학생이 오는 건 거의 없다.

말 특유의 냄새는 이 섬에선 그리 친숙하지 않은 냄새인데, 그 걸 싫어하는 여학생이 많기 때문이다. 그런데도 대제국의 황녀가 오다니, 어지간한 일인 게 분명하다.

다들 말을 거는 걸 주저하는 가운데 한 남자가 미아 앞으로 걸어 나왔다.

"이런 곳에 무슨 볼일이니? 길이라도 잃었어?"

두려워하지 않고 말을 건 사람은 미아보다 4살 연상인 고등부 2학년이었다. 탄탄한 체격에 까무잡잡하게 태운 피부를 지닌 소년은 미아도 낯이 익었다.

"어머나……? 당신은 무도회 날에 말을 데리고 돌아다니셨던 분이던가요?"

"아, 그때의 그 아가씨였나."

소년 쪽도 떠올린 모양이다. 이마를 찰싹 치면서 호쾌하게 웃었다.

그날 무도회를 앞두고 미아에게 재채기를 갈기는 바람에 엉망으로 만들어버렸던 말이 바로 그가 데리고 있던 말이었다.

"그때는 미안했어. 나는 고등부 2학년이자 승마 클럽의 클럽장인 린 마롱이야."

"미아 루나 티어문입니다."

미아는 살짝 스커트 자락을 들어 올리고 꾸벅 인사했다.

"이름에서 느껴지는 분위기를 보아하니 혹시 기마왕국 출신이신가요?"

"오, 티어문의 황녀님께서 알고 계실 줄이야. 영광인데."

마롱은 싱긋 웃었다. 그리고는 불현듯 진지한 표정을 짓고 물었다.

"그런데 오늘은 무슨 일이야? 오늘은 그때 일로 항의라도 하려고? 설마 그 말을 처분하라거나."

예전에도 실례를 저지른 말을 살처분하라며 쳐들어온 여학생이 있었다. 말로만 따지는 거라면 모를까, 만약 그런 부당한 요구를 한다면 그때는⋯⋯.

"처분이요? 어째서죠?"

"아니, 드레스를 망가뜨렸잖아?"

"아, 그런 건 별로 대단한 일도 아니에요."

미아는 웃었다.

미아가 봤을 때 어느 쪽이 귀한 존재인지는 명백하다. 드레스로 혁명군에게서 도망칠 수는 없지만, 말은 그렇지 않다.

"오늘은 그저 승마 클럽을 견학하러 온 거랍니다."

미아는 말을 탈 수 있게 되고 싶은 절실한 이유가 있었다.

이전 시간축에서 혁명군에게 쫓겼을 때 마차를 타고 탈출을 시도한 그녀는 싱겁게 붙잡히고 말았다. 무거운 마차를 끌면서 기마병으로부터 도망치는 건 아무리 빠른 말이라 해도 불가능했기 때문이다.

혁명이 일어나지 않는 게 가장 바람직하다. 하지만 만약 일어나면 재빠르게 도망쳐서 이웃 나라로 탈출해야 한다.

그러기 위해서는 말을 탈 수 있게 되어야만 한다.

단두대를 회피하기 위해서라면, 설령 콧물을 뿌린 말이라고 해도 자신을 태우고 도망쳐주기만 한다면 웃으면서 용서할 수 있는 관용을 지니게 되었다.

"견학이라⋯⋯."

마롱은 고개를 갸웃거렸다.

말을 타고 태어났다는 말을 듣는 기마왕국 출신자라면 모를까, 티어문 제국의 황녀가 승마 클럽에 관심이 있다니 쉽게 믿어지지 않았다.

애초에 귀족 자제에게 승마란 우아한 취미에 분류되는 게 아니다. 승마란 군마에 타기 위한 기술이자 실제 전쟁을 위한 기술이다.

따라서 남학생이라면 모를까 여학생에게는 불필요한 기술이라할 수 있다. 아주, 아주 드물게 사냥이 취미라는 여학생도 없지는 않지만…….

마롱이 봤을 때 미아는 활을 다룰 수 있는 것처럼 보이지도 않았다.

"구경하는 건 상관없지만, 혹시 입부도 고려하는 거니?"

"입부하면 저도 말을 탈 수 있게 되는 건가요?"

"그야 그렇지만……. 말을 타고 싶어?"

"네, 꼭이요."

"어째서?"

"머나먼 곳까지 데려다줄 수 있을 것 같으니까요."

최대한 혁명군으로부터 먼 곳까지 데려가 줄 수 있으니까.

말은 현실적인 탈출 수단. 미아는 그렇게 믿어 의심치 않았다.

"오호……."

그런 미아의 대답은 마롱의 심금을 울렸다.

왜냐하면 그것은 기마 왕국의 국민들이 어릴 때부터 머릿속에 새겨놓는 진리이기 때문이다.

말은 멀리, 자유롭게, 자신들을 높은 경지로 데려다주는 파트너. 그건 말을 전쟁의 도구로만 보는 사람이나 애완동물로 귀여워하기만 하는 사람은 결코 입에 담을 수 없는 말이었다.

──이 아가씨는 보기와 달리 평범한 황녀님이 아닌 것 같은데.

"미아 황녀, 어째서 여기에?"

그때, 귀에 익은 목소리가 울려 퍼졌다.

제43화 말 위의 오산

"미아 황녀, 어째서 여기에?"

"어머, 아벨 왕자님? 우연이네요."

목소리가 들린 쪽을 본 미아는 뜻밖의 인물이 등장했다는 걸 알고 조금 놀랐다.

미아의 기억이 확실하다면 아벨은 이전 시간축에서 카드 게임부에 소속되어 있었다. 아벨과의 친분을 쌓기 위해 미아도 입부를 검토해보긴 했으나, 실상 내기에 빠져있는 퇴폐적인 클럽이었기 때문에 안느가 전력으로 저지했다.

──영락없이 나태한 학원 생활을 보낼 줄 알았는데…….

과거에 조금 병적인 안색을 지녔던 아벨의 얼굴이 미아의 뇌리에 떠올랐다. 그 무렵의 그는 언제나 헤실헤실 웃으면서 교복도 칠칠치 못하단 말을 들을 만큼 멋을 내면서 입었는데.

"승마부에 들어가셨어요?"

"응? 아, 그래. 일단 나도 렘노 왕국의 왕자니까. 최소한의 마술과 검술 정도는 단련해야겠다고 생각해서."

그렇게 대답하는 그의 얼굴에는 퇴폐적이라는 단어와는 멀리 떨어진 산뜻한 미소가 퍼져 있었다. 승마복을 단정하게 차려입은 그는 참으로 건강한 분위기였다.

"그런데 너는 뭘 하는 거야?"

"저는 견학하러 왔어요. 승마에 관심이 있거든요."

"미아 황녀가 승마에? 그건 좀 의외인 것 같은데……."

"오, 아벨. 너 이 아가씨와 아는 사이야?"

"아, 마롱 선배. 네, 며칠 전 신입생 환영 무도회 때 파트너였거든요."

"흐음, 마침 잘됐네. 모처럼 견학하러 와 줬는데, 네가 말에 태워줘."

"……네?"

갑작스러운 말에 아벨은 눈을 깜빡였다.

"일껏 말에 흥미가 있다고 찾아왔는데, 매정하게 돌려보낼 순 없잖아."

그렇게 말하며 마롱은 장난스럽게 윙크했다.

"아니, 하지만……."

아벨은 미아 쪽을 힐끔 쳐다보고는 바로 고개를 돌렸다. 어쩐지 그 뺨이 은은하게 붉어져 있었다.

──어머, 어머…….

미아는 감이 팍 왔다.

──혹시 아벨 왕자님, 쑥스러워하는 거예요?

둘이 함께 말에 타면 로맨틱한 분위기가 조성된다. 그래서 아벨이 쑥스러워하며 긴장한다고 해도 이상한 주장은 아니지 않을까.

──우후후. 아벨 왕자님은 의외로 순진하시군요.

미아는 우쭐대면서 아벨을 보았다.

아무래도 미아는 이전 시간축에서 20살까지 살았던, 소위 성인 여성이기 때문이다. 설령 연애 경험이 없어도 중등부 남학생의 심리를 파악하는 것쯤은 어렵지 않다고 굳건하게 믿는 미아였다.

물론 지금 이 순간에는 미아의 감이 맞긴 했다. 말하자면 비기너즈 럭인 셈이다.

──그런 거라면 여기선 누님인 제가 자연스럽게 리드해야겠네요.

미아는 룰루랄라 아벨에게 말했다.

"저도 에스코트를 부탁드릴게요, 아벨 왕자님. 마침 무도회에서 인연도 생겼는데……."

그렇게 말하며 슬쩍 눈을 위로 치켜뜨며 바라보았다. 애교가 넘치는 태도였다.

"음, 미아 황녀가 그렇게 말한다면……."

"아하하, 기뻐요."

미아는 사랑스럽게 웃었다. ……웃을 수 있었던 건 여기까지였다.

──히익! 노, 노노, 높아, 너무 높아요!

마롱의 도움을 받아 말에 올라탄 미아는 반사적으로 비명을 지를 뻔했다.

말의 등이 높았기 때문이다. 심지어 지금 미아는 세인트 노엘 학원의 교복을 입고 있다.

세인트 노엘 학원의 교복은 대륙의 최첨단을 달리는 디자이너가 디자인한 참신한 교복이었다.

하얀 블라우스와 그 위에 걸치는 블레이저, 그리고 깔끔하게 접힌 플리츠스커트는 귀족들이 통상적으로 입는 드레스와는 선을 달리했다.

여기서 중요한 점은 미아가 바지가 아닌 치마를 입고 있다는 점이었다.

그렇다. 이런 옷으로 말을 타려고 하면 어쩔 수 없이 다리를 한쪽으로 모아 옆으로 앉게 된다.

무서울 만도…….

평범하게 말의 등에 걸터앉을 수 있었다면 시야가 말의 머리 너머로 앞을 보게 되지만, 옆으로 앉은 경우에는 시선을 조금만 아래로 굴려도 땅바닥이 보인다.

게다가 자세도 불안정하기 그지없다.

작은 방심이 균형을 무너뜨려 허망하게 낙마해버릴 수도 있다.

그 결과……, 미아는 로맨틱한 분위기가 어떻다든가, 아벨을 리드해주겠다든가, 그런 여유는 모조리 잃어버리고 말았다.

"그럼 미아 황녀, 저를 꼭 잡고……, 으앗!"

아벨 왕자가 무어라 말을 했으나 들을 여유는 없었다. 미아는 아벨의 허리에 팔을 감고 있는 힘껏 매달렸다.

"미, 미, 미아 황녀, 그, 그렇게까진 안 해도 괜찮……."

"저, 저저, 저도 알아요. 이, 이, 이런 것쯤은 어, 어렵지 않죠!"

공포로 여유를 잃은 미아와 호감이 있는 여자와 둘이 말을 타는 바람에 여유를 잃은 아벨 왕자의, 다양한 의미에서 두근거리는 승마 데이트가 시작되었다.

제44화 작은 엇갈림

먼저 침착해진 사람은 말을 많이 타봐서 익숙한 아벨 쪽이었다.

"미아 황녀, 눈을 떠 봐. 말 위에서 보는 풍경은 제법 운치가 좋아."

"그, 그렇겠죠. ……그럼."

미아는 작게 심호흡한 뒤 굳게 결심하고 눈을 떴다.

"어머……."

평소보다 조금 높아진 눈높이. 그건 성 같은 높은 건물 위에서 보는 광경과도 다른, 조금 신선한 광경이었다.

상쾌한 산들바람에 머리카락이 조용히 나부꼈다.

조금 전까지는 무서워서 견딜 수 없었던 말이 걸을 때 전해지는 진동도 지금은 왠지 기분 좋았다.

──왠지 졸음이 밀려올 것 같아요…….

살며시 아벨의 등에 뺨을 기댄 미아는 눈을 잠깐 감았다.

"화, 황, 미, 황녀, 무슨…… 아, 저, 저기, 저길 봐. 네 종자도 와 있어."

"어머나, 정말이네요. 안느~!"

미아는 멀리 보이는 안느를 향해 손을 붕붕 흔들었다.

신명 나게……, 두 손으로!

……적응이란 방심을 낳는 법이다.

"황녀, 손을 놓으면……!"

"어라?"

그 순간 미아의 몸이 휙 기울었다.

"꺄아아악!"

비명과 함께 미아의 몸이 땅바닥으로 떨어지더니…… 쿵! 하는 큰 소리가 났다.

하지만 예상했던 것보다 충격은 작았다.

"어……, 어라? 대체 무슨?"

"아야야……."

바로 옆에서 들리는 아벨의 목소리. 미아는 쭈뼛쭈뼛 눈을 떴다.

"아, 아벨 왕자님! 이건……!"

미아는 그제야 처음으로 깨달았다! 자신이 아벨의 품속에 있다는 것을!

아벨이 자신을 구하기 위해 함께 떨어져서 몸으로 받아주었다는 것을!!

"앗, 어, 어어?!"

자기도 모르게 이상한 비명이 튀어 나갔다. 심장이 쿵쿵쿵 시끄러울 정도로 뛰었다.

――왜, 왜, 왜 당황하는 거죠? 아벨 왕자님의 품에 안기든 말든 소란을 부릴 필요는 없잖아요. 춤을 출 때 이미 경험해봤고…….

미아는 스스로를 그렇게 타이르며 어떻게든 심장박동을 달래려고 했다.

──그래요. 애초에 아벨 왕자님은 아직 어린아이잖아요. 저보다 8살이나 어린…….

"왜 그래? 미아 황녀. 혹시 어디 다쳤어?"

걱정스러운 듯 얼굴을 살펴보는 아벨. 그 진지한 눈동자가, 날카로운 시선이 미아를 꿰뚫었다.

──그, 그그, 그런 눈으로 보지 마세요!

미아는 얼굴을 새빨갛게 붉히며 눈을 피했다.

"괘, 괜찮, 아요. 아벨 왕자님. 그, 괜찮으니까, 떠, 떨어져, 주시겠어요?"

"어, 어어. 그래. 미안해. 실례했어."

아벨은 허둥지둥 미아에게서 떨어졌다. 그 얼굴은 시무룩하게 어두워져 있었다.

"아, 오해하지 마세요, 아벨 왕자님. 딱히 당신과 붙어 있는 게 싫다거나 그런 이유가 아니니까요."

"응, 그래, 그렇지……. 나도 알아."

그렇게 대답하면서도 아벨의 얼굴은 여전히 어두웠다.

실망한 듯한, 쓸쓸한 듯한 얼굴을 보자 왠지 미아는 안절부절못하게 되었다.

──으으, 이건 분명 그래서예요. 여기서 아벨 왕자님과 사이가 틀어지면 지원군을 보내주지 않을 테니까 그런 거고…….

'고작 그런 이유만으로는 이런 기분이 들지 않을 텐데?'라는 의혹이 없는 건 아니었지만, 억지로 스스로를 타이른 미아는 고민했다.

──어떻게 해야 할까……. 아, 그래요!

미아는 아벨에게 한 걸음 다가간 뒤 그의 손을 두 손으로 꼭 붙잡았다.

"미, 미아 황녀?"

"조금 전에는 구해주셔서 감사합니다, 아벨 왕자님!"

그렇게 말한 다음 아벨에게 확 얼굴을 들이댔다. 얼굴과 얼굴이 부딪칠락 말락 하는 거리까지 들이대고 아벨을 물끄러미 올려다보았다.

──사람은 필요 이상으로 신체적 거리가 가까우면 자연스럽게 거리를 두고 싶어지는 법이죠. 그걸 직접 체험하게 하면 되는 거예요. 저도 참 똑똑하다니까요!

"어, 으, 응……. 아, 알았어. 알았으니까, 그, 조금 떨어져, 주지 않을래?"

아벨이 얼굴이 새빨갛게 물들이며 시선을 돌렸다.

"보세요, 당신도 고개를 돌리잖아요. 왜 그러신 거죠?"

미아는 승리자의 미소를 지었다.

"그건…….'"

"조금 전의 저도 지금의 당신과 같은 기분이었답니다, 아벨 왕자님."

"그……!"

──저는 섬세하니까요. 타인과 지나치게 밀착하면 긴장한다고요. 그뿐이에요.

"하, 하지만, 나는 아마 너보다……, 더 강하게 느낄 거야."

"어머나, 지는 걸 싫어하시는군요."

묘한 구석에서 승부욕을 드러내는 아벨이 귀여워 보였던 미아는 웃었다.

——저보다 섬세하다고 주장하는 건가요?

고개를 갸웃거리는 미아는 눈치채지 못했다.

긴장하는 조건이 미아는 '타인이 지나치게 밀착하는 것', 아벨은 '좋아하는 사람이 밀착하는 것'으로 두 사람 사이에 약간 차이가 있었다는 사실도.

미아 역시 '살짝 호감이 가는 남자'와 밀착해서 긴장했었다는 사실도.

제45화 미아 황녀는 외톨이가 아니다

갑작스럽지만, 미아는 딱히 외톨이인 건 아니다.

대국인 티어문 제국의 황녀에 걸맞게 미아 주변에는 늘 수많은 여성이 따라다녔다.

'안느에 대해 아무런 말도 하지 않았던 사람'이라는 조건이 붙기 때문에 이전 시간축보다는 그 수가 줄어들긴 했어도, 여전히 학급 내의 최대파벌이라 불러도 과언이 아니었다.

그런 그녀의 반에는 미아파를 필두로 몇 개의 그룹이 존재한다.

부활동이 같거나, 고향이 같거나 등 연결고리는 제각각 다르지만 어쨌거나 학생들은 마음이 맞는 동지와, 혹은 이해관계가 일치한 사람들과 함께 행동하며 집단을 구성한다.

하지만 당연하게도 그런 집단에 소속하지 못하는, 진정한 외톨이라고도 할 수 있는 사람은 반드시 나오기 마련이다.

미아의 반에도 그런 소녀가 있었다.

이름은 클로에 포크로드. 덥수룩한 흑발과 두꺼운 안경이 특징인 내성적인 소녀이다.

수업이 끝나는 걸 알리는 종이 울렸다.

"하아……."

저마다 해방을 기뻐하는 학생들 속에서 클로에는 크고 긴 한숨을 쉬었다.

그녀의 본가는 그럭저럭 큰 상가였다.

아버지도 어머니도 작은 캐러밴으로 상회를 시작해서 마침내 작위를 받기까지 했을 만큼 처세술이 뛰어난 사람들이었지만, 그 딸인 클로에는 태생적으로 얌전한 성격이었다.

굳이 따지라면 낯을 가리는 편인데도 어린 시절부터 여기저기에 끌려가 수많은 사람과 만나는 바람에 오히려 낯가림이 악화되고 말았다.

그걸 보다 못한 부모님은 고액의 기부금과 인맥을 이용해 대륙 최고봉이라 불리는 세인트 노엘 학원에 클로에를 입학시켰지만……. 가문과 전통을 중시하는 귀족 자제들 사이에서 돈으로 작위를 산 신흥귀족은 소외될 뿐이었다.

그리하여 클로에는 고독한 학원 생활을 보내게 되었다.

반에 녹아들지 못한 사람에게 제일 괴로운 것은 쉬는 시간이다.

'친구들과 즐겁게 잡담을 나누는 시간'을 혼자 어떻게 보내야 하는가. 클로에는 매번 고민했다.

그런 그녀의 가장 큰 도우미는 본가에서 가져온 책이었다.

지식의 보고인 책은 원래 고액으로 거래되는 유력한 상품이다. 클로에의 본가인 포크로드 상회에서도 옛날부터 주력상품으로 다뤘기 때문에 클로에도 책이 익숙했다.

입학할 때도 많은 책을 가져왔지만…….

──이게 마지막 책인데…….

매일같이 쉬는 시간마다 읽었더니 금방 끝나버리는 것도 이상하지 않았다.

──내일부터는 어떻게 하지……?

읽고 있는 책은 앞으로 20페이지만 남아 있었다. 아무리 천천히 읽는다고 해도 내일이면 끝나버린다.

——용기를 내서 누군가에게 말을 걸까? 절대 못 하겠어.

용기를 낼 거였다면 학기가 막 시작했을 때 행동했어야 했다. 이렇게 반 안에서 어느 정도 그룹이 확정되고 나면 이미 늦어버린 뒤이니…….

——아예 숨어버리고 싶어…….

그런 생각까지 든 클로에는 책상에 엎드렸다. 딱히 슬픈 것도 아닌데 눈가에 서서히 눈물이 고였다.

그런 때였다.

"저기, 당신……."

"하아……."

"잠깐 괜찮을까요?"

"……어?"

클로에는 멍하니 얼굴을 들었다.

흐릿한 시야 너머에 그 소녀가 서 있었다.

"…………어?"

클로에는 경악한 나머지 순간 굳어버렸다.

거기 있는 사람은 이 반의 패자(覇者), 학년에서도 손에 꼽히게 유명한 대제국의 황녀 전하.

미아 루나 티어문이었기 때문이다.

"어……, 어어, 어?"

혼란스러운 나머지 말을 제대로 하지 못하는 클로에를 보는 둥 마는 둥 미아는 책상 위에 놓인 책을 바라보고 있었다.

"뭘 읽고 있는 거죠?"

"어, 그건, 그게……. 사막의, 식물도감……. 어, 어떻게 수분을 끌어오는지, 그런 게, 적혀있는데, 그래서……."

어쩐지 이 학교에 오고 처음으로 다른 사람과 제대로 대화를 한 것 같은 느낌이 들었다. 클로에는 몸을 살짝 앞으로 기울이면서 열심히 설명했다.

설명을 들은 미아는 미간을 약간 찡그렸다.

"……그거 재미있나요?"

"네! ……아, 아뇨. 그게, 읽어도 별로 재미는, 없을지도 몰라요. 저는 재미있었지만……, 다른 사람은 재미, 없을 수도……."

"흐음……. 책을 많이 읽는 것 같던데, 소설 같은 건 안 읽으시나요?"

"앗, 네. 읽습니다. 작은 나라의 왕자님과 황녀님의 러브 스토리 같은 것도, 좋아해요. 하지만 가져온 책은, 전부 읽어서, 그래서……."

어째서일까. 그 순간 미아의 눈동자가 번쩍 빛난 것 같은 느낌이 들었다. 그건 마치 쥐를 노리는 고양이와도 같은…….

무심코 몸을 뒤로 빼려고 한 클로에. 그 손을 놓치지 않겠다는 듯 붙잡은 미아는 환한 미소를 짓고는.

"당신 같은 분을 찾고 있었어요. 당신, 저와 친구가 되지 않겠어요?"

클로에가 상상도 하지 못했던 제안을 했다.

제46화 독서 친구

——후후후, 예상했던 인물상이 맞아떨어진 모양이에요.

클로에의 이야기를 들은 미아는 내심 회심의 미소를 지었다.

미아가 그녀에게 눈독을 들인 건 물론 그녀가 늘 혼자서 외로워하는 게 안쓰러웠기 때문…… 이 아니다.

단지 그녀가 쉬는 시간마다 혼자 책을 읽었기 때문이었다.

그랬다. 미아는 갈망하게 되었다. 자신이 읽은 책의 내용을 함께 떠들 수 있는 친구, 독서 친구가…….

그날 미아는 자신의 침대에 엎드려서 안느의 동생, 에리스가 보낸 원고를 읽고 있었다.

——아아, 이렇게 새삼 문장으로 읽으니까 더 재미있어요!

소설은 아직 미아가 아는 부분까지 진행된 상태였지만, 세세한 묘사가 과거에 안느에게서 들었던 이야기와는 약간 달랐다. 그게 무척 신선했다.

턱을 괴고 다리를 까딱까딱 움직이면서 즐겁게 콧노래를 부르는 미아.

황녀로서 경망스러운 행동이긴 했지만, 옆에 있는 안느는 눈살을 찌푸리기는커녕 주의를 주지도 않았다.

평소에도 긴장하면서 생활해야 하는 미아이기에 방에서는 최대한 자유롭게 쉬게 해주고 싶었기 때문이었다.

세간에서는 이걸 '어리광 받아주기'라고 한다.

이윽고 원고를 끝까지 읽은 미아는 만족스러운 한숨을 쉬었다.

"고마워요, 안느. 이번에도 재미있게 읽었어요."

원고를 돌려주며 미아는 고개를 갸웃거렸다.

"그런데 가족들에게는 별일 없나요? 에리스는 괜찮아요?"

미아에게 이 원고는 커다란 즐거움 중 하나였다. 에리스가 몸 건강하게, 이야기를 끝까지 써야 할 필요가 있는 것이다.

"마음 써주셔서 감사합니다. 하지만 건강하게 지내는 모양이에요."

밝게 웃는 안느의 얼굴에는 거짓말을 하거나 무언가를 숨기는 기색이 전혀 없었다.

"다행이군요. 무슨 일이 있으면 바로 제게 말하세요. 에리스는 제 전속 예술가니까요."

미아는 그렇게 당부한 뒤 한숨을 쉬었다.

"하지만 아쉽네요. 이걸 읽는 사람이 저와 안느 뿐이라니……."

재미있는 책을 읽으면 누군가와 그 화제로 대화하고 싶어지는 법. 그건 책을 좋아하는 사람의 습성이라고도 할 수 있다.

그 정도는 안느와 하면 되지 않냐는 생각도 들지만, 안타깝게도 안느는 아무래도 이런 이야기에 별 관심이 없는 모양이었다.

읽기는 하지만 그건 동생이 쓴 소설이니까. 즐기는 모습은 별로 없었다.

──애초에 지하 감옥에서 들었던 이야기와도 많이 다르던데, 꽤 대충 읽은 게 아닐까요?

하지만 주위 사람들에게 권하는 것도 기각이다.

어차피 무조건 절찬하기만 할 뿐, 미아가 원하는 작품 감상 토크는 불가능할 게 뻔하다.

──누구 적임자가 없을까요……?

그런 생각을 하던 도중에 발견한 것이다. 쉬는 시간마다 책을 읽는, 대단한 책벌레인 클로에를.

──친구와 대화도 하지 않고 시간이 날 때마다 읽는 걸 보면 책은 뭐든 다 좋아하는 사람일 게 분명해요!

……사실 클로에가 책을 읽는 건 혼자 멀뚱히 있는 게 민망하기 때문이지, 미아가 생각하는 것만큼 책을 좋아하는 건 아니지만.

"당신, 저와 친구가 되지 않겠어요?"

"……네?"

클로에는 눈을 깜빡였다.

"저, 저기……. 그, 저는……, 어째서……?"

클로에는 크게 당황했다.

왜 갑자기 그런 소릴 들은 건지 짐작 가는 이유가 전혀 없었기 때문이다.

뭐니 뭐니 해도 상대방은 대제국의 황녀이자 반에서 제일가는 유력자이다. 심지어 그 인맥도 어마어마하다.

시온 왕자와 아벨 왕자 등 여학생들이 동경하는 꽃 같은 왕자님들에, 라피나 공작 영애 같은 학원의 거물과도 교류가 있다고 한다.

그런 사람이 수수한 자신에게 말을 건 이유를 조금도 알 수 없었다.

아니, 딱 하나. 그 떠오르는 이유가 없는 것도 아니었다.

자신을 동정하기 때문에.

──늘 혼자 있는 걸 보고 불쌍하다고 연민했다거나?

상대방은 제국의 성녀라고 불리는 사람. 배려심이 넘치는 사람일 것이라고 클로에는 추측했다.

하지만…….

──만약 그런 거라면, 싫어…….

클로에는 그게 왠지 심하게 비참하다는 생각이 들었다. 그래서…….

"당신이 책을 좋아하기 때문이에요. 사실 당신이 읽어줬으면 하는 원고가 있거든요."

뜻밖의 대답이 돌아오자 클로에는 어안이 벙벙해졌다.

"그러니 만약 괜찮다면, 저와 독서 친구가 되지 않겠어요?"

상회를 물려받은 클로에가 도서 출판에 힘을 쏟아 여러 나라를 상대하는 거대한 출판회사를 설립한 것은 이로부터 10년 뒤.

그녀가 손을 댄 책은 전부 다 잘 팔렸지만, 그중에서도 가장 유명한 책은 그녀의 학우인 제국의 황녀, 미아 루나 티어문이 가져온 원고라는 건 유명한 이야기이다.

제47화 도시락 약속

"네? 검술 대회요?"

그날, 미아는 같은 그룹의 소녀들과 함께 식당에서 점심을 즐기고 있었다.

"네, 남학생들이 무척 떠들썩하더군요. 여름방학을 앞둔 마지막 주에 교내에서 대대적으로 열린다나⋯⋯."

"모르셨어요?"

"글쎄요⋯⋯, 기억에 없는데요⋯⋯. 윽, 머리가."

기억을 뒤지려고 한 미아는 별안간 두통을 느꼈다.

검술 대회⋯⋯, 외톨이⋯⋯.

왠지 그 단어에는 무척 불쾌한 추억이 있었던 것 같은⋯⋯.

"그래서 그 검술 대회에는 자신이 좋아하는 남성을 위해 도시락을 준비하는 게 관례라고 하던데, 황녀 전하께선 이미 준비하셨을지 궁금해서⋯⋯."

――도시락!!

미아의 뇌리에 선명하게 되살아나는 광경이 있었다.

이전 시간축에서의 기억. 눈앞에는 큰맘 먹고 주문한 호화로운 도시락⋯⋯.

"제가 준비한 도시락 덕분에 우승했다고 말하게 해주겠어요!"

그렇게 기합이 잔뜩 들어간 미아였지만, 그녀가 도시락을 줄 사람인 시온 왕자는 절대 받으려 하지 않았다.

그걸 주위의 누구에게도 말할 수 없었던 미아는 어쩔 수 없이 혼자서 도시락을 먹게 되었다.

방 안에서 훌쩍훌쩍, 울상을 지으며…….

──그때는……, 무척 힘들었죠…………

미아의 뺨을 타고 눈물이 또르르 흘러내렸다.

"세상에, 화, 황녀 전하! 어째서 갑자기 눈물을."

"누, 누가! 손수건 가져와!"

별안간 소리 없이 울기 시작한 미아를 본 소녀들은 크게 당황했다.

"아, 아뇨. 아무것도 아니에요. 가르쳐주셔서 감사합니다."

미아는 손가락으로 눈물을 훔친 다음 웃으면서 학우들에게 말했다.

──못된 시온 왕자님과는 달리 아벨 왕자님은 신사니까요. 분명 먹어줄 거예요. 그렇고 말고요!

그때와는 상황이 다르고, 심지어 지금의 미아는 이전 시간축과는 계획성도 달랐다.

──우선 사전에 약속을 잡아둬야겠어요.

그랬다. 지금의 그녀는 조금이나마 상식이라는 것을 체득했다. 상대방에게도 사정이 있다는 걸 제대로 이해하게 되었다.

미아 말고도 미리 도시락을 준비한 사람이 없다고 할 수 없다. 그렇기 때문에 사전에 도시락을 가져가겠다고 전달해둘 필요가 있는 것이다.

──나중에 바로 가 봐야겠네요!

그날 방과 후, 미아는 아벨을 찾아갔다.

이날은 승마부 부활동이 있는 날이기도 했기에 쉽게 찾아낼 수 있었다.

"아벨 왕자님."

"아, 미아 황녀. 오늘도 승마 연습을 하러 온 거야?"

승마용 조끼에 긴바지를 입어 완전히 도도한 승마복 차림인 미아를 보고 아벨이 말했다.

"마롱 선배가 칭찬했어. 황녀님의 변덕인 줄 알았는데 진지하게 임한다면서."

부활동은 기본적으로 자유 참가다. 매일 올 필요도 없고, 자유로운 귀족이 많은 학원이기 때문에 미아처럼 빈번히 참석하는 사람은 의외로 드물다.

미아도 탈출 수단을 확보하기 위해 승마기술 연습은 필수이므로 매일 오고 있긴 하지만……, 솔직히 방과 후에는 방에서 뒹굴뒹굴하며 놀고 싶었다.

"우선 지금은 이 말밖에 없는데, 괜찮다면 같이 타고 갈래?"

아벨은 그렇게 말하며 장갑을 벗은 다음 미아에게 손을 내밀었다.

"괜찮은가요? 그럼 감사히……."

미아는 아벨의 손을 잡으려다가 문득 멈췄다.

"어라……?"

"응? 왜 그래?"

"아뇨, 손바닥이 무척 단단해지셨네요."

아벨의 손바닥을 살며시 쓰다듬은 미아가 눈을 굴려 아벨을 올려다보았다.

"아, 응. 사실 곧 검술 대회가 있거든. 그래서 단련하다 보니……."

"그렇군요. 열심히 하고 계시네요……."

그러고 보면 본국의 기사도 이런 식으로 손바닥이 딱딱했던가……? 등등.

눈앞의 아벨은 아직 앳된 면모가 남은 소년으로 보였는데, 왠지 그 얼굴에서 조금 늠름한 분위기가 느껴지는 바람에 미아는 살짝 두근거렸다.

아벨의 뒤에 올라타 그의 등에 팔을 감으면서 조심스럽게 입을 열었다.

"저, 아벨 왕자님. 그, 검술 대회 당일, 말인데요……."

"응?"

"그게……, 점심 도시락을 같이 먹기로 약속한 분이 따로 계신 가요?"

"아니, 딱히 없는데……."

그 대답에 미아는 안도하며 가슴을 쓸어내렸다.

"다행이에요. 그렇다면 아벨 왕자님, 점심 도시락은 제가 준비하게 해주시겠어요?"

"어? 나를 위해……?"

"네. 아벨 왕자님이 이길 수 있도록 멋진 도시락을 준비할게요."

이때 미아는 방심했다.

이제 그때처럼 혼자서 도시락을 먹는 쓸쓸한 경험은 하지 않아도 된다고. 그 안도가, 어중간한 상식이 미아를 방심하게 했다.

조금만 생각해보면 알 수 있었는데, 미아는 그러지 못했다.

도시락은 일찍 수배해두어야 한다는 사실을.

당일엔 모든 가게가 다 바쁘기 때문에 일주일 전이면 예약이 꽉 차버린다는 것을.

"우후후, 기대되네요."

온화하게 웃는 미아는 상상도 하지 못했다.

제48화 안느의 묘안

"어, 어떻게 된 일이죠?"

사태가 판명된 것은 검술 대회까지 앞으로 4일밖에 남지 않았을 때였다. 섬에서 제일 맛있는 도시락 가게로 향한 미아는 가혹한 현실과 마주하고 말았다.

"그날은 좀……. 이 근방의 가게는 다들 예약이 꽉 차서 지금부터 추가하는 건 어려울 겁니다."

자신의 생각이 짧았다는 걸 인정할 수밖에 없었다.

주위 소녀들에게 도시락은 직접 준비해야 한다고 들었던 미아는 안느에게 상담하지 않고 직접 주문하려 했다.

본국에서는 상인과 거래한 적도 있었고, 루드비히 옆에서 그가 매입하는 걸 구경한 적도 있다. 따라서 그런 것쯤은 어렵지 않다고 생각했다.

그게 발목을 잡았다.

──어, 어, 어떻게 하죠……? 어떻게 해야……!

예약은 이미 전부 닫혀버렸다는 이야기를 들은 미아의 등골을 타고 식은땀이 흘렀다.

──금화를 주면……, 어쩌면…….

돈으로 매수하는 건 가장 간단한 방법이다. 거금을 제시하면 이쪽의 주문을 우선시해줄지도 모른다. 하지만…….

──그럴 수는 없어요.

미아는 바로 그 아이디어를 폐기했다. 몇 번 함께 식사하는 사이에 알게 된 사실이지만, 학원의 지배자인 라피나 공작 영애는 청렴한 사람이다.

거금을 줘서 도시락을 억지로 만들게 했다, 는 정도라면 그나마 눈을 감아줄지도 모른다. 하지만 다른 예약을 취소하고 미아를 우선시하게 했다간 어떻게 될지…….

분명 라피나는 크게 실망하고 다시는 미아의 얼굴을 보려 하지 않을 것이다.

"그건……, 너무 무서워요!!!"

하지만 달리 묘안도 떠오르지 않았다. 결국…….

"아, 안느!"

미아는 방에서 대기하고 있던 충신에게 매달렸다.

"미아 님, 진정하세요."

반쯤 울면서 돌아온 미아를 보고 당황하던 안느는 사정을 듣고 바로 행동을 개시했다.

──우선 시장에서 이야기를 들어보는 게 제일 좋겠어…….

미아가 학원 생활을 만끽하는 사이에 안느는 착착 인맥을 쌓아갔다. 처음엔 세인트 노엘 학원의 직원들, 다음으로는 학원과 관련이 있는 상인, 그 상인과 아는 사이인 또 다른 상인으로 넘어갔다.

마을에도 뻔질나게 들락거리면서 시장 사람들과는 이미 얼굴을 아는 사람 이상의 관계를 만들어두었다. 그런 인맥을 총동원한 결과 안느는 대략적인 상황을 이해했다.

"그렇군요. 확실히 힘들겠어요."

애초에 미아가 원하는 멋진 도시락은 이 근방의 가게에선 쉽게 볼 수 없는 상품이다.

도시락은 원래 놀러 간 곳에서 먹는 음식물을 가리키는 말.

그게 필요해지는 건 주로 긴 여행을 할 때인데, 평민들이 상상하는 도시락이라고 하면 말린 고기나 건빵 등 쉽게 썩지 않는 대신 맛도 없는 음식이었다.

사실 그 점은 귀족이어도 크게 다르지 않다.

먹어도 배탈이 나지 않는 것, 안전하게 영양을 보충할 수 있는 것을 중시하다 보니 맛은 뒷전이었다.

따라서……, 선물 받은 사람이 기뻐할 법한 '맛있는 도시락'이란 솔직히 수요가 없었다.

민중은 그런 걸 굳이 돈을 내가며 사지 않고, 학원에 다니는 학생들에게도 일상적으로 필요한 품목이 아니다.

그걸 다루는 가게의 수는 한정적이기 때문에 지금부터 주문해도 대응할 수 없는 상황이 만들어진 것이다.

"그렇다는 건 노동력이 부족하다는 거군요."

우선 최악의 사태는 피했다며 안느는 안도의 한숨을 쉬었다.

안느가 가장 두려워했던 것, 그건 재료 부족이었다. 도시락을 만들 재료를 입수할 수 없으면 어떻게 해보지도 못한다.

"하지만 그런 거라면……."

안느는 시장을 돌아 도시락 재료를 수배했다. 그 후 미아의 방으로 돌아왔다.

"어, 어땠나요? 안느, 해결할 수 있겠어요?"

불안해하며 매달리는 미아를 향해 안느는 작게 고개를 끄덕였다.

"어떻게든 될 것 같습니다."

대답을 들은 미아는 자기도 모르게 가슴을 쓸어내렸다.

"역시 안느예요! 만들어줄 수 있는 가게를 찾은 거죠?"

"아뇨, 미아 님. 그건 불가능합니다."

다시 미아의 안색이 창백해졌다.

"그, 그럼 어떻게 해야 하죠?"

"만듭시다."

안느는 무언가를 결의한 얼굴로 미아를 보았다.

"……네?"

이어서 어리둥절해져서 고개를 갸웃거리는 미아의 손을 꼭 붙잡았다.

"저도 도와드릴 테니까 미아 님께서 직접 아벨 왕자님의 도시락을 만드는 거예요."

"마, 만든다고요? 제가요?"

당연하게도 미아는 요리를 해본 적이 없다.

"네. 아마 모르실 테지만, 평민 사이에는 남편을 위해 아내가 만드는 도시락을 '아내의 손맛'이라고 부르면서 기뻐하는 관습이 있습니다. 남성은 여성이 요리를 만들어주면 기뻐하는 법이거든요."

자신만만한 얼굴로 그런 말을 하는 안느.

"그, 그런 거로군요. 참고로 안느……, 안느는 요리를 잘하나요?"

"…………빵 정도라면 구워본 적이 있습니다."

──아, 이거 망하는 전개잖아요!

그 말의 뉘앙스에 담긴 위험한 분위기를 민감하게 감지한 미아
였다.

제49화 미아 황녀, 유능하다! 2

안느의 말에 위기감이 자극된 미아는 바로 도우미를 모으러 나섰다.

하지만 쓸 만한 인맥은 그리 많지 않았다. 미아의 추종자들은 대부분 요리를 한 적도 없을 귀족 영애들이고, 세인트 노엘 학원에 다니는 학생도 거의 요리를 해본 적 없는 귀족이기 때문이다.

하지만 예외는 있다.

우선 미아는 클로에를 찾아갔다.

그녀의 본가인 포크로드 가는 귀족이긴 해도 작위를 돈으로 산 집안이다.

현재도 그 생활은 상가로서의 성격이 강하다.

요리를 할 수 있을 가능성이 제법 컸다.

"앗, 미아 님…… 네? 요리…… 말인가요?"

갑작스러운 질문에 클로에는 어리둥절해져서 고개를 갸웃거렸다.

"네, 압니다. 읽은 적 있어요."

클로에가 생글생글 웃으면서 대답했다.

안다……, 읽은 적, 있다…….

──애도 좀 틀린 것 같군요.

클로에의 말에서도 은은하게 위험한 향기를 감지한 미아였지만, 그래도 일단 전력은 확보해두기 위해 클로에에게 도시락 만들기를 권유했다.

수단과 방법을 가릴 수 있을 만큼 여유롭지 않다.

"네, 그날이라면 딱히 예정은 없으니까 괜찮은데요……."

흔쾌히 받아들여 준 클로에와 작별한 뒤 미아는 다음으로 스카우트할 사람을 찾으러 떠났다.

이번에 미아가 향한 곳은…………

"……딱히 마땅한 사람이 없어요!"

빠르게도 막혀버렸다.

인맥을 열심히 쌓아왔다는 자부심이 있었던 만큼 미아에겐 큰 충격이었다.

——애초에 이 학원에서 요리할 수 있는 사람을 찾으려 하다니, 거기서부터 이미 무리수예요!

마음이 꺾여서 분풀이로 잠이나 자기 위해 방으로 돌아가려 한 그때, 안느가 걸어오는 게 보였다.

"미아 님! 찾았습니다. 요리 할 수 있는 사람."

"정말인가요?! 안느가 아는 사람 중에 요리할 수 있는 사람이라니……."

잠시 생각에 잠긴 미아는 바로 결론에 도달했다.

"아, 혹시 리오라 말인가요?"

티오나의 종자, 리오라를 떠올린 미아였으나…….

"앗, 아뇨. 그게……. 리오라 씨는 토끼를 사냥해서 그 자리에서 해체하거나 통구이로 굽는 건 특기라고 하지만요……."

상당히 야생적인 요리법이다. 숲의 민족이 숲에서 살기 위해서는 필수 스킬일지도 모르지만……, 도시락을 만들 때는 얼마나 도움이 될지 미지수였다.

"리오라 씨가 아니라 티오나 님께서 요리를 잘하신다고 하셨습니다."

"티, 티오나 양…… 말인가요?"

미아는 무심코 머뭇거렸다.

가급적 가까워지지 않도록, 최대한 인맥을 만들지 않으려고 했던 무리의 필두다. 자신을 단두대에 보낸 미운 사람이기도 하다.

하지만…….

"네. 학원에 오기 전엔 가끔 부엌일을 도왔다고……."

이해가 갔다. 루돌폰 가는 귀족이라고 하기에도 민망할 만큼 가난한 귀족이다. 심지어 광활한 영토는 농경지로 쓰이고 있다.

사용인 대부분은 그쪽에서 일하기 때문에 티오나가 요리를 도왔다는 것도 이해하지 못하는 건 아니었다.

참으로 전력이 될 것 같았다.

"으윽, 어, 어쩔 수 없네요……."

미아는 속으로 피눈물을 흘리며 티오나를 찾아갔다.

"앗, 미아 님……. 무슨 일 있으신가요?"

갑작스러운 방문에 놀라는 티오나를 향해 미아가 말했다.

"티오나 양, 요리가 특기라 들었는데 사실인가요?"

"네, 그렇습니다."

긍정하는 티오나. '이 정도면 무사히 만들 수 있을까?' 하고 순간 기뻐하려던 미아였으나…….

"늘 채소를 썰었으니까요. 채썰기는 자신 있습니다."

그 말을 듣자마자 불안해졌다.

"……그것 말고는요?"

"다지기도 잘합니다."

미아는 요리에 관련된 지식이 없다. ……없지만, 미아의 본능이 호소했다.

써먹지 못할 정도는 아니지만 애매하다…….

그래도 미아는 그녀에게 의지할 수밖에 없었다. 쓸 수 있는 건 뭐든 쓰리라!

"티오나 양, 사실 저는 검술 대회 때 아벨 왕자님에게 도시락을 드리려고 하는데요……. 당신도 같이 어떠신가요?"

"네? 하지만……, 저 같은 게 황녀님과 함께 하는 건……. 게다가 저는 줄 사람이 아무도 없습니다……."

그 말을 들었을 때 불현듯 미아의 뇌리에 악마 같은 발상이 번뜩였다.

"아, 그래요. 그렇다면 그 녀석…… 크흠! 으음, 시온 왕자님께 드릴 걸 만드는 건 어떠신가요?"

미아의 예감에 따르면 이 도시락이 성공할 가능성은 그리 크지 않다. 자칫 잘못하면 미아와 도우미들이 만든 괴상한 요리를 먹는 바람에 아벨 왕자가 배탈이 나서 검술 대회에서 좋은 결과를 내지 못할지도 모른다.

하지만……, 그걸 시온 왕자에게도 먹일 수 있다면…….

──그러면 물귀신처럼 끌어들일 수 있어요. 딱 좋은 복수가 될지도 모르겠네요!

이미 수제 도시락은 발뺌할 수 없는 단계에 와 버렸다. 그렇다면, 그렇기 때문에 그냥 실패만 하고 끝낼 수는 없다.

밉살맞은 적에게 한 방 먹일 기회로 활용해버려야지!

그렇게 미아는 긍정적으로 발상을 전환한 것이다. 긍정적이란 뭘까.

──게다가 저만 나쁜 게 아니라 티오나 양까지 엮여있다면 시온 왕자님도 저만 원망하진 못하겠죠. 멋진 복수법이에요!

시커먼 미소를 짓는 미아.

하지만 시온 왕자를 끌어들이는 바람에 그녀의 꿍꿍이는 뜻밖의 방향으로 굴러가 버렸다.

제50화 키스우드도 유능하다!

시온 솔 선크랜드는 연무장에서 검을 휘두르는 연습을 하고 있었다.

그 검이 그리는 궤적은 예리하고, 성인이라 해도 어지간한 병사는 당해내지 못할 만큼 고도의 경지를 눈앞에 두고 있었다.

날카롭게 파고들었다가 옆으로 쓸어버리는 동작을 마쳤을 때, 짝짝짝 손뼉을 치는 소리가 들렸다.

"아침부터 열심히 하네, 왕자 전하."

"키스우드냐. 여전히 기척을 잘 숨기는군. 누가 왔나 했더니."

종자가 나타난 김에 잠시 쉬려고 한 건지 시온은 모의용 검을 내려놓고 땀을 닦았다. 찰랑찰랑한 머리카락에서 흩날리는 땀방울이 햇빛을 반짝반짝 반사했다.

이런 동작에 마음을 빼앗기는 여성도 많겠다고 생각하면서 키스우드는 입을 열었다.

"누구에게 도시락을 받을지 정했어?"

"누구의 도시락도 받을 생각 없다."

갑작스러운 질문에 돌려주는 왕자의 대답은 가차 없었다.

시온 왕자에게는 이미 수십 명의 여학생에게서 도시락을 주고 싶다는 부탁이 들어왔다. 하지만 시온은 그걸 일일이, 정중하게 거절했다.

"오? 그럼 혹시 내 수제 도시락을 바라시나?"

키스우드의 농담에 시온은 장난스럽게 씩 웃었다.

"그래. 가끔은 네 요리도 먹어보고 싶군. 선크랜드에 있을 때는 자주 만들어줬잖아?"

어릴 때부터 철저한 제왕학 교육을 받아온 시온은 먹을 것도 엄격하게 관리되었다.

총명하고 이해력이 뛰어난 시온은 단 한 번도 그 맛없는 요리에 불평한 적이 없었지만, 친우인 키스우드에게는 곧잘 불만을 늘어놓았다.

그래서 키스우드는 밤마다 조리실에 숨어들어 시온에게 야식을 만들어주었다.

그 결과 시온의 이에 충치에 생기는 바람에 둘 다 혼난 것도 즐거운 추억이다.

"이쪽은 선의로 한 건데 엄청 트집을 잡아댔던 걸로 기억한다만……."

"당연하지. 나는 대국의 왕자 전하인걸. 맛에는 깐깐해."

익살스러운 미소를 지으며 시온이 말했다.

"뭐, 농담은 이쯤하고. 수배는 해놨지?"

시온은 누군가에게 도시락을 받을 마음이 없었다. 선크랜드 왕국의 왕자라는 직함은 영향력이 크다. 지나치게 크다.

가벼운 마음으로 특정 누군가와 친하게 지냈다간 훗날 나라에 불이익이 될지도 모른다.

──대충 그런 생각을 하는 거겠지, 우리 주군은.

하아, 하고 한숨을 쉰 키스우드는 어깨를 으쓱했다.

——뭐, 틀린 건 아니지만 조금 더 어깨에서 힘을 빼도 괜찮지 않을까.

시온도 한창때의 소년이다. 예전에 맛있는 걸 먹고 싶다고 투정을 부렸던 것처럼, 이번에도 누구에게도 도시락을 받지 못하는 걸 쓸쓸하다 느끼진 않을까.

"하고 싶은 말이 있는 것 같은데."

"아뇨, 딱히 없습니다."

키스우드는 살랑살랑 손을 내저으며 연무장을 뒤로했다.

"……하지만 시온 전하가 받아도 괜찮은 사람은 한정적이란 말이지."

첫 번째 후보로 떠오른 사람은 선크랜드와 비슷한 수준의 대국인 티어문 제국의 황녀의 얼굴이었다.

"미아 황녀님의 제안이라면 시온 님도 거절하진 않을 것 같지만……."

안타깝게도 그 총명한 황녀는 아벨 왕자에게 도시락을 주겠다고 약속했다 들었다. 키스우드는 아직도 이해하지 못했으나 그녀는 아벨 왕자에게 상당히 푹 빠진 모양이었다.

"앗, 키스우드 씨. 마침 잘됐네요."

문득 자신을 부르는 목소리에 키스우드는 뒤를 돌아봤다.

"어라? 루돌폰 백작 영애."

그에게 말을 건 사람은 티어문 제국의 변경백의 영애, 티오나 루돌폰이었다.

"오늘은 무슨 일이시죠?"

"네, 사실은……."

이야기를 들은 키스우드는 내심 신음을 흘렸다.

──세 사람의 합작인데 그중 한 명은 지위가 낮은 귀족, 또 한 명은 돈으로 귀족 작위를 산 상인의 딸. 게다가 줄 사람이 한 명 더 있다고.

확실히 그렇다면 시온이 특정한 여학생과 연인 관계라는 성가신 소문이 퍼지지도 않을 것이다. 게다가 미아 황녀의 우호적인 의사만큼은 확실하게 전할 수 있다.

──역시 미아 황녀인데.

이중, 삼중으로 꼼꼼하게 대비한 계획.

역시 제국의 예지는 오늘도 대단하다며 감탄하던 키스우드였으나…….

불현듯.

등을 타고 차가운 것이 오싹오싹 기어 올라왔다. 그건 오한, 혹은 세간 일반에서 말하는 육감이었던 건지도 모른다.

왠지 자신의 주군에게 커다란 위기가 닥치는 것 같은……. 지금 여기서 자신이 고개를 끄덕였다간 검술 대회에 큰일이 날 것 같은, 그런 압도적인 예감.

눈앞에서 생글생글 웃는 티오나에게선 악의가 느껴지지 않는다. 하지만.

──일단 어떻게 하고 있는지 구경은 하도록 할까?

이리하여 주군의 몸에 절실한 위기가 닥쳤다는 걸 알아차린 키스우드는 미아 요리단에 참가하게 되었다.

그의 영단이 시온 왕자와 아벨 왕자의 컨디션 보호에 막대한 공헌을 했다는 사실은 관계자 중 누구도 눈치채지 못했다.

제51화 키스우드의 요리 교실

검술 대회 사흘 전. 키스우드는 조리실에서 도시락을 만들기 위한 예행연습을 한다는 미아 요리단을 시찰했다.

그리고…… 그 참상에 뒷목을 잡았다.

"미아 황녀 전하……, 그 빵은 뭡니까?"

치덕치덕 빵 반죽을 주무르며 모양을 잡던 미아는 키스우드의 질문에 의기양양한 얼굴로 대답했다.

"아벨 왕자님께선 승마부에 들어가셨을 정도로 말을 좋아하시니까요. 분명 기뻐하실 거예요."

뺨에 밀가루를 묻힌 채로 당당하게 가슴을 폈다. 자신의 '작품'을 앞에 두고 짓는 회심의 미소였다.

"그렇군요, 확실히 상대방을 생각하며 요리하는 건 기본이죠."

키스우드는 감탄했다는 듯 고개를 끄덕였다.

"하지만 미아 황녀 전하, 이 빵에는 치명적인 결함이 있습니다. 안느 씨, 설명을."

그리고는 옆에 있던 안느에게 배턴을 터치했다.

안느는 알겠다는 듯 진지한 얼굴로 고개를 끄덕였다. 제빵엔 익숙하기 때문에 미아가 만든 빵의 문제점을 제대로 간파한 모양이었다.

"네. 미아 님, 말은 조금 더, 여기, 귀 부분이요……."

"아닙니다. 이렇게 크고 두꺼우면 반죽 안쪽까지 구워지지 않는다고요. 무슨 수로 망아지만 한 빵을 구울 생각이십니까. 좀 더 작고 납작하게 만드셔야 합니다."

미아 앞에 놓인 실제 망아지 크기의 반죽. 마치 조각상 같은 그것을 가차 없이 분해해서 콱 짓눌렀다.

미아가 '아앗!' 하며 슬픔의 비명을 지르는 게 들렸지만 무시했다.

"이 정도 크기로 하시면 됩니다. 아셨죠! 미아 황녀 전하."

"……………."

뾰로통해져서 불만이라는 듯 뺨을 부풀리는 미아를 향해 한 번 더 당부했다.

"아셨죠?!"

"……하아, 어쩔 수 없군요."

마지못해 받아들인다는 듯 어깨를 으쓱하는 미아를 보고 순간적으로 짜증이 솟구친 키스우드였으나 참았다.

"키스우드 씨, 제 채소는 어떤가요?"

"아, 루돌폰 백작 영애…… 칼질은 특기라 하셨죠."

키스우드는 티오나가 썰어 놓은 채소를 보고 얼굴을 꿈틀거렸다.

"하지만……, 시온 전하도 아벨 왕자님도 초식동물이 아니므로 채소만 그렇게 잔뜩 드시진 못할 겁니다."

키스우드는 '커다란 그릇 네 개에 가득 쌓일 정도라니 얼마나 많이 썰어 놓은 겁니까!'라고 매섭게 딴죽을 걸고 싶어지는 걸 가까스로 참았다.

아무튼 상대방은 백작가의 영애다. 그것도 대국 티어문 제국의 귀족이다. 참아야 한다.

키스우드의 인내심은 절찬 시험받고 있었다.

"음? 이 냄새는……."

"고기, 구웠어요."

조리실의 뒷문을 열고 리오라가 들어왔다.

"이건……, 무척 맛있게 구웠네. 리오라 양."

자글자글 소리를 내면서 육즙을 뚝뚝 흘리는 닭고기. 군데군데 그을리긴 했지만 참으로 맛있어 보였다.

맛있어 보이긴 했지만…….

"요리를 줄 사람을 조금 더 고려해주면 참 좋겠는데 말이야……."

왜 조리실에 있는 오븐을 쓰지 않은 건데!

왜 굳이 뜰에 가져가서 숯불구이를 한 건데?!

너무나 야생적인 데다, 위생적인 관점에서도 왕자들에게 대접하기는 곤란했다. 그렇게 주문을 덧붙이려고 하던 차에 옆에서 끼어드는 사람이 있었다.

"맞아요. 리오라 씨. 왕자님께서 드실 거잖아요."

클로에는 두꺼운 요리책을 한 손에 들고 말했다.

──아아, 역시 포크로드 상회의 아가씨. 상식을 제대로 갖……

"재료 본연의 맛을 살리기 위해서는 날고기가……."

"절대 안 됩니다. 멈추세요."

키스우드는 즉시 차단했다.

273

클로에가 들고 있는 책의 제목이 '비경의 독특한 맛'이었다는 걸 뒤늦게 깨달은 키스우드였다.

"네? 하지만 말의 간을 회 떠서 먹으면 맛있다고 책에 적혀 있었는데요. 게다가 승마부 소속이신 아벨 왕자님께는 말 요리가 좋을 것 같아서……."

"우선 내장은 전문적으로 다루는 가게에 가서 먹는 법입니다. 게다가 미아 황녀 전하와 같은 논리로 말 요리 같은 말을 하지 말아 주세요. 승마부에 소속되신 분께 말고기라니, 그거 괴롭히는 셈이거든요. 말 모양의 빵과는 차원이 다른 괴롭힘이니까요!"

키스우드는 어중간한 지식을 지닌 요리 초보가 제일 위험하다는 걸 새삼 깨닫게 되었다.

──이거 큰일인데.

그는 손 쓸 수 없을 만큼 망해버리기 전에 즉시 움직이기로 했다.

"황녀님과 숙녀 여러분. 지금부터 제가 하는 말을 잘 들어주십시오."

키스우드가 엄숙하리만치 조용하면서도 위엄 있는 목소리로 말했다.

"도시락을 만드는 당일엔 제가 시키는…… 지시에 따라주시길 바랍니다."

본심이 슬쩍 나와버렸지만, 지금은 거기에 신경을 쓸 때가 아니다.

"당일 메뉴는 간단한 샌드위치로 합니다. 아셨죠?"

"네? 더 정성이 들어간 요리가…….."

"아셨죠?!"

"히익! 아, 아, 알겠습니다."

끝내 살기를 뿌리고 말았다는 걸 살짝 후회하면서, 키스우드는 절대로 물러날 수 없는 전장에 발을 들여놓았다는 걸 깨달았다.

제52화 미아 황녀, 두근거리다!

검술 대회 이틀 전. 미아는 아벨에게 사정을 설명하러 찾아갔다.

마침 지금부터 호숫가에 검술 연습을 하러 간다고 했기에 함께 걸으면서 이야기하기로 했다.

"그래? 수제 도시락이라……."

보통은 제대로 된 가게에 주문하는 걸 아마추어보다 못한 자신들이 만들게 되었다.

──제가 만드는 요리도 제법 괜찮지 않은가요?

미아는 키스우드가 들었다간 기절할 것 같은 생각을 하고 있었지만.

아무리 그래도 프로 요리사의 실력에는 미치지 못한다는 것쯤은 자각하고 있다.

그래서 사전에 맛이 좀 부족할 수 있으니 미안하다고 밑작업을 치러 온 것이었다.

"죄송합니다, 아벨 왕자님. 사실은 최고급 가게에서 주문했어야 했는데……."

"아니, 괜찮아. 괜찮은 정도가 아니라 오히려 기뻐."

"기쁘다고요?"

"그래. 어머니가 이따금 만들어주셨거든."

렘노 왕국에선 귀족이라고 해도 여성의 지위는 그리 높지 않다.

기본적으로 그건 좋은 일이 아니지만, 반대로 귀족 여성이라고 해도 평민처럼 행동할 수 있다는 뜻이기도 하다.

다른 나라에 비해 귀족이라 해도 남편이나 아이를 위해 요리를 만드는 부인이 드물지 않았다.

"확실히 전문 요리사가 만드는 것보다 덜 맛있을지도 모르지만, 그래도 어머니나 누님이 열심히 만들어주셨다는 것만으로도 기뻤어."

부드러운 목소리로 '기대할게'라고 말하는 아벨. 뜻밖의 반응을 본 미아는 수제 도시락에 요구되는 수준이 한 단계 올라갔다는 걸 느꼈다.

──설마 아벨 왕자님이 수제 도시락에 익숙했을 줄이야⋯⋯. 직접 만들었기 때문에 수준이 좀 떨어진다는 말은 하지 못하게 되었어요. 역시 좀 더 정성이 들어간 요리를⋯⋯.

미아의 생각이 좋지 않은 방향으로 향해가던 때였다.

"와⋯⋯."

별안간 눈 앞에 펼쳐진 광경을 본 미아는 작게 환호성을 질렀다.

시선이 닿는 곳을 점령하는 푸른색. 맑고 잔잔한 호수면이 햇빛을 반사해 반짝반짝 빛나는 것처럼 보였다.

하얗고 아름다운 모래사장에는 인기척이 거의 없어 조용한 물결 소리만 울려 퍼졌다.

"이렇게 멋진 곳이 있다니, 몰랐어요⋯⋯."

이전 시간축에서도 한 번도 온 적이 없는 장소였다.

"그래? 마음에 들었다니 다행이야."

아벨은 그렇게 말한 뒤 살며시 손을 내밀었다.

"발밑을 조심해."

매끄럽고 자연스러운 에스코트에 미아의 가슴이 살짝 두근거렸다.

——으, 으음. 남자로서 당연하죠!

조심스레 손을 잡았다.

예상했던 것보다 단단하고 듬직한 손바닥에 미아는 또다시 두근거렸다.

——아아, 이렇게 아름다운 호숫가를 남성과 함께 걷는 날이 오다니…….

지하 감옥에 있을 때는 상상도 하지 못했던 순간이다.

미아가 절절히 행복을 곱씹고 있을 때였다.

"하지만 조금 아쉽긴 해."

아벨이 작게 중얼거렸다. 미아는 의아해하며 고개를 갸웃거렸다.

"뭐가 아쉽다는 거죠?"

"아니, 미아 황녀의 도시락을 독점하지 못하는 게…….."

"……네?"

장난기 어린 미소를 짓는 아벨. 그 갑작스러운 한마디에 심장이 크게 뛰었다.

——무, 무, 무슨 말을 하는 거죠?! 이, 이 사람은 진짜!

지하 감옥에서 수도 없이 상상하고 망상했던, 공상 속 시추에

이션.

연인과 함께 걷는 모래사장…….

달콤한 대화…….

아무런 각오도 없이 그런 상황에 처박힌 미아는 패닉에 빠지기
직전이었다.

——지, 진정해야죠. 마, 맞아요. 심호흡!

갑자기 얼굴이 빨개져서 호흡이 거칠어진 미아. 그걸 본 아벨
은 걱정하며 미아의 얼굴을 들여다보았다.

"음? 조금 피곤해?"

"네? 아, 네, 마, 마마, 맞아요."

아벨은 나무가 그늘을 드리운 곳으로 미아를 데려간 다음 자신
의 재킷을 모래사장 위에 펼쳤다.

"잠시 여기 앉아서 쉬도록 해. 지루할 테니까 회복하고 나면 먼
저 돌아가."

그 위에 미아를 앉힌 아벨이 조용히 검술 연습을 시작했다.

"어머나, 제법 열심히 연습하고 계시는군요."

조금 전에 잡았던 아벨의 손바닥은 완전히 단단해져 있었다.
그건 그가 얼마나 많이 검을 휘둘렀는지를 드러냈다.

"하하, 이렇게 필사적으로 검을 휘두른 적은 지금까지 한 번도
없어. 어떻게든 이기고 싶은 사람이 있거든."

그렇게 말한 뒤 아벨은 문득 무언가를 떠올렸다는 듯한 표정을
지었다.

"그래서, 그래. 도시락. 아쉽지만 조금 안심하기도 했어."

"……네?"

"아니, 나만 미아 황녀의 도시락을 먹으면 그 도시락 덕분에 시온 왕자를 이겼다는 말을 들을지도 모르니까."

그렇게 말하며 눈부신 미소를 짓는 아벨.

"……허?"

그 상쾌한 얼굴을 본 미아는 풍선에서 바람이 빠지는 듯한 이상한 소리만 튀어나왔다.

제53화 완성! 말 모양 샌드위치!

검술 대회 당일, 아침.

키스우드 총감독 아래에서 샌드위치 만들기가 시작되었다.

"그럼 리오라 양은 예정대로 저기 있는 오븐에 고기를 구워. 평소 하던 것과는 조금 다르지만 불 조절은 오히려 더 쉬울 거야."

"네. 알았어요."

리오라는 등을 꼿꼿하게 세워서 대답한 다음 닭고기를 다듬기 시작했다.

먼저 깃털을 쫙쫙 뽑고 껍질을 쭉쭉 벗긴 다음 내장을 처리했다.

소금과 향초, 향신료로 간을 한 뒤에⋯⋯, 오븐에 턱 집어넣었다.

철퍽, 하고 불길한 소리가 들린 것 같았지만⋯⋯ 키스우드는 못 들은 척했다.

구우면⋯⋯, 불로 굽기만 하면 먹지 못할 수준은 아닐 것이다.

스스로를 타이른 뒤 다음으로 이동했다.

"고기는 모양이 이상해도 괜찮아. 그 외엔⋯⋯."

"키스우드 씨, 이런 느낌이면 될까요?"

티오나가 찾아왔다. 그 가녀린 팔이 들고 있는 걸 본 키스우드는 고개를 크게 끄덕였다.

"좋습니다. 역시 루돌폰 백작 영애시군요."

키스우드의 칭찬에 티오나가 수줍게 웃었다.

원래 분량만 실수하지 않는다면 티오나는 충분히 전력이 될 수 있는 사람이었다. 문제는…….

"빵도 이제 굽기 시작해도 괜찮을까요?"

그렇게 말하며 미아가 내민 것을 봤을 때……, 키스우드는 무심코 머리를 부여잡고 싶어졌다.

다행히 반죽은 안느가 전면적으로 손을 댄 모양이었다. 제대로 잘 섞인…… 것처럼 보이는 것도 같았다.

따라서 틀만 제대로 잡으면……, 샌드위치로 만들기 좋은 형태이기만 하면 되는 거였으나…….

미아가 만든 그것은 지난번과 마찬가지로 말 모양이었다.

──사각형으로 만들라고 했는데…….

아니, 다소 성장한 모습은 보였다. 제대로 안쪽까지 구워질 수 있도록 납작하게 만들었고, 크기도 상식적인 빵의 범주에 들어갈 정도였다.

하지만 역시 모양이 문제였다.

……아무래도 말이다. 몸통 부분도 묘하게 사실적으로 만드는 바람에 약간 가늘었다.

이런 모양의 빵 사이에 어떻게 속을 채워 넣을 생각이냐고 반사적으로 짓눌러서 반죽 상태로 되돌려놓고 싶어졌지만…….

설레는 얼굴로 대답을 기다리는 미아를 보자 영 그러기 어려웠다.

국가 간의 외교적 관점도 그렇지만, 미아가 열심히 만든 흔적이 보이는 그것을 뭉개는 건 아무리 키스우드라고 해도 내키지 않았다.

하지만 이대로는 속이 빠져나올 것이다. 한입 베어 물었을 때 속이 탈주해서 처참해질 것이 확실하다.

──그렇다면.

"포크로드 양, 미안하지만 안느 씨와 함께 화이트소스를 만들어주겠어? 재료는……."

"아, 괜찮습니다. 읽은 적 있으니까요. 안느 씨, 지금부터 말하는 걸……."

클로에의 지시에 안느가 빠르게 재료를 가져왔다.

원래 클로에는 키스우드에게 지지 않을 만큼 지식이 있었다.

정확한 지식(날고기나 특이한 맛이 아니라, 결코 그런 마니악한 게 아니라)을 끌어내기만 한다면 그녀는 충분히 전력이 된다.

──좋아, 그 소스를 접착제 대신으로 쓰자.

미아가 만든 빵의 가장 큰 문제는 가운데에 끼울 고기와 야채가 빠져나가는 점이다. 따라서 키스우드는 소스를 이용해 고기와 채소를 고정할 생각이었다.

잘 구워진 말 모양 빵에 소스를 듬뿍 발라 그 위에 채소를 올리고, 또 그 위에 소스를 바른 다음 고기를 끼워서…….

"좋아, 완성……."

이리하여 키스우드의 고심작, 말 모양 샌드위치가 무사히 완성되었다.

모든 작업을 마쳤을 때, 미아가 키스우드에게 다가왔다.

"감사합니다, 키스우드. 덕분에 살았어요."

미아의 인사를 받은 키스우드는 작게 고개를 숙였다.

"과분한 말씀입니다. 시온 전하께 전달해드리겠습니다."

종자의 공헌은 주인의 공헌. 종자를 칭찬하는 건 주군을 칭찬하는 것. 따라서 키스우드는 미아의 말을 당연히 시온에게 한 말이라고 생각했다.

하지만.

"아뇨. 시온 왕자님과는 상관없습니다. 당신에게 고마워하는 거예요, 키스우드."

미아는 키스우드의 눈을 똑바로 바라보았다.

"당신 덕분에 이렇게 도시락을 만들 수 있었는걸요."

그렇게 말한 미아가 눈부신 미소를 지었다.

──아하, 이렇군. 이런 식으로 상대방의 마음을 사로잡는 건가.

그런 미아를 보며 키스우드는 내심 감탄했다.

보통 귀족은 종자에게 머리를 숙이지 않는다. 자존심이 용서하지 않기 때문이다.

하지만 미아 황녀는 그런 시시한 상식에 얽매이지 않는다.

솔직하게 고맙다고 인사한다.

오랫동안 귀족 사회에서 살아왔던 키스우드에게 그건 신선한 충격이었다.

──시온 전하보다 먼저 만났다면 그녀를 모셨을지도 몰라.

키스우드는 몰랐다. 미아가 속으로 무슨 생각을 하는지…….

──그딴 인간에게 고마워하다니 절대 싫어요!

실제로는 이렇게 치졸한 생각을 하고 있다는 걸 알 리가 없었다.

사실 이전 시간축에서는 키스우드에게도 상당히 호된 꼴을 당했지만, 그건 그거고…….

——종자의 죄는 주군의 죄. 전부 그 녀석이 나쁜 거예요!

미아의 사고방식이 참으로 귀족적이자 상식적인 줄은 꿈에도 예상하지 못하는 키스우드였다.

제54화 검술 대회 ─아벨의 싸움─

세인트 노엘 학원에서는 1년에 두 번, 여름과 겨울에 검술 대회를 연다.

원칙상 모든 남학생이 참가해야 하는 의무가 부과되는 이 대회는 매년 성황리에 열리는 대형 이벤트이기도 하다.

"활기가 대단하네요, 미아 님."

"그러게요. 마을이 통째로 학원 안으로 이동한 것 같아요."

넓은 교정에는 3개의 특설 경기장이 설치되었고, 그 주위에는 수많은 노점이 가득했다.

세인트 노엘 학원은 왕후 · 귀족의 자제가 모이는 학교이기 때문에 보통 때는 이런 식으로 일반 민중이 마구 발을 들여놓을 수 없다.

하지만 이날은 특별했다. 라피나의 엄격한 심사를 통과한 상인들이 저마다 가게를 연 교정은 마치 축제라도 열린 것 같았다.

──그러고 보면 이전 시간축에서도 노점을 돌았었죠.

…………혼자였지만.

이전 시간축의 미아는 이 노점을 시온과 함께 돌 생각이었다. 거절당할 줄은 조금도 상상하지 못하는 바람에 다른 사람들이 같이 돌자고 해도 거절해버렸기 때문이다.

결과적으로 시온은 준비해온 도시락도 먹어주지 않았고, 노점도 같이 돌지 않았으므로.

미아는 혼자 도시락을 먹고 혼자 노점을 돌았다.

──그건…… 참 괴로웠어요.

즐겁게 구경하는 학우들의 모습을 보고 화가 나는 바람에 원망 어린 눈빛을 보낸 결과 미아 황녀는 검술 대회를 싫어한다는 소문이 퍼졌고, 이듬해부터는 누구도 같이 놀자고 하는 사람이 없어졌다.

"아, 저기 보세요! 미아 님. 저거 맛있어 보여요."

"그러게요. 그럼 안느, 미안하지만 나와 클로에와 당신 것까지 사 와주세요."

"네, 알겠습니다!"

종종걸음으로 걸어간 안느는 바로 작은 종이상자에 담긴 음식을 들고 돌아왔다.

달달하고 저렴한 맛의 냄새가 나는 음식이었다. 위쪽에 놓인 빨간 것을 손가락으로 집어서 입에 넣자 콧속이 확 뜨거워졌다.

동시에 미아는 깨달았다.

자신의 뺨을 타고 눈물이 흐른다는 것을…….

──아아, 저 감동했군요…….

이런 식으로 안느와 클로에라는 친한 사람들과 함께 노점을 돌 수 있다니. 얼마나 행복한가.

──저는 아마 지금 무척 행복한 거예요……. 그래서 눈물이…….

"미아 님! 그거, 그거!"

클로에가 당황해서 손을 붕붕 휘둘렀다.

"네?"

"그건 홍겨자예요. 엄청 맵다고요! 뱉으세요, 빨리!"

"네? 앗, 매, 매워! 매워요! 코가 얼얼해요!"

커다란 눈동자에서 눈물을 뚝뚝 흘리는 미아. 너무 매워서 코 끝이 새빨개졌다.

"무, 물, 물 좀, 누가……."

"자, 이걸 마셔."

불현듯 옆에서 튀어나온 음료를 냉큼 받아든 미아는 단숨에 입 안으로 흘려보냈다.

산뜻하고 감귤류의 맛이 입안에 퍼지자 겨자의 매운맛이 지워 졌다.

"아아……, 살았어요. 감사합니다."

눈에 눈물을 매달고 올려다본 곳에 있는 얼굴은…….

"아니, 도움이 되어서 다행이야."

"아, 아벨 왕자님!"

그곳에 있던 사람은 모의전용 기사 갑옷을 입은 아벨이었다. 가죽으로 된 흉갑과 팔꿈치 보호대라는 간편한 차림이었지만, 갑 옷을 입은 그 모습은 참 늠름했다. 미아는 자기도 모르게…….

──이, 이 정도로 두근거릴 리가 없잖아요!

속으로 브레이크를 걸었다.

"아, 죄송합니다. 혹시 이거 시합 중에 마시려던 것이었나요?"

미아는 손안의 수통을 보며 말했다.

"바로 다른 걸 사서……."

"괜찮아. 아직 반 넘게 남았잖아."

그렇게 말하며 아벨은 미아에게서 자연스럽게 수통을 돌려받아 허리춤에 찔러 넣었다.

——어, 어라? 아벨 왕자님, 그 수통 그대로 드실 생각인 건가요? 하지만 저건 지금 막 제가 입을 댔던 건데……, 그걸 그대로 마시면…… 어라?

그 모습을 보고 크게 동요한 미아는 머리가 새하얘졌다.

지나치게 의식해버렸다고 할 수 있다.

애초에 아벨은 12살의 남자다. 남녀 간의 연애에 그리 잘 아는 것도 아니다.

게다가 시합 전이기도 하기 때문에 미아처럼 쓸데없이 망상의 날개를 펼칠 여유도 없다.

——이거 간접키스 아닌가요?!

따라서 망상이 절찬 폭주 중인 미아의 심정을 아벨이 알 리가 없었다.

"왜 그래? 미아 황녀, 어쩐지 얼굴이……."

"아, 아무것도 아니에요!"

힘차게 얼굴을 들자 바로 코앞에는 아벨의 걱정 어린 얼굴이 있었다. 그 뜻밖의 클로즈업에 미아는 숨을 삼켰다.

"…………!"

"조금 열이 있는 거 아니야?"

"괘, 괘괘괘, 괜찮습니다. 문제없어요. 그그그그보다 아벨 왕자님, 첫 시합 상대는……."

허둥지둥 화제를 바꾸려 한 미아였으나, 그 말을 가로막듯 목소리가 날아왔다.

"어라? 이것 참. 미아 황녀 전하 아니십니까?"

그곳에 서 있던 사람은 이전에 미아에게 한 방 먹었던 소년, 렘노 왕국의 제1왕자였다.

"당신은…… 아벨 왕자님의 형님이셨죠."

"하하, 기억해주시다니 영광입니다. 미아 황녀 전하."

정중한 듯 거만하게 고개를 숙여 인사한 아벨의 형이 말했다.

"듣자 하니 동생을 위해 도시락을 만드셨다고 하던데요."

"네, 팔을 걷어붙이고 만들었습니다."

가슴을 펴고 말하는 미아를 본 제1왕자는 조금 무시하는 듯한 미소를 지었다.

"크큭, 저런. 뭐라고 해야 하나……. 안타깝군요."

"네? 무슨 말씀이죠?"

"아뇨, 아벨의 첫 시합 상대는 바로 저이기 때문입니다. 후후후, 즉 이 녀석은 첫 시합에 바로 탈락. 지고 난 뒤에 먹는 도시락의 맛은, 크큭, 분명 맛있겠죠. 패배자에게 딱 좋은 위로가 될 것 같습니다."

우습게 보면서 히죽거리는 미소였다.

"그건 그렇고 설마 정말 동생을 좋아하시다니, 제국의 예지라고 해도 어차피 어린아이. 보는 눈이 없군요."

"형님, 미아 황녀에게 무례한 말씀은 삼가십시오."

아벨은 당황하며 끼어들었다.

형은 렘노 왕국의 여성을 기준으로 미아 황녀를 재단한 모양이지만, 그건 큰 착각이다.

확실히 미아 황녀는 관대하고 자애로 넘치는 소녀(아벨의 눈에는 그렇게 보인다)지만, 결코 얌전한 사람은 아니다.

부정에는 용감하게 과감하게 맞서는 성녀(아벨 기준이다)이자, 무례에 당당히 맞서는 자존심과 뛰어난 지혜를 겸비한 소녀(아벨의 곡해에 기반한 평가)이다.

따라서 형의 결례에 미아 황녀가 분노하지 않을 리 없다. 아벨은 반사적으로 미아의 얼굴을 살폈다.

하지만 미아는 아무 말도 하지 않고 살며시 아벨의 뒤로 빠졌다. 물러난 것이다.

──미아 황녀? 어째서…….

순간 의아해진 아벨이었으나 바로 미아의 진의를 깨달았다.

──설마 나에게 양보해주는 건가……?

미아가 여기서 반격할 마음만 있다면 얼마든지 반격할 수 있을 터이다. 그녀의 총명함이라면 형의 저급한 비아냥 정도는 얼마든지 봉쇄할 수 있으리라.

하지만 미아는 그렇게 하지 않았다.

미아가 한 말은 오직 한 마디.

"꼭 이기세요. 아벨 왕자님."

미아는 온화한 얼굴로 말했다.

──내가 이긴다고 믿어주는 거야?

확실히 아벨이 형에게 이기면 미아의 명예는 지켜진다. 하지만…….

아벨은 다시금 형을 봤다.

단 한 번도 이긴 적이 없는 형. 자신보다 훨씬 검술 재능이 뛰어난 형.

체격도 형이 자신보다 머리 하나는 더 크다.

──내가 이길 수 있을까?

불안해져서 흔들리는 마음. 순간 눈앞이 새카맣게 물들 뻔한 그때.

"이긴 뒤에 먹는 도시락이 훨씬 맛있을 거예요."

미아의 한마디가 긴장으로 굳어버렸던 마음을 녹여주었다.

아벨은 작게 웃었다.

"그래……, 그렇지. 맞아, 그 말대로야."

"당신은…… 아벨 왕자님의 형님이셨죠."

이름이 뭐였는지 기억이 나지 않는 미아는 살짝 고개를 갸웃거렸다.

뭐라 뭐라 씨부렁거리면서 적의를 미소로 치환해 던져대는 소년을 앞에 두고 미아는 작게 한숨을 쉬었다.

──이거 상당히 원망하는 모양인데요. 좀 난처해졌어요.

미아는 아벨의 형에게 나쁜 인상은 없었다. ……정확하게는 인상이고 뭐고 애초에 안중에도 없었다.

기억하지도 못했을 정도다.

그때는 시온에게서 도망치는 것과 아벨과 인맥을 만드는 것 말고는 염두에 두지 않았고, 그 후에도 딱히 신경 쓸 만한 인물이 아니었기 때문이다.

하지만 그가 렘노 왕국의 제1왕자라는 건 고려할 수밖에 없다.

애초에 아벨에게 접근한 건 유사시에 렘노 왕국에 지원군을 요청하기 위해서였다.

모처럼 아벨과 친해져도 제1왕자의 반대로 지원군을 받지 못하게 된다면 완전히 대참사다.

좋아하게 만들 생각까진 없어도, 반감도 사고 싶지 않다는 게 미아의 본심이었다.

──그렇다면 대놓고 적대하지 않는 게 중요하겠군요!

미아는 한 걸음 뒤로 물러나 그의 적의에서 벗어나려 했다. 미아의 사고회로는 대부분 단두대 회피에 할애되어 있다.

그 행동도 언동도 전부 단두대를 회피하기 위한 계획에 뿌리를 두고 있다.

──이제는 아벨 왕자님이 적당히 져서 형님의 자존심이 만족하면 그만이에요……. 그 후 아벨 왕자님을 위로해서 사이가 깊어진다면 일거양득이죠.

미아는 그렇게 계산했다. 하지만…….

"꼭 이기세요. 아벨 왕자님."

자기도 모르는 사이에 본심이 새어나갔다.

왜냐하면 미아는 아벨의 단단해진 손바닥을 떠올렸기 때문이다.

그가 열심히 검술을 단련했다는 걸 알기 때문이다.

그런 그가 지는 걸 보는 게 막연히 싫었기 때문이다.

──어라? 이상하네요. 어째서?

무의식중에 나온 말에 미아는 당황했지만……, 이윽고 한 가지 결론에 도달했다.

──아, 그렇군요. 모처럼 만든 도시락을 우울한 기분으로 먹는 게 싫어서 그런 거예요. 져서 우울한 채로 먹으면 기껏 맛있게 만든 샌드위치가 맛없게 느껴질지도 모르고…….

분명 그런 거라며 고개를 끄덕인 미아가 말했다.

"이긴 뒤에 먹는 도시락이 훨씬 맛있을 거예요."

"그럼 예선 제7회전을 시작합니다. 아벨 렘노, 게인 렘노, 투기장 위에 올라와 주세요."

심판이 자신을 부르는 목소리에 아벨은 작게 숨을 내뱉었다. 조용히 투기장 계단을 올라가 중앙까지 걸어간 다음 검을 뽑고 준비 자세에 들어갔다.

날을 제거한 연습용 검을 사이에 두고 눈앞에 서 있는 사람은 여태껏 계속 지기만 했던 형의 모습.

긴장이 밀려와 배가 따끔따끔 아팠다.

──하지만 질 수는 없어.

침착하게 검을 겨누고 형, 게인 렘노를 노려보았다.

"그럼 얼마나 성장했는지 내가 시험해주마. 동생아."

검을 어깨에 올리고 심술궂게 히죽히죽 웃는 형. 다음 순간, 갑자기 안쪽으로 파고들어 검을 휘둘렀다.

"큭……."

묵직한 참격을 받아낸 순간 검신이 삐걱거렸다.

두 팔이 얼얼해져서 자칫 검을 떨어뜨릴 뻔했다.

날을 제거했다고 해도 무게가 나가는 금속제 검이다. 맞으면 베이진 않아도 멍 정도는 생기고, 맞은 부위가 안 좋으면 당연히 뼈도 부러진다.

몇 년 전 형의 검에 맞아서 뼈가 부러졌을 때의 고통을 떠올린 아벨은 자연스럽게 몸이 딱딱해지는 걸 느꼈다.

"흥, 뭐 이 정도겠지. 너 같은 녀석은."

경멸하는 눈으로 쳐다보는 형을 향해 아벨은 이를 악물었다.

──큭, 강해.

10대 초반의 남자는 1년 단위로도 몸이 크게 성장한다. 따라서 형과의 나이 차는 절대적인 힘의 차이로 드러났다.

방어만 하는 아벨을 조롱하듯 게인이 말했다.

"그래도 좋은 여자를 낚았지 않았냐. 아벨."

"어?"

검과 검을 맞대고 교착 상태를 만든 뒤 게인은 아벨에게 얼굴을 들이댔다.

"약한 주제에 제국의 황녀를 함락시키다니. 아바마마도 필시 기뻐해 주실 거다."

게인은 저열한 미소를 지으며 시선을 아벨의 뒤로 움직였다. 그곳에는 아벨의 시합을 관전하는 미아의 모습이 있었다.

"그건 그렇고 오늘은 제법 얌전했지? 흥, 제국의 예지라고 해도 어차피 꼬맹이. 조금 협박하면 얌전해질 줄은 알았지만 예상했던 대로야."

"그건……."

아니라는 부정의 말이 입 밖으로 나오기 전에 형의 말이 이어졌다.

"만약 아벨과 약혼하게 된다면 우리나라로 불러주마. 1주일 정도 머무르면 그동안 내가 단단히 교육해놓도록 하지."

아벨의 뇌리에 어머니와 누나, 그리고 메이드들의 모습이 떠올랐다.

"어차피 조금 따끔한 맛을 보여주면 얌전해질 거다. 그게 장차 너도 편할 테고 말이다. 제국도 뜻대로……."

그녀들을 괴롭히고, 함부로 대하고, 때로는 주먹을 휘두르는 모습이……. 그렇게 눈에서 빛을 잃은 그녀들의 모습이 미아와 겹쳐졌다.

조금 전까지 무시무시한 속도로 뛰던 심장 소리가 점점 느려지고, 눈앞의 풍경이 선명해진 느낌이 들었다.

형의 검에 맞으면 아프다. 다칠지도 모른다.

하지만 그런 건 아무래도 상관없다. 그런 것보다 훨씬 소중한 게 있다는 걸 깨닫고 말았다.

"형님."

자기도 모르게 입이 움직였다.

그 차가운 울림에 아벨은 본인의 목소리인데도 놀랐다.

"음?"

아벨의 말투가 바뀌었다는 건 게인도 눈치챘다.

검이 떨어지고 간격이 벌어졌다.

"저에 대해선 뭐라 말씀하시든 상관없습니다. 자유롭게 하시죠. 하지만."

아벨은 형에게 날카로운 시선을 쏘아 보내며 말했다.

"미아 황녀를 깎아내리는 발언을 이 이상 계속한다면……."

제국의 예지라 일컬어지는 그녀가 그 광휘를 억지로 빼앗긴다…….

그런 게 용서될 리가 없다.

"계속하면? 그게 뭐?"

한 손으로 검을 가볍게 흔드는 게인. 철저하게 무시하는 형의 태도를 냉정하게 바라보며 아벨은 검을 머리 위로 들어 올렸다.

상단세에서 아래로 내리치는 일격에 자신이 지닌 모든 것을 담는 그 자세는 렘노 왕가에 전해지는 검술 제1식.

상대방보다 빠르게 공격을 맞춘다는 점 하나에만 힘을 쏟으며 수비는 전혀 신경 쓰지 않는, 공격 일변도의 자세.

그걸 본 게인은 또다시 비웃었다.

왜냐하면 그건 검술을 시작한 이가 가장 처음 배우는 기초 자세이기 때문이다.

"제1식이라. 뭐, 너는 어차피 그 정도겠지."

여유로운 태도로 검을 고쳐 쥐는 형을, 결코 쓰러뜨리지 못했던 형을 똑바로 응시한 아벨은 숨을 들이마셨다가, 내쉬고.

공격!

쿵! 투기장을 무너뜨릴 듯 무겁게 바닥을 찼다.

"이 이상 그녀를 깎아내리는 건 절대 용서 못 해!"

소리치면서 동시에 검을 휘둘렀다.

가속하는 검이 햇빛을 받아 한줄기의 번개가 되었다.

승부는…… 순식간에 났다.

"허……, 으……, 끄아아아아아악!"

아파서 꼴사나운 비명을 지르는 게인. 그 손에서 검이 덜그럭 떨어졌다.

그의 어깨에는 아벨의 검이 정통으로 들어갔다.

"시합 종료!"

심판의 목소리. 그 직후 투기장이 환호성으로 가득 채워졌다.

아벨은 어안이 벙벙해져서 형이 실려 가는 걸 바라보았다.

"아벨 왕자님!"

그러다 어디선가 들린 그 목소리에 가까스로 어깨에서 힘을 뺐다.

제55화 파란의 점심, 키스우드는 울어도 된다

그 후에도 아벨은 쾌속으로 진격했다. 다음 시합에서도 상급생에게 승리한 그는 한 번도 지지 않고 점심시간을 맞을 수 있었다.

안뜰의 한구석에서 따끈따끈하게 햇살이 쏟아지는 잔디밭에 돗자리를 깔고 안느와 클로에가 식사 준비를 했다.

그 옆에서 미아는 아벨을 향해 웃었다.

"대단하셨어요! 아벨 왕자님."

두 손을 붕붕 휘두르며 흥분해서 말을 거는 미아에게 아벨은 쑥스러운 듯 웃었다.

"아니, 미아 황녀의 응원 덕분이야."

"그렇지 않아요. 아벨 왕자님께서 노력하신 성과예요."

말은 그렇게 해도 나쁘지 않은 기분이었다.

미아는 흥겹게 콧노래를 흥얼거리며 말했다.

"그건 그렇고 참 강하시네요. 저는 전혀 몰랐어요."

미아에게는 정말로 뜻밖이었다.

——설마 이 정도로 강할 줄은 몰랐어요. 어쩌면 시온 왕자님의 콧대를 눌러줄 수 있을지도 몰라요!

미아는 딱히 시온이나 티오나에게 복수하려는 거창한 생각은 없었다.

이유는 당연히 위험하기 때문이다.

자칫 이상한 짓을 했다가 원한이라도 사버리면 단두대로 직행하게 될지도 모른다.

그런 위험을 저지를 바에야 접근하지 않는 게 낫다.

하지만, 만약……. 만약 그런 위험을 감수할 필요 없이 콧대를 눌러줄 수 있다면…… 그걸 응원하는 건 싫지 않았다.

아니, 오히려 적극적으로, 전력으로, 몸과 마음을 바쳐! 응원해주고 싶을 정도였다.

"이 정도면 우승도 꿈이 아니겠어요."

"아니……, 아무리 그래도 그건 어려울 거야. 시온 왕자가 있으니까."

"괜찮습니다. 아벨 왕자님, 반드시 이길 수 있어요. 자신을 가지세요."

자기 일이 아니기 때문에 자신만만하게 단언하며 가슴을 세게 두드리는 미아.

"당신은 강합니다. 부디 그 얄미운 시온 왕자님을……."

"음? 내가 뭐 어쨌다고? 미아 황녀."

"윽?! 시온 왕자님?"

너무나 뜻밖의 목소리에 미아는 펄쩍 뛰어올랐다.

──어, 어, 어째서 이런 곳에 이 녀석들이 있는 거죠?!

미아 뒤에는 시온과 키스우드, 티오나, 리오라가 서 있었다.

이미 시온이 먹을 샌드위치는 티오나에게 들려 보냈다. 지금쯤 교내의 다른 곳에서 점심을 먹고 있을 줄 알았는데.

의문을 담아 시선을 보내자 티오나는 어째서인지 '해냈습니다!' 라는 표정을 짓고 있었다.

엄지를 척 세우고 얼굴에는 밝은 미소가 번져 있다.

"루돌폰 백작 영애가 미아 황녀 일행과 같이 먹는 게 어떻냐고 권해줘서 말이지. 방해였을까?"

"아, 아, 아뇨. 그그, 그렇지는, 않습니다……, 오호호."

그렇게 대답하면서도 미아는 얼굴이 저절로 꿈틀거리는 걸 느꼈다.

──이전 시간축에서 제 권유를 실컷 거절한 주제에 이렇게 냉큼 오다니!

그랬다. 미아는 이전 시간축에서 시온에게 거절당한 끝에 이 검술대회를 외톨이로 보내야만 했다. 혼자 훌쩍거리면서 자신이 준비해온 도시락을 먹었는데…….

그랬는데, 이 태도라니…….

부드러운 미소로 티오나와 안느에게 말을 거는 시온을 보자 미아의 마음에 분노의 불꽃이 활활 타오르기 시작했다.

"어? 이 샌드위치, 참 특이한데?"

하지만 그 불꽃은 아벨의 목소리에 순식간에 꺼져버렸다.

"어, 어머나. 눈치채셨어요?"

아벨의 말을 듣자마자 미아는 몸을 꼼지락거렸다.

그가 자신이 만든 샌드위치를 들고 있는 걸 보고 갑자기 안절부절못하는 기분이 들었기 때문이다.

──아벨 왕자님이 제가 만든 샌드위치를 보고 계세요. 아아, 그렇게 쳐다보면 긴장되잖아요.

미아는 군침을 삼키며 아벨 왕자의 반응을 살폈다. 긴장해서 얼굴이 뻣뻣하게 굳어버렸다.

"아, 이거 말이구나."

아벨은 웃으면서 샌드위치를 먹었다.

"음, 아주 맛있어. 이 샌드위치 참 잘 만들었네."

그 말에 미아는 환한 미소를 지었다.

"마음에 드셨다니 다행이에요."

샌드위치를 칭찬받자 미아는 왠지 무척 기뻐졌다.

자연스럽게 몸이 폴짝 뛰어올랐을 정도다.

이 샌드위치의 특징은 단연코 말 모양이라는 점에 있다.

그럼 샌드위치를 말 모양으로 만들기로 한 사람은 누구인가.

그렇다. 다름 아닌 미아 본인이다.

그렇다면 이 샌드위치를 칭찬하는 건 그대로 자신을 칭찬하는 것이라 받아들여도 되지 않을까?

미아의 머릿속에서는 그런 논리회로가 돌아가고 있었다.

괴상한 모양의 빵 사이에 잘 들어가도록 속을 조절한 것도, 빵이 미끄러지지 않도록 공을 들인 것도……, 키스우드의 땀과 눈물 어린 노력이었지만, 미아의 머릿속에선 그런 사실은 날아가 버렸다.

……키스우드는 울어도 된다.

"아벨 왕자, 잠시 괜찮을까?"

그때였다.

티오나, 안느와의 대화가 일단락된 건지 시온이 아벨에게 걸어왔다.

"시온 왕자? 나에게 무슨 볼일이라도?"

의아해하며 고개를 갸웃거리는 아벨에게 시온이 말했다.

"늦어졌지만 형님에게 처음으로 승리를 거둔 것, 축하한다."

"아, 그걸 또 일부러…… 고마워."

구김살 없는 미소를 짓는 아벨을 향해 시온은 작게 고개를 숙였다.

"그리고 나는 네게 사과해야 해."

"? 무슨 소리야?"

고개를 갸웃거리는 아벨. 시온은 말을 이어나갔다.

"나는 영락없이 네가 질 줄 알았어. 너와 1왕자 사이의 실력 차이는 명백하다고 생각했으니까."

──세상에! 무례하기는! 아벨 왕자님이 그런 망할 형님에게 질 리 없잖아요!

미아 안에서 시온의 호감도가 내려갔다.

하지만 아벨은 시온의 말을 듣고 쓴웃음을 지었다.

"그 견해는 옳다고 봐. 내가 이긴 건 운이 좋았기 때문이야. 시온 왕자처럼 실력으로 이겨나간 게 아니지."

──어머! 너무 겸손하셔라!

미아 안에서 아벨의 호감도가 올라갔다.

"운이라는 요소는 중요한 거야, 아벨 왕자. 나도 실력만으로 이긴 게 아니니까."

──뭐, 당연하죠. 당신이 이길 수 있었던 건 당연히 운이 좋았던 것뿐이에요!

미아는 동의했다.

"시온 왕자에게 그런 말을 듣다니 영광인데. 자랑스러워."

──그렇지 않습니다, 아벨 왕자님. 이런 녀석에게 인정받았다고 해도 별거 아니라고요!

미아는 반대했다.

"여하간 다음 시합은 좋은 싸움을 하자."

시온은 손을 내밀었다. 그 얼굴에는 여유로운 미소를 짓고 있었다.

뜨거운 남자들의 우정이었다.

"……멋져라."

미아 옆에 앉아있던 클로에가 그렇게 중얼거리며 한숨을 쉬었다.

안느도 티오나도 대전을 앞에 둔 두 사람의 왕자를 보며 몽롱하게 넋을 놓았다.

참고로 리오라는 샌드위치에 들어간 고기가 잘 구워졌는지 확인한 뒤 만족스러워하며 턱을 주억거렸다. 참으로 한결같은 소녀다.

그리고 미아 또한 그런 남자들의 뜨거운 우정에는 관심이 없었다.

오히려 조금 전까지 좋은 분위기였던 아벨 왕자를 시온에게 빼앗긴 것 같아서 못마땅했다.

뺨을 통통하게 부풀리고 심통이 나서 샌드위치를 우물거리는, 조금 속이 좁은 황녀 전하였다.

알맹이가 20살 여성이라는 걸 생각하면 이걸 속이 좁다고 해야 하나, 뭐라고 해야 하나……

——모처럼 아벨 왕자님이 제 샌드위치를 칭찬해주셨는데, 방해하지 말라고요!

미아는 아벨의 옷자락을 살짝 잡아당겼다. 아벨이 돌아보자 그의 눈을 물끄러미 바라보며 호소했다.

——제 샌드위치를 더 칭찬해주셔도 괜찮거든요……?

참으로, 음……. 질척거리는 미아였다.

시온이 내민 손을 잡으며 아벨은 여느 때처럼 무난한 미소를 지었다.

적을 만들지 않기 위한 미소. 누구에게도 나쁜 인상을 주지 않기 위해. 오직 그것뿐인 미소.

그런 미소를 짓고 말했다.

'좋은 시합을 하자'라고.

'어디까지 할 수 있을지 모르겠지만, 가르침을 받는다고 생각하고 열심히 할 생각이야.'라고.

졌을 때를 생각하고서……. 패배해도 자신이 다치지 않도록 쿠션을 깔아놓고.

그게 아벨의 처세술. 어릴 때부터 뼛속 깊이 스며든 삶의 방식이었다.

하지만……, 그때 문득 옷을 잡아당기는 손을 느꼈다.

——어? 뭐지?

그쪽을 돌아보자 미아가 옷자락을 잡고 있는 게 보였다.

물끄러미 응시하는 눈동자. 아름다운 눈동자에 깃든 진지한 빛이 마치 아벨에게 무언가 말을 거는 것 같았다.

──당신은 강해요, 아벨 왕자님.

아벨의 뇌리에 조금 전 미아에게 들은 말이 울려 퍼졌다.

그녀는 말했다.

당신은 강하다고.

자신감을 가지라고.

반드시 이길 수 있다고.

그녀는 말했다. 말해주었다.

──그렇다면……, 나는.

이겨야만 한다.

그녀의 말을 거짓말로 만들지 않도록.

믿어주는 그녀의 마음을 헛수고로 만들지 않도록.

"각오해, 시온 왕자."

아벨은 자기도 모르는 사이에 그렇게 말했다.

그 목소리에는 아벨이 지금까지 살면서 한 번도 경험한 적이 없을 만큼 강한 결의가 담겨 있었다.

"각오해, 시온 솔 선크랜드."

"응?"

의아해하며 고개를 갸웃거리는 시온을 향해 아벨은 선언했다.

"나는, 아벨 렘노는 너에게 질 마음은 없어."

그 당당한 선전포고에 시온은 씩 도전적인 미소를 지었다.

"그래. 대환영이야, 아벨 렘노 왕자. 널 전력으로 쓰러뜨리겠노라고 맹세하지."

그런 뜨거운 대화에 클로에, 안느, 티오나 세 사람은 뜨거운 한숨을 흘렸다. 리오라는 자신이 구운 고기의 맛에 뜨거운 한숨을 흘렸다. 그리고…….

──제 샌드위치는요……?

미아는 몹시 슬픔에 젖은 한숨을 흘렸다.

제56화 검술 대회 2 —결전—

"다음 시합을 시작합니다. 시온 왕자, 아벨 왕자, 투기장에 올라와 주세요."

이름을 불린 두 명의 왕자는 천천히 투기장 위로 걸어갔다.

투기장 주위에는 많은 학생이 모여 있었다.

검의 천재로 유명한 대국의 왕자 시온은 물론이요, 신입생이면서도 쾌속 진격 중인 아벨에게 쏟아지는 주목도 몹시 높아졌기 때문이다.

──이런, 설마 내가 이 정도로 주목을 모을 줄이야. 예상하지 못했어.

아벨은 쓴웃음을 지으며 시온에게 인사했다.

그 후 허리춤에서 뽑은 검을 머리 위까지 들어 올렸다.

소위 상단세, 왕가에 전해 내려오는 검술 제1식의 공격적인 자세였다.

반면 시온은 검을 아래쪽으로 내린 하단세였다.

시온의 검은 천재의 검.

상대방의 일격을 받아 흘려낸 다음 상대방의 자세가 무너졌을 때 반격한다.

카운터, 상대방의 공격을 이용하는 검술.

그 일격은 필살의 일격. 자세가 무너진 상대방은 피하지도 받아내지도 못하고 패배한다.

상대방의 어떤 공격도 다 받아낼 수 있다는 자신감이 없다면 절대로 불가능한 방식이므로, 아벨은 도저히 흉내 낼 수 없는 방식이었다.

아벨 렘노는 범인(凡人)이다.

그는 태어났을 때부터 그걸 자각하고 있었으나, 결정적으로 깨달은 것은 예전에 시온과 검을 나눴을 때였다.

타고난 재능의 차이는 존재한다. 그건 메꿀 수 없다. 그렇게 실감했다.

그래서 그는 포기했다. 그게 현명한 선택이라 생각했다.

메꿀 수 없는 재능의 차이가 있다면 노력해봤자 소용없다.

그러니 노력하지 않는다.

참으로 합리적인 사고방식이라 여겼다.

하지만……, 세인트 노엘 학원에 와서 미아를 만나고 아벨의 마음속에 새로운 감정이 피어났다.

시온에게 지고 싶지 않다. 이기고 싶다.

이겨서 미아의 기대에, 신뢰에 부응하고 싶다.

하지만, 그래……. 현실은 잔혹하다.

마음만으로는 실력의 차이도 재능의 차이도 극복할 수 없다.

상대방이 재능에 오만해져서 노력을 게을리하는 사람이었다면 노력을 거듭해 이길 수 있다.

하지만 시온은 천재이면서도 결코 단련을 게을리하지 않았다. 재능 있는 자가 범인과 똑같이 단련하고, 실력을 쌓아간다.

그러면 차이는 좁아지기는커녕 오히려 벌어지기만 할 뿐…….

평범한 방식으로는 불가능하다.

……따라서 아벨은 버렸다.

그건 무척, 몹시 단순했다.

검술로는 이기지 못한다. 그렇다면 지극히 한정적인 훈련을 하면 된다.

하나에 집중하면 된다.

수비를 버리고, 페인트를 버리고, 찌르기를 버리고, 가로베기를 버리고……. 그는 단 하나에만 노력을 집중했다.

머리 위로 들어 올린 검을 내리치는 동작. 그 움직임을 연마하는 것에 모든 노력을 기울였다.

그날, 무도회 이후 그저 매일 검을 내리치는 것에만 심혈을 기울여왔다.

그렇게 쌓아 올린 연마가, 노력이, 지금 천재의 검에 도달한다!

카아아아앙!

날카로운 금속 소리와 뒤늦게 손을 타고 올라오는 묵직한 감각.

아벨은 자신의 일격이 막힌 걸 깨달았다.

──아직 닿지 못했나.

실의에 눈앞이 캄캄해졌다.

하지만……, 아무리 시간이 지나도 시온은 반격하지 않았다.

날밑을 맞댄 검은 오히려 자신이 더 우세해서, 시온은 투기장 구석까지 크게 밀려난 상태였다.

"봐주지 않겠다고 한 거 아니었어?"

불만을 늘어놓은 아벨을 향해 시온은 쓴웃음으로 대답했다.

"기대에 부응하지 못해서 면목 없지만, 이쪽은 이쪽대로 사정이 있거든."

"날 우롱할 생각……, 은 아닌 건가. 뭐, 어차피…….."

아벨은 다시 검을 상단세로 고쳐잡았다.

"내가 할 수 있는 일은 한정되어 있지만."

두 번째 공격이 날아갔다.

"큭!"

시온은 그 일격을 종이 한 장 차이로 피했다. 노린 것은 아니었다. 지나치게 날카로운 공격이었기 때문에 종이 한 장 차이가 된 것이었다.

──설마 이 정도일 줄이야…….

상대방을 얕잡아 본 건 아니었다.

하지만 아벨의 일격은 시온의 예상을 아득히 뛰어넘는 예리함과 무게를 지니고 있었다.

가까스로 아벨의 일격 앞에 검을 쑤셔 넣는 데 성공은 했으나, 그게 고작이었다.

그 위력을 흘려 넘기지 못했기에, 파괴력이 고스란히 시온의 팔을 덮쳤다.

──팔이 마비된 건 아바마마와 대련할 때 이후 처음이야.

반격은커녕 검을 들고 있는 것도 힘들었다. 아벨의 일격은 틀림없이 시온을 몰아세웠다.

하지만…….

"하압!"

아벨이 재차 검을 휘두르자 시온은 스텝만으로 그 공격을 피했다.

시온 솔 선크랜드는 틀림없는 천재다. 따라서 첫 번째 공격 때 이미 아벨의 간격을 완전히 파악했다.

——그건 그렇고, 동작이 하나뿐이니까 아직 어떻게든 상대할 수 있지만…….

시온은 깨달았다.

아벨의 공격이 내려치기 하나에 한정되어 있기 때문에 피할 수 있지만, 만약 여기에 다른 움직임이 섞여 있었다면…….

내려치기만큼 큰 위력은 없어도 된다.

필살의 일격이 존재한다면 그걸 살릴 수 있게 움직이면 그만이다.

시온은 아벨의 숨겨진 가능성에 위험을 느꼈다.

——아무튼 회복을 기다릴 수밖에 없어. 얼얼한 게 풀릴 때까지 앞으로 몇 초가 걸릴지는 모르지만…….

문득 떠올린 걸 물어봤다.

"아벨 왕자……, 널 이렇게까지 강하게 만든 원인은 역시 미아 황녀인가?"

"그래, 맞아. 미아 황녀는 나를 믿고 승리를 기원해줬어……. 그러니까 나는 질 수 없어."

"그래……. 부럽군."

시온은 작게 한숨을 쉬고 검을 고쳐 잡았다.

"하지만 질 수 없는 건 나도 마찬가지다."

팔의 충격이 가실 때까지 앞으로 조금.

반격의 기회를 기다리는 그의 칼끝에 빗방울이 톡 떨어졌다.

제57화 미아 황녀의 본질=키스우드의 망상

　　——흠……. 시온 전하, 방심했군.

　투기장 아래에서 키스우드는 냉정하게 시합을 지켜보았다.

　　——첫 공격을 막아낼 수 있다는 자신감, 자신의 재능에 취한 건가. 확실히 시온 전하가 막지 못하는 일격은 거의 없을 테지만…….

　아벨의 참격을 간발의 차이로 피하는 시온. 시온은 한 번이라도 당했다간 그걸로 끝장인 강격을 종이 한 장 차이로 피해 나갔다.

　그 검술 센스는 천재라는 이름에 부끄럽지 않은 수준이었으나.

　　——하지만 설마 아벨 왕자가 이 정도로 잘할 줄은 몰랐어.

　키스우드는 아벨의 기량을 제대로 파악하고 있었다. 그는 틀림없는 범인이다.

　이 학교에 입학한 시점에서의 그는 천재 시온에겐 한참 미치지 못하는 실력이었다.

　그런데도 아벨은 시온을 몰아붙이고 있다.

　　——그래, 나도 아벨 왕자의 실력을 잘못 봤다는 거로군.

　이제야 키스우드는 아벨의 자질을 정확하게 간파해냈다.

　아벨은 자기 자신을 잘 안다.

　재능이 없다는 걸 냉정하게 분석할 줄 알았다.

　그럼에도 포기하는 게 아니라, 상대방을 이길 방법을 고민해서 그걸 실행했다.

자신을 알고 적을 알았기에 미래로 향하는 방법을 안다.

그건 시온의 천재적 재능과도 결코 뒤떨어지지 않는 자질.

오히려 앞으로의 렘노 왕국에는 시온의 재능보다 더 필요한 재능일 것이다.

——왕에게 필요한 자질이라. 그래, 아벨 왕자가 만약 렘노의 국왕이 된다면 그 나라는 강해지겠지…….

재능 개화. 뛰어난 명군의 탄생은 일개 평민으로서는 기뻐해야 할 일인지도 모르지만…….

——시온 전하를 모시는 사람으로서는 좀 복잡한 기분인데. 장래적으로 렘노 왕국과 사이가 틀어졌다간 골치 아파.

거기까지 생각한 키스우드는 시선을 굴렸다. 그 끝에는 시합을 주시하는 미아의 모습이 있었다.

——진정으로 무서운 사람은 미아 황녀인가.

이 상황을 만들어낸 사람…….

물론 아벨 왕자의 노력은 칭찬받아 마땅하다. 그 재능도 정당하게 평가하고 경계해야 한다.

하지만 키스우드는 아벨 왕자를 움직인 사람……, 상황이 이렇게 되도록 유도하고 흐름을 만든 사람의 존재를 의식하지 않을 수는 없었다.

"그래……. 미아 황녀는 재능을 아끼는 인간인 건가……."

키스우드는 작게 중얼거렸다.

그는 드디어 미아의 본질에 도달했다.

미아 황녀는 아쉬워한 것이다.

아벨 왕자 안에 잠든 자질이 형과 시온에게 꺾여서 빛을 보지 못하게 되는 것을.

생각해보면 그때 시온을 댄스 파트너로 선택하는 건 무척 간단한 일이었다. 제국의 예지라 불리는 미아가 시온의 재능을 간파하지 못했을 리 없기 때문이다.

그런데도 미아는 아벨을 선택했다.

그건 오로지 아벨 안에 잠든 재능을 개화시키기 위해…….

거기까지 생각했을 때, 키스우드의 등골을 타고 차가운 전율이 흘렀다.

──아니, 그렇게 단순한 이야기가 아니야.

재능을 아끼는 것 또한 왕의 자질 중 하나.

설령 적국의 장수라 해도 재능이 뛰어나고 자신에게 충성을 맹세한다면 중용한다. 그것도 나라를 강하게 만드는 어엿한 자질이긴 하다.

하지만 그건 놀랄 일이 아니다.

그건 시온이나 선크랜드 국왕도 지닌 자질이기 때문이다.

명군에게는 드물지 않은 자질이라고도 할 수 있다.

……하지만 아벨 왕자는 딱히 미아 황녀의 가신이 아니다.

처음 만났던 그 시점에서 렘노 왕국과 티어문 제국은 동맹국도 아니고 우호국도 아니다.

경우에 따라서는 적대국이 될 가능성이 있는데도 미아는 아벨의 재능을 아꼈다.

그렇다면 그건…….

──미아 황녀의 시각은 나라의 차이에 얽매이지 않는다는 건가?

적국입네 우호국입네 하는 건 미아에게는 사소한 문제다. 그녀는 그저 순수하게, 그곳에 재능을 지닌 사람이 있는데 그 재능이 썩어버리는 걸 우려한다.

게다가 아마도, 그녀는 재능의 크기에도 집착하지 않는다.

티오나에게 무례한 짓을 저지른 자들에게도 미아는 무척 관용적인 태도를 보였다.

자신의 머리를 숙이면서까지 라피나에게 용서를 청했다.

그 결과 용서받은 자들은 재능 없는 몸임에도 불구하고 미아의 온정에 보답하기 위해 학업에 힘쓰고 있다고 들었다.

──모든 인간을 보고 그 재능이 발휘되지 않는 걸 용서하지 않는 것. 그게 제국의 예지의 본질인가.

그 시점은 자신의 주인, 시온보다도 뛰어나다. 키스우드는 자신이 미아 황녀에게 심취해가고 있다는 걸 실감했다.

자신의 주인은 시온뿐이라고 마음을 다잡아보았지만.

──만약 제국과 사이가 틀어지게 되는 일이 있어도 미아 황녀와는 적대하지 않도록 전하께 진언을 드려야겠어.

키스우드는 굳게 맹세했다.

……물론 굳이 첨언할 필요도 없는 일이지만, 전부 키스우드의 망상이다.

망상 그 이상도 이하도 아니고, 망상 말고 그 무엇도 아니다.

망상 오브 더 망상이다.

하지만 누군가에게는 다행인지 불행인지 그가 이 망상에서 눈을 뜰 확률은 높지 않은 것 같았다.

제58화 검술 대회 3 —재대결 약속—

카앙! 날카로운 금속음이 울려 퍼졌다. 두 사람의 칼날이 맞닿은 건 이 시합이 시작된 이후 두 번째였다.

승부에 찾아온 미약한 변화. 지켜보는 사람들에게 그건 작은 변화기인 했지만.

싸우는 당사자들에게는 무척 큰 변화였다.

"그래, 드디어 진지하게 임하는 건가?"

검에서 돌아오는 힘에 아벨은 얼굴을 찌푸렸다. 완전히 튕겨 나간 거라면 그나마 나았다.

하지만 아벨이 쏟아낸 참격은 별다른 저항도 없이 그대로 흘러가 버렸다.

자칫 자세가 무너질 뻔했으나 다리에 힘을 줘서 버렸다.

"아니, 믿어줄지는 모르겠지만 지금까지도 나는 진지했어."

그런 아벨을 조용히 바라보면서 시온은 당당한 미소를 지었다.

"하지만 알면서도 받아내느라 고생했지 뭐야. 그 참격은 정말 대단하군."

검을 아래로 내려서 자세를 고쳐 잡은 시온이 입꼬리를 끌어올렸다.

"그 날카로운 공격에 경의를 표하며 충고하지. 다음에도 '지금까지와 같은 공격'을 한다면…… 네 패배다, 아벨 왕자."

지금까지와는 다른 당당하고 매서운 미소. 아벨은 그의 말에 거짓이 없다는 걸 알아차렸다.

"그렇군. 그렇다면 해야 할 일은 오직 한 가지."

아벨은 검을 머리 위로 높이 들어 올렸다. 지금까지와 무엇 하나 달라진 게 없는 자세.

당당한 공격 태세다.

"포기하는 건가?"

그걸 본 시온은 살짝 눈썹을 찌푸렸다. 반면 아벨은 자신만만하게 웃었다.

"설마 그럴 리가. 이기기 위해서야, 시온 왕자."

"그래. 다시금 경의를 표하지, 아벨 렘노. 나의 전력으로 널 쓰러뜨리겠다."

만약 시온의 말을 듣고 전술을 바꿨다면 아벨은 확실하게 패배했을 것이다.

그의 어떤 공격이라 한들 하늘이 내린 시온의 재능을 뛰어넘을 수는 없었을 테니까.

하지만 아벨은 지금까지와 마찬가지로 가장 자신 있는 자세를 취했다.

심지어 달리 할 수 있는 게 없다고 체념했기 때문이 아니라, 이기기 위해서.

바꿔 말하자면 그건 '지금까지와 같은 공격'을 할 마음은 없다는 의지. 지금까지 했던 것을 뛰어넘는 공격을 하겠다는 결의.

따라서 시온은 인정했다.

자신을 쓰러뜨릴 유일한 가능성에 거는 상대방을, 전력을 다해

임해야 할 호적수로서.

두 사람은 서로의 간격에 들어가지 않는 아슬아슬한 곳에 서서 움직임을 멈췄다.

조금 전부터 굵어지기 시작한 비가 서로의 몸을 두드렸지만, 그런 것에 신경 쓸 여유는 이미 없었다.

아벨은 최고의 일격을 시온에게 꽂아 넣는 것만을 생각하며 고도로 집중했다.

따라서 그가 잊어버렸다고 해도 어쩔 수 없는 일이었던 건지도 모른다.

이게 목숨을 건 결투도, 전투도 아니라는 사실을.

학생끼리 친목을 다지기 위한 친선시합이라는 것을.

참가자가 감기에 걸리는 걸 내버려 둘만큼 중요한 일도 아니고, 빗속에서 무리해가며 계속할 시합도 아닌 이상, 당연히…….

"거기까지!"

심판이 중단 선언을 하기 마련이다.

"어!"

그 목소리에 반쯤 어안이 벙벙해진 아벨.

"역시 이렇게 되나."

그리고 검을 검집에 돌려놓고 어깨를 으쓱하는 시온.

아무래도 시온 쪽은 그걸 제대로 이해하고 있었던 건지 딱히 놀란 모습은 없었다.

"이 승부는 언젠가 제대로 가르고 싶지만……. 그렇다면 올해 겨울에 열리는 검술대회가 제일 가까운 기회가 되겠군."

그렇게 말한 시온은 아벨을 향해 웃었다.

"어때? 아벨 왕자. 나와 재대결을 약속해줄 수 있을까?"

시온이 내민 손을.

"그래, 바라던 바야."

아벨이 붙잡았다.

이리하여 단단히 맞잡은 악수를 끝으로 두 사람의 싸움은 막을 내렸다.

"아벨 왕자님──!"

미아는 투기장에서 내려온 아벨을 향해 달려갔다.

조금만 더 했으면 얄미운 시온을 쓰러뜨릴 수 있을 것 같았던 아벨에게 미아는 크게 격려하는 말을 건넸다.

"대단했어요. 아쉬웠네요. 조금만 더 하면 됐는데."

"아니……, 미아 황녀. 그대로 계속했다면 나는……."

아벨이 눈을 이리저리 굴리는 걸 알아차리지 못한 미아는 말을 이었다.

"분명 아벨 왕자님의 승리를 질투한 누군가가 졸렬하게 기우제라도 지낸 게 분명해요! 정말 조금만 더 하면 이겼는데. 정정당당한 승부에 물을 뿌리다니 못된 사람이네요!"

……참고로 이전 시간축에서 쓸쓸하게 도시락을 먹은 미아는 혼자 방에 틀어박혔다.

그때 밉살맞은 시온이 우승할 것 같다는 이야기를 들은 미아는 제발 비가 내리라고 하늘에 기도했으며, 결국 비 때문에 대회가 중지되었다는 소식을 듣고 쾌재를 외쳤다.

졸렬하고 못된 사람이었던 과거의 자신을 깨끗하게 잊어버린 미아였다.

이렇게 올해의 검술대회는 비가 내려서 중지되었다.

두 왕자가 나눈 약속은 본인들도 전혀 예상하지 못했을 만큼 일찍, 그리고 뜻밖의 장소에서 이뤄지게 된다.

그건 투기장 위가 아닌 전장이었고, 심지어 둘 다 진지하게 임하는 자리였지만…….

그건 아직 조금 미래의 이야기이다.

제59화 감기에 걸린 미아는 비몽사몽

"끄응……, 끙."

자신의 방 침대 위에 누운 미아는 괴로워하며 신음했다.

검술대회 날, 비를 맞아 물방울을 뚝뚝 흘리며 한층 미모가 업그레이드된 여자(자칭)가 된 미아는 아벨의 분투에 완전히 흥분했다.

그 때문에 안느의 충고도 듣지 않고 머리카락이 젖은 채 돌아다녀서 완전히 감기에 걸리고 말았다.

"안느? 있나요? 안느?"

오후가 되어 눈을 뜬 미아는 몽롱하게 흐려진 눈동자로 방안을 둘러보고 고개를 갸웃거렸다.

"어라? 이상하네요."

조용한 방 안에는 인기척이 없었다.

어수선한 실내에 적당히 개어져 있는 미아의 옷과 책상 위에서 굴러다니는 펜.

정리가 되지 않은, 어째 관리를 포기한 듯한 방이지만 미아는 이런 광경을 본 적이 있었다.

──아아, 이건 옛날에…….

그건 미아가 한 번 죽고 과거로 돌아오기 전.

그때도 미아는 감기에 걸렸다.

"그랬죠. 눈을 떴을 때 그녀는 방에 없었어요."

미아의 전속 메이드인 소녀는 잠든 미아를 두고 외출했다.

어떤 대귀족의 삼녀로 미아와 대화할 때는 늘 생글생글 웃으며 사탕발림을 늘어놓았다. 자신을 칭송하는 목소리가 듣기 좋았기 때문에 미아는 그녀를 마음에 들어 했지만.

——나중에 다른 분이 그녀는 감기가 옮는 게 싫어서 같은 종자 친구들을 만나 티타임을 가졌다고 알려주었죠…….

문득 눈을 뜬 오후. 아무도 없는 방이 왠지 묘하게 불안했다.

마치 세상에 자기 혼자 남아버린 것 같은 느낌이었다.

"미아 님, 미아 님……."

몸이 가볍게 흔들리는 감각. 미아는 멍하니 눈을 떴다.

"미아 님, 괜찮으세요?"

바로 코앞에 걱정이 가득한 안느의 얼굴이 있었다.

"어? 아, 안느……. 어라? 그럼 그건 꿈?"

혼란스러워서 주위를 두리번두리번 둘러본 미아. 미아가 잠든 사이에 청소한 걸까. 방안은 깨끗하게 정리되어 있으며 먼지 한 톨 없었다.

그것만이 아니라 왠지 미아는 마음이 편안해진 걸 느꼈다. 꿈속의 방은 어쩐지 초조해져서 자신의 방이 아닌 것처럼 느껴졌는데.

"가위에 심하게 눌리시는 것 같았는데요……."

"아, 아아. 걱정하지 않아도 괜찮아요."

그 대답에 안도하며 숨을 돌리는 안느. 아무래도 침대 옆에 의자를 두고 계속 지켜보았던 모양이다.

"안느, 감기가 옮을지도 몰라요. 너무 가까이 있지 않는 게……."

"무슨 말씀이세요, 미아 님. 저는 튼튼하니까 괜찮습니다. 괜한 걱정하지 마시고 주무세요."

안느는 가슴을 팡팡 두드린 다음 미아의 이마에 올려놓았던 수건을 갈아 주었다. 차가운 물에 적신 수건의 감촉이 기분 좋았다. 미아는 다시 잠들었다.

"미아 님. 저 사람, 또 혼자서 책을 읽고 있어요."

"어머나, 또요?"

그건 어느 날 오후.

미아의 추종자 중 한 명이 교실 한구석에서 책을 읽는 클로에를 보고 심술궂은 미소를 지었다.

미아의 회귀 전 기억에 클로에는 존재하지 않았다. 딱히 친구였던 것도 아니고 접점이 거의 없었기 때문이다.

그래서 그날 일도 정말 전혀, 조금도 기억나지 않았다.

"어떻게 생각하세요? 미아 님. 저 클로에라는 학생."

"작위를 돈으로 샀다고 하던데요. 그런 사람이 이 학원에 있다니."

제멋대로 험담을 늘어놓는 추종자 소녀들.

미아는 그 대화에 참여하지도 않았지만 막지도 않았다.

"별로 관심 없네요. 그런 것보다, 들으셨어요? 시온 왕자님 이야기. 종자도 평민이지만 제법 잘생긴 남자인데……."

"앗, 미아 님. 눈을 뜨셨어요?"

다시 눈을 떴을 때 침대 옆에 클로에가 있었다.

"아, 클로에……."

읽던 책을 살며시 덮은 클로에는 미아에게 얼굴을 들이댔다.

"뭔가 원하시는 건 있으신가요? 물을 마시고 싶으시다거나, 먹고 싶은 음식이 있으시다거나……."

"문병하러 와주셔서 감사해요. 하지만 너무 가까이 오면 감기가 옮……, 그건 뭐죠?"

미아는 무심코 지적했다. 클로에의 얼굴 아래쪽, 코와 입 부분이 하얀 천으로 가려져 있었기 때문이다.

"마스크라고 해서 감기가 옮는 걸 막아주는 도구랍니다."

역시 대상회의 딸. 클로에는 의외로 철저한 사람이었다.

"그리고 안느 씨는 지금 차가운 물을 뜨러 갔습니다. 또 전에 아버지께서 보내준 감기약을 가져왔으니 나중에 드세요."

그렇게 말하며 웃는 클로에를 향해 미아는 머뭇거리며 말했다.

"저는 당신에게 사과해야만 해요."

"네……?"

갑작스러운 말에 눈을 동그랗게 뜨고 고개를 갸웃거리는 클로에. 그런 그녀에게 미아는 말했다.

"그때 당신이 괴로워하는 걸 보고도 못 본척했어요. 정말로 죄송합니다."

"……으음, 미아 님. 꿈이라도 꾸셨어요?"

클로에는 쿡쿡 웃었다.

꿈……. 그런 건지도 모른다.

사실은 그런 일이 없었던 건지도 모르고, 무엇보다 이제 오지 않는 미래는 꿈이나 마찬가지인 건지도 모른다.

그래도 미아의 가슴 속에 있는 죄책감이 따끔거렸다. 하지만.

"저는 미아 님과 친구가 된 뒤로 무척 즐겁습니다. 샌드위치를 같이 만든 것도 그렇지만, 무엇보다 친구들과 책 이야기를 할 수 있다는 게 꿈만 같아요. 그러니 전혀 사과하실 필요 없습니다."

그 말에 미아는 아주 조금 마음이 가벼워진 걸 느꼈다.

은은하게 밀려오는 졸음을 느끼며 미아는 작은 목소리로 말했다.

"……무언가 이야기를, 해주지 않으시겠어요……?"

"네?"

"……해주길 바라는 것 말이에요. 최근에 읽은 책 중에서 재미있는 게 있었다면, 그 이야기를 해주세요."

"알겠습니다. 으음, 그럼……."

클로에의 수줍은 목소리를 들으며 미아는 다시 잠들었다.

"그럼 티오나 양, 조심해서 가시길."

여름방학을 앞둔 마지막 날.

시온은 상큼하게 웃으며 티오나를 배웅했다. 마차 안에서 얼굴을 내민 티오나 또한 친근하게 웃었다.

시온 주위에는 그 외에도 그에게 인사하려는 사람이 모여 있었다.

그걸 힐끔힐끔 의식하면서도 미아는 자기 주변에 모인 사람들의 인사를 받고 있었다.

"미아 님, 제 아버지께서 꼭 미아 님을 만나 뵙고 싶다고⋯⋯."

"저도 부디. 여름방학 중에 미아 님, 그리고 황제 폐하를 알현하고 싶습니다만⋯⋯."

"하하, 우리나라에도 꼭 와주세요. 작지만 피서지로서는 최적이니⋯⋯."

적당히 대답하면서 미아는 시온 쪽을 보았다.

불현듯 그 청량한 눈동자와 눈이 마주쳤다.

아주 잠깐, 그곳에 불쾌해하는 빛이 깃들었다. 직후 바로 관심을 잃어버린 듯 시온은 미아에게서 시선을 돌렸다.

하지만 미아는 그의 표정이 무슨 뜻인지 알 수 없었다.

──어째서 시온 왕자님은 제게 인사해주시지 않는 걸까요⋯⋯. 아, 분명 도시락을 거절하는 바람에 거북하신 거예요. 그런 건 신경 쓰지 않아도 괜찮은데.

미아는 혁명이 일어날 때까지 시온이나 티오나가 자신에게 어떤 감정을 품고 있는지 눈치채지 못했다. 그것만이 아니라 주위에 있는 추종자들의 마음도 파악하지 못했다.

그 누구의 마음도 생각해본 적 없이 그때를 맞았다.

그렇기에⋯⋯. 재정이 망가지고 각지에서 분쟁이 일어나 제국이 무너져가던 해.

미아가 학교에 갈 수 있었던 마지막 해의 방학 전날⋯⋯.

"어째서 이런 일이?"

미아에게 인사하러 오는 사람은 아무도 없었다. 미아 말고 다른 제국 귀족은 자식을 학원에 보낼 여유가 없었고, 타국 사람들은 저물어가는 제국의 황녀라는 골칫거리와 엮이는 걸 피했기 때문이다.

미아는 외톨이가 되었다.

그런 와중에도 변함없이 주위에 사람이 가득했던 시온은 미아를 차가운 눈으로 쳐다본 뒤 날카로운 목소리로 말했다.

"나는 당신을 경멸한다, 미아 황녀."

"꺄아아아악!"

미아는 펄떡 일어났다.

온몸이 땀으로 축축하게 젖어 있었다.

"아…… 꾸, 꿈, 이었나요?"

그때 바로 옆에서 컵이 불쑥 나타났다. 미아는 차가운 물이 든 컵을 받고 단숨에 비웠다.

"감사합니다, 맛있었어요."

"천만에. 그런데 가위에 눌리는 것 같았는데, 악몽이라도 꾼 거야?"

시원한 손이 뺨에 착 달라붙었다. 그 감촉이 기분 좋아 무심코 황홀해졌던 미아였으나…….

──어, 어라? 이 목소리는……?

쭈뼛쭈뼛 옆을 보았다.

"흐거걱!"

미아는 괴상한 비명을 지르며 침대 위에서 펄쩍 뛰었다.

미아의 얼굴을 들여다보던 그 인물은.

"아, 아, 아벨…… 왕자님? 어째서 여기에?"

부드럽고 자상한 시선을 보내는 아벨 왕자였다.

"아, 미안해. 레이디의 자는 모습을 보는 건 실례지만, 안느에게 부탁을 받았거든. 잠시 널 지켜봐달라고."

안느가 엄지를 척 치켜세운 모습이 눈앞에 선했다.

――배려하는 방식이 완전히 틀렸어요! 안느!

미아는 이불을 입 주변까지 끌어올렸다.

"문병하러 와주셔서 감사합니다. 하지만 감기가 옮을지도 모르니 이만 돌아가시는 게 좋지 않을까요?"

"음, 그건 오히려 잘 된 것 같은데."

"네? 무슨 뜻이죠?"

"아니, 그게. 우리나라의 옛말 중에는 감기는 남에게 옮기면 낫는다는 말이 있거든. 내가 감기에 걸리고 미아 황녀가 낫는다면 바라는 바니까."

그렇게 말한 아벨은 익살스럽게 웃었다.

"어머……."

어리면서도 명랑한 그 미소에 전염된 미아도 덩달아 웃었다. 그 후에도 미아는 아벨과 잡담을 즐겼다.

"그리고 보면 이제 곧 여름방학이군요."

"미아 황녀는 역시 제국으로 돌아갈 거야?"

"그렇죠. 고국에서 해야 할 일이 많이 있으니까요. 방학 동안에는 계속 제국에 있을 예정이에요."

긴 휴가라고 해도 태평하게 빈둥거릴 수는 없다. 단두대에 올라가는 운명에서 벗어나기 위해 할 수 있는 건 최대한 해야 한다.

"아벨 왕자님께선 어떻게 하실 건가요?"

"나도 귀국할 예정이지만, 조금 일찍 학교에 돌아오려고 해. 어쩌면 너와 여름방학 중에 어딘가에서 함께 시간을 보낼 수 있을지도 모른다고 생각했는데, 좀 아쉬운데."

──어째서 이 사람은 이렇게 가슴이 두근거리는 말을 진지한 얼굴로 할 수 있는 걸까…….

미아는 아벨에게서 시선을 돌리고 마음을 달래듯이 작게 숨을 내뱉었다.

그때 노크 소리가 들렸다.

"아, 그러고 보면 시온 왕자와 티오나 양도 나중에 문병하러 온다고 했었지."

"어머나. 어쩐지 바쁘네요."

정말이지, 감기에 걸려서 누워있는데 민폐라니까…….

그런 식으로 생각하면서도 미아는 작게 고개를 갸웃거렸다.

두 사람의 방문을 썩 불쾌하다고 느끼지 않는 자신의 반응이 의아했다.

푹 잤기 때문일까?

열이 나서 멍하고 무거웠던 머리가 어느새 가벼워지기 시작했다.

"실례. 미아 황녀, 감기는 좀 어떻지?"

"미아 님, 이건 본가에서 보내준 해열제입니다. 동생이 키운 향초로 만들었기 때문에 조잡한 물건이라 죄송하지만⋯⋯."

미아의 방에 왠지 따뜻하고 떠들썩한 분위기가 차올랐다.

그건 이전 시간축에서는 한 번도 찾아온 적 없었던, 평온한 시간이었다.

티어문 TEARMOON
제국 이야기 EMPIRE
STORY

미아 황녀, 지기(?)를 얻다

MEER GAINS A BOSOM FRIEND(?)

"곤란합니다, 라드노어 남작님. 세금을 거두는 건 나라의 근간에 관련된 일. 귀족이신 당신도 잘 알고 계실 텐데요……."

어느 귀족 저택.

벌레 씹은 듯한 표정인 장년의 남자를 향해 루드비히는 한숨을 쉬었다.

"남작님께서 금월청에 보고하신 내역과 실제 영지민에게서 거둔 세금은 이렇게 큰 차이가 납니다. 알고 계시겠지만……."

남자에게 숫자가 적힌 양피지를 건넸다.

이 양피지도 저렴한 물건이 아니라고 마음속으로 투덜거리면서.

"딱히 나도 납세 자체는 상관없네만."

라드노어 남작은 양피지를 내려다보면서 경직된 미소를 지었다.

"이 사실을 블루문 공작께서 아시면 어떻게 될지……, 좀 걱정이군."

티어문 제국의 사대공작가 중 하나인 블루문 공작가.

라드노어 남작은 그 파벌에 속해 있었다.

"그분과 친한 내가 이렇게 시끄러운 징세 문제와 엮였다는 걸 아시면, 당연히…… 말일세."

의미심장하게 말하는 라드노아를 보며 루드비히는 어깨를 으쓱했다.

"그렇군요. 고작 세금 몇 푼을 내지 않는 바람에 미아 황녀 전하와의 관계가 나빠질지도 모른다는 사실을 아시면 다소 곤란해지시겠죠……, 남작님께서."

안경 너머로 조용한 시선을 보냈다.

전혀 흔들리지 않는 루드비히를 본 라드노어의 얼굴에 바로 불안해하는 기색이 번졌다.

그는 생각할 수밖에 없을 터이다.

자신은 제국의 황녀 미아 루나 티어문의 심기를 불편하게 만드는 걸 감수하면서까지 보호받을 존재인가. 자신의 가치를 재단하고, 최종적으로는 남작이라는 본인의 지위와 황녀라는 미아의 지위를 천칭에 걸 수밖에 없다.

애당초 실제로 블루문 공작이 금월청의 문관 나부랭이가 본인의 파벌에 속한 귀족에게 주의를 줬다는 사실을 들으면 분명 항의할 것이다.

상대가 설령 황녀라는 뒷배를 지닌 문관이라고 해도.

그만큼 제국 사대공작가의 권력은 거대하다. 황녀인 미아라고 해도 그리 쉽게 손을 댈 수 없을 정도로.

따라서…… 루드비히는 당당한 태도로 라드노어를 바라보았다. 조금이라도 불안해하는 태도를 보였다간 라드노어가 냉정해지기 때문이다.

그럴 새를 주지 않고 밀어붙였다.

"제대로 내시기만 하면 됩니다. 황녀 전하께선 보고에 실수가 있던 것에도, 세금을 내는 게 늦어진 것에도 벌을 내리실 마음이 없으십니다. 실수는 누구든 저지를 수 있는 법이라 말씀하셨죠."

내야 하는 돈만 낸다면 일단 귀찮게 따질 마음이 없다.

거짓 보고가 아니라 계산 실수, 기재 실수.

세금을 내는 걸 거부한 게 아니라 어쩌다 늦어진 것일 뿐.

루드비히는 그럴싸하게 말을 바꿔서 '내야 할 돈만 낸다면 죄를 묻지 않겠다'고 말했다.

그로 인해 천칭의 균형은 쉽게 무너졌다.

"그, 그런 것이라면……."

라드노어는 비굴하게 웃으며 고개를 끄덕였다.

"바로 준비하도록 함세. 일부러 여기까지 찾아왔는데 빈손으로 돌려보내는 것도 무안하니……. 부디 황녀 전하께도 말씀 잘 전달해주게나."

"알겠습니다. 반드시."

싸늘한 눈으로 라드노어를 바라본 뒤, 속으로 절절한 한숨을 내쉰 루드비히였다.

"어휴……."

금월청에 있는 자신의 집무실로 돌아온 루드비히는 가벼운 두통을 느꼈다.

"금방 들켜버릴 만한 악행이라면 처음부터 저지르지 말면 될 텐데……. 모든 귀족이 미아 황녀 전하만큼 현명했다면 얼마나 편할지……. 헛된 상상이군."

한숨을 쉬며 고개를 내저은 그때였다.

"고생하는 모양이군, 루드비히."

갑작스러운 목소리. 자세를 고치고 시선을 들자 문을 열고 서 있는 사람의 모습이 보였다.

화려한 금발, 꼼꼼하게 손질된 수염과 이지적인 갈색 눈동자에 사교성 좋아 보이는 밝은 미소가 특징적인 남자. 오랜만에 보는 그 얼굴에 루드비히는 반가워하는 미소를 지었다.

"오랜만이군, 발타자르. 제도에는 언제 돌아온 거야?"

"오늘 오후에. 네가 찾는다고 듣고 날아왔지."

발타자르 브란트는 적월청에서 근무하는 루드비히의 오랜 친구다.

백작가의 삼남이라는 좋은 지위를 지닌 그이지만, 날 때부터 본인에게 주어진 환경에 안주할 수 있을 만큼 범인이 아니었다.

자신의 재능을 확인하고 싶다며 제도를 방문한 그는 수도에서 가장 명망 높은 학사를 사사하며 다양한 지식을 배웠다. 루드비히와 만난 것도 그때였다.

그 후 발타자르는 적월청 채용시험을 쳐서 바로 합격.

젊은 나이에 관리가 되어 본인의 실력을 유감없이 발휘했다.

"그건 그렇고 이렇게 빨리 만나게 되다니……. 운이 좋았어."

루드비히는 안도의 숨을 내쉬었다.

그가 발타자르를 부른 건 딱히 반가운 친구와 우애를 쌓기 위해서가 아니었다.

황녀 미아의 뒷배를 얻었다고 해도 루드비히는 일개 관리에 불과하다.

금월청에 소속된 그는 귀족에게 주는 불필요한 우대정책 철폐를 주장하며 세금 징수의 공정화에 힘썼다. 고집이 센 라드노어 남작 같은 귀족에게 직접 찾아가서 담판을 짓는 것도 보통은 주저할 테지만, 루드비히는 아랑곳하지 않고 쳐들어갔다.

그 손길은 때때로 사대공작 파벌에도 스쳤기 때문에 그는 귀족들 사이에 귀찮고 시끄러운 공무원으로 알려지게 되었다.

하지만 그게 끝이다. 세금과 재정을 담당하는 금월청에서 할 수 있는 일은 한정적이다.

그 혼자서 재건하기엔 제국은 너무나도 컸다.

따라서 동료가 필요했다. 뜻을 함께하는 동료가…….

"뭐야, 못 본 사이에 많이 늙었잖아? 루드비히."

자주 가는 식당의 룸에 들어가자마자 발타자르가 말했다.

"말을 해도 꼭 그렇게 하냐, 뭐, 이래저래 바빠서 피곤하다는 건 부정하지 않지만……."

루드비히는 하품을 참으며 어깨를 으쓱했다.

"들었어. 요즘 빡빡하게 조이고 있다면서?"

발타자르의 본가는 제국 백작가, 그것도 유서 깊은 중앙 귀족이다. 소문 정도는 들어올지도 모른다.

"본가에서도 화제가 되었던데…… 아, 착각하지 마. 딱히 우리 가문에서 부정한 짓을 저지르고 있는 건 아니니까."

"알아."

쓴웃음을 짓는 루드비히에게 발타자르는 빈정거리는 미소를 돌려주었다.

"뭐, 만약 부정을 찾아냈다면 가차 없이 단속해도 괜찮아. 세금 탈취는 국가를 썩게 만들지. 기강을 바로잡는 건 늘 조심해야 하는 사안이야."

본인의 집안이라 해도 한 톨의 동정도 관용도 없이 냉정하게 잘라낼 수 있다. 그 철저한 합리주의야말로 루드비히가 이 친구를 높게 사는 이유였다.

"그래, 하지만 오히려 문제가 되는 건 세금 탈취 이상으로 이 나라에 뿌리박힌 차별 의식 쪽일 테지……."

"호오, 차별 의식이라……."

발타자르는 주문한 음료에 바로 입을 대면서 시험하는 눈으로 루드비히를 바라보았다.

"확실히 변경지역의 소수 부족에게는 그런 의식이 없다고는 하지 않지만. 지금 시점에서 그걸 문제시할 정도로 심각한 수준은 아니잖아? 잘해나가고 있다고 보는데……."

"얼버무리지 마. 사실 라드노어 남작에게 제안해봤어. 그쪽 영지를 새로 개간해보지 않겠냐고. 남작의 영지는 그리 넓은 건 아니지만 강도 있고 밭을 만들기에 적절한 평지도 있어. 보조금도 나와. 하지만 거절하더군."

어깨를 으쓱하는 루드비히. 발타자르는 '역시 그렇군' 하며 팔짱을 끼고 고개를 끄덕였다.

"그래, 그도 그렇겠지. 자신의 영지를 기꺼이 농경지로 만들겠다는 괴짜는 거의 없을 거야."

농업, 농민 경시. 그것에 기인하는 높은 수입의존도와 식량 수입비……. 루드비히는 거기에서 문제를 느꼈다.

"그걸 어떻게든 하지 않으면 아마 제국에 미래는 없어."

제국에 뿌리내린 농업 경시 풍조. 그 시작은 나라를 처음 세운 기원에 있다.

현재 티어문 제국이 세워진 땅은 과거엔 비옥한 현월지대라 불리며 씨를 뿌리면 10배, 20배로 수확할 수 있는 땅으로 유명했다.

그곳에 사는 사람은 농경과 목축으로 생계를 꾸려나가는 사람들이었다. 큰 고생 없이 먹을 것을 수확할 수 있었기 때문에 분쟁도 일어나지 않았다. 그런 그들을 외부에서 온 수렵민족이 침략했다.

그들은 사냥 기술을 전투에 응용하여 차례차례 원주민들을 쓰러뜨렸다. 그렇게 지배한 사람들을 사냥할 용기가 없는 자, 밭을 일구는 것 말고는 재능이 없는 자라며 농노라고 깎아내렸다.

안정적인 식량을 확보하고 노동력이 되어줄 농노를 얻은 수렵민족은 풍요로워졌고, 어느새 서로를 귀족이라 부르게 되었다.

그 용맹한 수렵민족의 족장이었던 남자가 바로 제국의 초대 황제다.

그 후로 제국 안에서 농민의 지위는 부당하리만치 낮았다. 시간이 흘러 농노라는 제도 자체는 사라졌지만, 아직도 '농업은 달리 아무것도 할 줄 아는 게 없는 사람이나 하는 일'이라는 차별 의식이 뿌리 깊게 남아 있다.

따라서 귀족들은 자신의 영지를 농경지로 쓰고 싶어 하지 않는다. 물론 식량을 얻기 위해 최저한의 농경지는 필요하다. 하지만 수입해서 충당할 수 있다면 그게 제일이니, 개간해서 농경지를 늘리는 사업은 완강하게 거부했다.

풍요로운 결실을 주는 비옥한 땅에 뿌리박은 일그러진 사상——

루드비히가 맞서려 하는 것은 이 제국 안에서 자라난 역사와 전통이다.

"하지만……, 식량 생산을 이웃 나라에 의지하는 상황은 너무 위험해. 만약 이 땅에 기근이 찾아온다면 당연히 그런 나라는 자국을 우선시하겠지. 국내의 생산량을 늘리고 식량자급률을 올리지 않으면 제국에 미래는 없어."

"그건 맞는 말이지만, 쉬운 일은 아니야."

씁쓸하게 말하는 발타자르에게 루드비히는 살짝 몸을 내밀고 물었다.

"널 부른 건 지방의 상황을 듣고 싶었기 때문이야. 어때? 변경지를 맡은 귀족들은……."

"아마도 네가 생각하는 모습일 거다."

제국 변경지라 불리는, 비교적 최근에 제국에 흡수된 토지. 그곳을 통치하는 사람들은 변경 귀족이라 불리는 자들이었다. 그들의 영지는 제국에 흡수되기 전까지는 지극히 평범하게 농업으로 먹고살았고, 따라서 땅을 경작하는 걸 부끄럽다고 여기는 사람도 없었다.

하지만 제국에 흡수되자마자 중앙 귀족들에게는 흙냄새 나는 변경 귀족이라며 조롱을 받게 된다. 그 모욕을 감수할 수 있는 자는 소수다.

"시간이 지날수록 다들 농경지를 줄이고 싶어 해. 적월청 측에선 일정 수준 이상으로 농경지를 줄이는 걸 금지하고 있지만……, 그것도 돈으로 해결할 수 있어."

농업 말고 다른 산업이 성립된다면 그쪽으로 바꾸고 싶다. 중앙 귀족만큼은 아니라고 해도 그런 흐름이 강하다.

"루돌폰 변경백처럼 확고한 의지를 지니며 농경지를 유지하는 사람은 그리 많지 않아."

수입으로 인해 수요와 공급의 균형이 유지되는 아슬아슬한 줄타기. 하지만 그 줄도 점점 얇아져 간다.

급격한 변화는 아니지만, 서서히 농작물 생산량이 줄어들고 있다. 루드비히는 아무도 눈치채지 못하는 사이에 제국의 수명이 조금씩, 조금씩 누군가에게 갉아 먹히는 듯한 모습을 떠올렸다.

"참고로 네가 말하는 현명한 황녀 전하는 그걸 제대로 이해하고 있는 거야?"

불길한 상상에 마음이 우울해져 가던 루드비히는 그 질문에 무심코 표정을 풀었다.

절망적인 상황. 하지만 희망이 없는 건 아니다.

"어제 황녀 전하께서 학원에 가신 이후로 처음 편지를 보내셨는데……, 황녀 전하께서 처음 참가하신 모임이 어디인 것 같아?"

"글쎄……."

"페르쟝 농업국이야."

"……오, 이거 제법."

발타자르는 무심코 감탄했다.

페르쟝 농업국. 티어문 제국의 남서부와 국경이 맞닿은 그 나라는 인구의 약 8할이 농민으로 구성된 나라다.

영토 자체는 어느 정도 넓지만, 군사적으로도 경제적으로도 티어문 제국과는 비교도 되지 않는 약소국.

교류할 가치가 없는 이류국. 농노들의 나라. 문명 레벨이 떨어지는 열등국⋯⋯.

입이 험한 귀족들은 그런 식으로 떠들지만, 그들은 현실이 보이지 않는 것이다. 명예로운 제국의 식량 중 몇 할을 그 이류국에서 수입해오는 식량에 기대고 있는지.

이런 사실을 무시하고 쉽게 얕잡아보는 그들의 병세는 생각보다 더 깊다.

"귀족들에게는 평가가 낮지만, 실제 제국에게는 중요한 나라. 그걸 간파한 외교적 배려라면 확실히 우습게 볼 수 없겠는데⋯⋯."

"미아 황녀 전하시니까. 십중팔구 계산하신 거겠지. 편지에는 이어지는 내용이 있었는데, 그게⋯⋯."

"명심해라, 라냐. 아무쪼록 제국 분들께 실례되는 일이 없도록 하려무나."

"네, 알겠습니다. 아바마마."

페르쟝 농업국의 제3왕녀 라냐 타하리프 페르쟝은 얇은 베일 아래에서 무기력함을 숨기고 대답했다.

"거듭 말하지만, 제국은 우리나라의 산업에 무척 중요한⋯⋯."

"걱정하지 마세요. 제대로 수배해두었습니다, 아바마마."

세인트 노엘에 입학한 이후로 변함없이 듣는 그 말에 내심 반론하면서.

──어차피 제국은 별다른 인간을 보내지 않을 겁니다, 아바마마.

첫해엔 이렇지 않았다.

페르쟝의 왕녀로서, 나라를 짊어진 사람으로서 어린 나이에도 책임감을 품으며 세인트 노엘 학원에 들어갔다.

매년 페르쟝 출신의 학생은 초봄에 티어문 제국의 학생을 초대해 친목을 위한 파티를 여는 것이 관례이다. 페르쟝에서 수확한 작물로 제국 귀족의 자제들을 접대하는 것이다.

그들은 언젠가 가문을 물려받고 제국의 중진 자리에 앉을 인재들. 미리 우호적인 관계를 구축해두자는 목적이었다.

처음 입학했을 때는 라냐도 고국의 미래를 위해 열심히 분발해서 자국의 관계자를 대접하겠다고 준비했다. 제철 작물을 들여오고 그에 맞는 메뉴를 구상해서 다 함께 열심히 고민하고…….

하지만……, 파티에 온 사람은 고작 몇 명이었다.

심지어 하급 귀족 가문의 자제들뿐이었다. 그들은 다들 의욕이 없었고, 억지로 역할을 떠맡아 마지못해 온 게 훤히 보이는 태도였다.

처음에는 왜 이러한 대우를 받는 건지 몰랐다. 그러나 그 이유는 다른 누구도 아닌 그녀의 언니가 알려주었다.

농노의 나라, 이류국, 반속국.

그게 제국 귀족이 페르쟝 농업국에 갖는 이미지라고.

자신도 그 굴욕을 견디며 제국인의 비위를 맞췄다고…….

언니는 지친 미소를 지으며 그렇게 가르쳐주었다.

굴욕적인 나머지 라냐의 몸이 떨렸다. 하지만 바로 참을 수밖에 없다는 걸 이해했다. 만약 관계가 나빠져서 제국과 전쟁이라도 벌어졌다간 페르쟝은 쉽게 짓밟히게 될 테니까.

그 후로 그녀의 의욕은 극단적으로 저하되었다.

올해에도 또 친목 파티를 열어야 한다고 생각하니 참으로 마음이 무거웠다.

그도 그렇다. 정성을 담아서 길러낸 농산물을 무시당하고 시골요리 취급을 받으면 누구나 의욕이 사라질 것이다.

"하아, 정말 우울해. 파티 따위 사라졌으면 좋겠는데……."

답답했던 나머지 그녀는 소소한 장난을 떠올렸다.

"……그래, 이렇게 된 바에야."

그렇게 그녀는 파티용 식재에 살짝 섞어두기로 했다.

신선도가 떨어지는 보존식을…….

농업이 주요 산업인 페르쟝에서는 곡물의 보존기술 연구도 다른 나라를 앞서갔다. 맛은 좀 부족하지만 아주 미세한 차이밖에 나지 않는다.

애초에 제국에서 오는 사람은 이류귀족의 자제뿐이다. 눈치챌리가 없다.

신선도가 떨어지는 음식을 맛있다고 먹으며 기뻐하는 모습을 속으로 실컷 비웃어주면 된다!

그런 악의를 품었기 때문에 벌을 받은 건지도 모른다.

"이렇게 멋진 파티에 불러주셔서 감사합니다. 라냐 왕녀 전하."

파티 당일. 파티장에 나타난 소녀를 본 라냐는 경악했다.

──어, 어, 어, 어째서?! 왜?!

"티어문 제국의 황녀 미아 루나 티어문입니다. 앞으로 잘 부탁드려요."

파티에 찾아온 제국 측 학생은 제국의 정점에 선 황제 폐하의 금지옥엽, 미아였기 때문이다!

──지, 진정하자.

라냐는 작게 심호흡을 했다.

"처음 뵙겠습니다, 미아 황녀 전하. 페르쟝 농업국의 제3왕녀 라냐 타하리프 페르쟝입니다. 오늘은 초대에 응해주셔서 감사합니다. 부디 페르쟝의 음식을 천천히 즐겨주시기 바랍니다."

깊이 머리를 숙였다가 들어 올린 순간, 라냐는 숨을 삼켰다.

미아 황녀가 맑고 푸른 눈동자로 그녀의 얼굴을 들여다보고 있었기 때문이다.

"어, 그, 저기, 미, 미아 황녀님……?"

"네? 아, 실례합니다. 아무것도 아니에요."

그런 말을 들어도 시끄럽게 뛰는 라냐의 심장은 침착해질 줄 몰랐다.

──마치 마음을 간파당하는 것 같아…….

그 순간 라냐는 떠올렸다.

미아 루나 티어문을 따라다니는 별명.

'제국의 예지'라는 별명을.

──내 장난을 전부 간파한 건가……? 아니, 괜찮아. 눈치챌 리도 없고, 다른 과자도 많이 있으니까 피해갈 가능성도 충분히 커.

탁자 위에 놓인 수많은 과자를 바라보는 라냐였으나 불안을 불식하지는 못했다.

"실례합니다. 아무것도 아니에요."

미아는 라냐의 얼굴을 뚫어지게 쳐다봤다가 고개를 작게 내저었다.

햇볕에 타서 건강해 보이는 연갈색 피부, 밤하늘을 녹여서 빚은 듯한 칠흑의 머리카락과 깊은 녹색 눈동자……. 아름답고 사랑스러운 그 얼굴을 본 미아는 내심 만족하며 중얼거렸다.

──그랬군요. 그러고 보면 이런 얼굴이었죠. 기억했어요!

그런 미아의 뇌리에는 이전 시간축의 기억이 되살아났다.

그건 제국에 무시무시한 기근이 닥쳤던 해. 루드비히가 어떻게든 식량을 긁어모으기 위해 열심히 고생하던 시절의 기억이었다.

"……미아 황녀 전하, 송구하오나 충고를 드려도 괜찮으시겠습니까?"

얼굴을 꿈틀거리는 루드비히를 본 미아는 작게 어깨를 떨었다.

"벼, 별로 안 괜찮은데요……."

"도움을 받으려고 하는 나라의 왕녀, 심지어 같은 시기에 학교에 다녔던 분의 얼굴을 기억하지 못한다니 이게 대체 어떻게 된 일입니까?"

──안 괜찮다고 했는데요?!

미아가 하는 말은 요만큼도 듣지 않은 루드비히는 하고 싶은 말을 이어나갔다.

"귀족 자제가 세인트 노엘에 다니는 건 우호적인 관계를 구축해서 외교를 원활하게 하기 위해서입니다. 설마 모른다고 하시진 않겠죠?"

"무, 물론이죠……. 이번 일은, 그, 정말 면목이 없는데요."

그건 완전히 미아의 실수였다.

모처럼 루드비히가 고생해서 페르쟝 농업국에게 식량을 사려고 거래를 잡아두었는데……. 대화 자리에 나타난 페르쟝의 왕녀를 향해 미아가 별생각 없이 이런 말을 해버렸기 때문이다.

"어머? 당신, 누구였죠?"

웬일로 시무룩해져서 어깨를 늘어뜨린 미아를 향해 루드비히는 작게 한숨을 쉬었다.

"뭐, 처음부터 이쪽이 실수하도록 유도해서 거절할 생각이었겠지만요."

루드비히의 중얼거림을 들은 미아는 무심코 눈을 부릅떴다.

"그런 건가요?"

"네. 제국만이 아니라 주변국이 모두 흉작이니까요. 어느 나라든 다 식량이 부족합니다. 타국에까지 수출할 여유는 없을 테죠. 회담을 열어봤자 뭐든 이유를 대서 거절당했을 가능성은 크다고 봅니다."

루드비히가 일단 위로하는 말을 했다. 일단은.

"하지만 타국의 왕족이나 유력귀족의 얼굴을 기억하지 못한다는 건, 심지어 한 번 얼굴을 본 적이 있는데도 불구하고 잊었다는 건 말도 안 되는 일입니다. 반성하십시오."

"아, 알았어요. 그렇게 자꾸 말할 필요는……."

그 후에도 루드비히의 집요한 잔소리를 들은 미아는 완전히 울상이 되고 말았다.

이 일을 겪은 뒤부터 미아는 최대한 중요할 법한 인맥을 조사해서 관계자의 얼굴을 기억하도록 염두에 두게 되었다.

……그렇다고 자랑스러워할 일은 아니지만.

"그럼 티어문 제국과 페르쟝 왕국의 우호를 기원하며 오늘의 파티를 시작하도록 하겠습니다."

라냐의 인사로 파티가 시작되었다.

그건 입식 파티와 다과회의 중간 정도 되는 파티였다.

나오는 메뉴는 본격적인 요리가 아니라 차에 곁들여 먹는 과자 및 과일이 메인. 마실 것도 홍차를 비롯한 각종 허브티 등 우아한 오후의 한때를 빛내주는 음료가 중심이었다.

탁자 위에 늘어놓은 케이크며 과자를 보자 미아의 눈은 자기도 모르게 이리저리 바쁘게 돌아다녔다.

──역시 농업국. 호화롭네요…….

미아는 크게 감탄했다. 그녀를 따라온 후작가나 백작가의 자녀들도 그 풍부한 메뉴에 환호성을 질렀다. 달콤하고 맛있는 과자는 소녀들의 편견을 쉽게 씻어버리는 강력한 무기였다.

물론 미아가 솔선해서 과자를 먹고 다녔던 것도 큰 원인 중 하나였다.

알다시피 미아 본인에게 깊은 생각이 있었던 건 아니었지만…….

한차례 파티장 안을 돌아다닌 뒤 미아의 눈이 불현듯 한 접시에 빨려 들어갔다.

"어머? 이 쿠키는⋯⋯."

그건 별다른 특징이 없는 평범한 쿠키였다. 오히려 눈에 띄지 않고 심심하게 생겼다.

다른 싱싱한 과일이나 색색의 케이크와 비교하면 상당히 열등해 보였으나⋯⋯.

"앗, 그, 그건──!"

어째서인지 부리나케 달려오는 라냐. 하지만 미아는 쿠키를 들고 입안에 쏙 집어넣었다.

──아아, 그래요⋯⋯. 이 맛, 이 맛이에요.

조금 버석버석한 가루의 식감 속에서 단맛이 부드럽게 녹아 나온다. 혀 위에서 퍼지는 저렴한 단맛에 미아의 뇌리에 지하 감옥에서 보냈던 기억이 되살아났다.

그건 잿빛 우울에 침잠해있던 나날 속에서 몇 없는 즐거웠던 추억.

딱 한 번, 안느가 이 쿠키를 가져와 준 적이 있었다.

혁명이 발발하기 전부터 제국은 이미 식량난에 빠져있었다.

미아를 비롯한 황족에게 내오는 식사도 그 영향에서 벗어나지 못했다.

단 음식은 거의 먹지 못하는 나날이 이어졌고, 지하 감옥의 죄수로 전락한 뒤에는 식량 사정이 더욱 악화했다.

식사가 즐거운 시간이었다는 것도 잊어가던 때에 만났던, 이 달콤한 쿠키가 얼마나 진수성찬처럼 느껴졌는지…….

그때의 감동을 떠올린 미아의 눈동자가 은은하게 젖어 들었다.

"그립군요…….."

"죄, 죄송합니다. 미아 황녀 전하."

문득 옆을 보자 창백해진 라냐가 서 있었다.

"음? 무슨 말씀이시죠?"

그 얼굴을 보고 무슨 일인지 불안해진 미아는 일단 주위 사람들에게 들리지 않도록 파티장 구석으로 이동했다.

자기 혼자만이면 어떻게든 되겠지만, 주위 사람들이 떠들기 시작하면 페르쟝과의 관계가 나빠질지도 모른다.

그렇게 되면 나중에 루드비히에게 잔소리를 듣게 된다. 그걸 피하고 싶은 미아의 영리한 판단이라 할 수 있을 것이다.

"그게……, 사실 그 쿠키는 3년 전에 만든 것이라……."

"3, 3년 전이요——?!"

경악하는 미아. 라냐의 안색이 한층 하얗게 질렸다.

"그, 그게, 저, 저는, 죄송합니다. 그, 잠깐 우발적으로……."

떨면서 사과하는 라냐였으나 미아는 그녀의 태도를 신경 쓸 여유가 없었다.

——3년 전에 만든 음식을 먹을 수 있기만 한 게 아니라 이렇게 뛰어난 품질을 유지할 수 있다는 건가요?!

미아는 지옥 같은 기근을 알고 있다.

딱딱해진 호밀빵의 처참한 맛을 잘 알고 있다.

농업기술이 거의 발전되지 않은 티어문 제국에선 농작물을 맛있게, 오래 보관하는 기술은 거의 존재하지 않았다.

그렇다 보니 미아는 이 쿠키가 얼마나 대단한지 이해했다. 쿠키가 금화처럼 보이기까지 했다.

그 순간 미아는 깨달았다. 라냐가 이 쿠키를 이 자리에 내놓은 이유를.

──그렇군요, 페르쟝의 식량 보존기술을 보여주기 위한 거예요!

티어문 제국은 말하자면 페르쟝의 고객이다.

여기에 나오는 농작물은 단순히 대접을 위해 나온 게 아니다. 본보기 상품으로 준비된 것이 많다.

──대충 그런 소리를 루드비히가 했던 것 같아요. 아마도.

구시렁구시렁 잔소리를 하면서 나온 이야기였기 때문에 흘려들었던 미아였다. 그건 그렇다 치고.

──만약 그렇다면……, 그렇군요. 이 라냐 왕녀님은 제법 수완이 좋은 사람이에요!

미아는 군침을 꿀꺽 삼킨 뒤에 작은 목소리로 말했다.

"그랬군요. 이게 페르쟝의 보존기술……. 무척 대단해요."

미아가 한 말에 라냐의 눈이 휘둥그레졌다.

영락없이 매도당할 줄 알았는데……, 그녀의 입에서 나온 말은 칭찬이었다.

──제국의 황녀가 페르쟝의 기술을 칭찬한 거야? 세상에. 어째서?

제국인은 다들 자신들을 우습게 본다고 생각했다.

자신들이 만든 농작물을, 거기에 들인 노력도 지혜도 절대 인정해주지 않는다고 포기하고 있었다.

하지만……

——이분은, 미아 황녀 전하는 우리의 기술을 제대로 인정해주시고 우리나라를 대등하게 봐주시는 분인지도 몰라.

"라냐 왕녀 전하, 상담하고 싶은 일이 하나 있는데. 이야기를 들어주시겠어요?"

"앗, 네. 기꺼이!"

이렇게 두 전하는 굳은 악수를 나누게 되었다.

바로 이 자리에서 착각과 착각이 빚어낸 기적의 콜라보레이션이 탄생했다! 그게 어디로 도달할지는 아무도 모른다…….

"페르쟝의 식량 보존기술이라……. 공동연구를 하게 되면 이쪽은 기술을, 저쪽은 자금을 얻는 건가. 하지만 제국엔 돈이 없는 것 아니었어?"

"농경지 개간을 지원한다는 명목으로 만들어둔 예산이 움직이지 않았어. 그걸 사용하려고 해. 적어도 완고한 귀족들을 설득하는 것보다는 유익하겠지."

"보존기술 연구에서 농업기술 연구로 분야를 확장해 그 유용성으로 귀족들의 의식을 바꾸는 건가……. 확실히 그 후에 영지를 개간하도록 권장하는 게 합리적이지."

"그래. 아예 가까운 시일 내로 기근이라도 일어나면 단숨에 유용성을 주장할 수 있으니 간편해질 텐데 말이야……."

"자, 잠깐, 루드비히……."

움찔하면서 눈을 부릅뜨는 친구를 향해 루드비히는 웃었다.

"뭐, 이건 농담이고……. 어쨌거나 제국의 미래는 낙관할 수 없지만, 그렇다고 지나치게 비관할 정도는 아니라고 생각하지 않아?"

"그래. 네 이야기가 사실이라면 확실히 흥미로운 인물인 것 같아……."

발타자르는 술잔을 살짝 들어 올렸다.

"내 친구 앞에 나타난 총명한 황녀님께 건배."

루드비히는 진지한 얼굴로 대답했다.

"우리 제국의 지혜로운 미래의 여제 폐하께."

그 말에 발타자르는 깜짝 놀라 눈을 깜빡였다.

"……진심이야?"

"제국을 재건하기 위해서야. 그리고 너도 협력해줬으면 좋겠어."

똑바로 자신을 바라보는 루드비히를 앞에 둔 발타자르는 하늘을 올려다보았다.

"제국 첫 여제의 탄생이라. 이거 밑작업하려면 죽어나겠는데."

자신이 모르는 곳에서 설마 이 정도로 일이 커졌을 줄은 꿈에도 생각하지 못한 미아는 후에 크게 당황하게 되지만, 그건 여기서는 생략하기로 한다.

제1권 끝

티어문 제국 이야기

TEARMOON
EMPIRE
STORY

미아의 일기장

MEER'S
DIARY
TEARMOON
EMPIRE STORY

5월 17일

오늘의 메뉴는 황월 토마토 스튜와 케이크였다.
황월 토마토가 맛없었다. 하지만 케이크는 맛있었다.

6월 10일

오늘의 메뉴는 빵과 월홍조(月虹鳥) 통구이였다.
제법 맛이 괜찮았다. 하지만 디저트가 없었다. 용서 못 해.

6월 25일

오늘의 메뉴는 스텔라성 새먼 루주 새먼 뫼니에르. 디저트는
젤리였다.
생선은 역시 맛없었다. 하지만 젤리는 맛있었다.

7월 4일
과거로 돌아온 뒤로는 처음으로 적네요. 오늘부터 다시 일기
를 쓰기로 하겠습니다.
그보다, 이렇게 다시 읽어보니 옛날의 저는 먹을 것 이야기만
써 놨네요. 정말 어린아이라니까요.
오늘부터는 제가, 그래요, 총명한 제가 진지하게 일기를 쓰겠

어요!

우선 과거로 돌아온 뒤에 바로 황월 토마토 스튜를 먹었습니다.

놀랍게도 맛이 달라졌어요. 입안에서 살살 녹는 감칠맛과 부드러운 새콤함의 조화를 뭐라 표현해야 할지……. 아차, 또 먹을 것 이야기를 적었군요. 방심했어요.

그렇게 되었으니 다시금 오늘까지 일어난 일을 적도록 하죠.

그날 단두대에서 덧없이 목숨을 잃은 저는 눈을 떴을 때 침대 위에 있었습니다.

심지어 어린아이의 모습으로 돌아가 있었죠.

아무리 저라고 해도 조금은 혼란스러웠지만, 바로 이해했습니다.

즉 저는, 이 총명한 저야말로 위대한 신께 선택받은 존재라는 사실을요.

확신했어요. 제게는 커다란 사명이 있다는 걸. 즉, 제국을 구한다는 사명입니다.

그렇게 많은 백성을 구하기 위해, 많은 병사를 구하기 위해 구세주로서 일어난 저는 고민하기 시작했습니다.

그런 저를 돕기 위해 저의 제일가는 충신인 안느가 파견되었습니다.

그래요. 그건 마치 하늘에서 내려주신 사자와도 같이 제 앞으로 날아왔죠.

케이크가 엉망이 되었을 때는 조금 화가 났지만, 바로 용서했답니다. 그녀는 이전 시간축에서 마지막 날까지 제게 무척 잘 대해주었으니까요.

이렇게 충의에 보답할 기회가 주어졌다는 건 참 행복한 일이고, 무엇보다 그녀가 곁에 있어 주는 건 매우 든든한 일입니다.

바로 전속 메이드로 삼았죠.

그 후 도서관에 틀어박혀 조사했습니다.

아무리 제가 총명하다고 해도 세상 모든 것을 파악하고 있는 건 아니니까요.

게다가 모르는 걸 인정할 줄 아는 것도 총명하다는 증거입니다.

어려운 전문 서적을 몇 권이나 읽었습니다. 학자가 읽을 법한 어려운 책이라고요. 뭐, 저한테는 별로 어려운 것도 아니니 자랑스러워할 일도 아니지만요.

책을 읽어서 손에 넣은 지식에, 예전에 루드비히에게 들은 이야기를 살짝 보충했습니다. 아주아주 살짝이니까 착각하지 마시고.

그렇게 갖춰진 지식을 통해 총명한 제가 독자적으로 제국의 위기에 대해 분석해봤습니다.

그리고 오늘! 그래요, 기념비적인 오늘! 근사한 오늘이라는 날이 찾아왔습니다.

제 수족이 되어 움직여줄 사람을 찾기 위해 금월청으로 갔습니다.

마침 그 망할 안…… 아니죠, 루드비히가 막 지방으로 좌천될 뻔한 상황이더라고요.

그곳에 위풍당당 나타난 저는 단호하게 말해주었죠.

그러자 놀랍게도 루드비히가, 그 음험한 망할 안경이 이 저를 칭찬했지 뭐예요!

제가 엮어낸 추론을 듣더니 눈을 이렇게, 동그랗게 뜨고는 저를 물끄러미 바라보더니 무릎을 꿇고 저를 칭송했답니다.

정말로 기분이 상쾌했어요. 저는 어쩌면 오늘을 위해 과거로 돌아온 건지도 모른다는 생각이 들 정도였답니다.

그 후 루드비히가 충성을 맹세하고 싶다고 하기에 물론 허락해줬습니다.

말하는 건 마음에 안 들지만, 그도 이전 시간축에서 제국을 위해 노력했던 사람이기 때문입니다. 그 활약을 봐서 특별히. 네, 정말 음험하고 시끄러운 망할 안경이지만요. 저는 관대하니까요.

이렇게 저는 두 명의 충신을 아군으로 얻었습니다.

총명한 저에게 걸리면 제국의 위기쯤은 별것 아니라니까요.

어쩐지 명문이 술술 써지네요.

혹시 저에게는 극작가의 재능도 있는 걸까요?

후기

처음 뵙는 분은 처음 뵙겠습니다, 오랜만에 뵙는 분은 오랜만입니다. 모치츠키 노조무입니다.

이 티어문 제국 이야기는 소설 투고 사이트 두 곳에서 연재했던 이야기입니다. 처음 연재한 사이트에서는 별다른 인지도는 없었지만 몇몇 독자님께 오랫동안 든든한 응원을 받았습니다. 두 번째 사이트에서도 열심히 댓글을 달아주시는 등 응원해주셔서 이렇게 책으로 나오게 되었습니다. 정말 감사합니다.

응원해주신 여러분에게 이 책이 도달했다면 무척 기쁠 것 같습니다.

아무튼. 아무래도 2권도 낼 수 있게 된 것 같은데요. 작가가 구구절절 이야기하는 것도 좀 그러니, 주인공 미아 황녀에게 볼거리 소개를 부탁하려고 합니다.

그럼 갑니다!

미아 : 처음 뵙겠습니다, 저는 미아 루나 티어문. 티어문 제국의 황녀예요!

모치츠키 : 안녕하세요, 미아 전하. 감기는 이제 괜찮으신가요?

미아 : 마음 써주셔서 감사합니다. 이미 완전히 회복했어요. 옛날에 망할 안……, 루드비히가 저는 감기에 걸리지 않을 것이라는 말을 했는데 거 보라죠! 저는 이래 보여도 꽤 섬세하다고요.

모치츠키 : ……그렇군요. 잘됐네요! 그럼 2권의 주목 포인트 같은 걸 가르쳐주세요.

미아 : 알겠습니다. 2권에서도 총명한 제가 대활약한답니다. 여름방학이 시작되자 저는 제국으로 귀국했죠. 그 후 숙적 티오나 양의 본가인 마왕성에 쳐들어가서…….

모치츠키 : 아니, 마왕성이라뇨……. 게다가 숲 사건이 빠졌는데요.

미아 : 숲 사건……? 글쎄요, 무슨 말씀이신지?

모치츠키 : 그 저주받은 상자 사건 말입니다. 그 사람과 재회하는…….

미아 : 저주받은 상자? 그 사람…… 윽, 머리가……. 게, 게다가 손이 떨리네요? 왠지 배도 좀 아픈 것 같은데……. 이, 이상하네요. 대, 대체 무슨 일이 있었던 거죠?

이렇게 섬세한 유리 심장 미아 황녀의 트라우마를 불러일으키게 되는 숲 사건, 루돌폰 백작가 방문, 혁명 미수 사건 등등. 2권도 이벤트 러시로 미아는 정신없이 바쁩니다!

꼭. 다음에도 또 뵐 수 있으면 좋겠습니다.

마지막으로. 일러스트를 담당해주신 Gilse 님, 멋진 그림 그려주셔서 감사합니다! 미아를 이렇게 귀엽게 그려주시다니 감동이에요.

편집자 F님, 이번 작품을 발견해주시고 제안해주시고 이래저래 신세 많이 졌습니다.

가족에게. 늘 응원해주셔서 감사합니다.

그리고 이 책을 읽어주신 독자 여러분, 감사합니다. 우왕좌왕
하는 미아의 이야기를 즐겨주셨다면 저는 행복합니다. 그럼 실례
합니다.

Tearmoon Teikoku Monogatari~Dantoudai kara hazimaru hime no
gyakuten story~
by Nozomu Mochitsuki

Copyright © 2019 by Nozomu Mochitsuki
Original Japanese edition published by TO Books, Inc.
Korean translation rights arranged with TO Books, Inc.
Korean translation rights © 2020 by Somy Media, Inc.

티어문 제국 이야기 1 ~단두대에서 시작하는 황녀님의 전생 역전 스토리~

2020년 6월 14일 1판 1쇄 발행
2022년 11월 30일 1판 4쇄 발행

저 자	모치츠키 노조무
일러스트	Gilse
옮 긴 이	현노을
발 행 인	유재옥
본 부 장	조병권
담당편집	정영길
편 집 1 팀	김준균, 김혜연, 박소연
편 집 2 팀	정영길, 조찬희, 박치우, 정지원
편 집 3 팀	오준영, 곽혜민, 이해빈
미 술	김보라, 박민솔
라이츠담당	김정미, 맹미영, 이승희, 이윤서
디 지 털	박상섭, 김지연
발 행 처	㈜소미미디어
인쇄제작처	코리아피앤피
등 록	제2015-000008호
주 소	서울 마포구 토정로 222, 403호(신수동, 한국출판콘텐츠센터)
판 매	㈜소미미디어
마 케 팅	한민지, 최원석, 박종욱
물 류	허석용
전 화	편집부 (070)4164-3962, 3963 기획실 (02)567-3388
	판매 및 마케팅 (070)4165-6888, Fax (02)322-7665

ISBN 979-11-6507-671-9 04830
ISBN 979-11-6507-670-2 (세트)